ハヤカワ文庫SF
〈SF2295〉

宇《そ》宙《ら》へ
〔下〕

メアリ・ロビネット・コワル
酒井昭伸訳

早川書房
8549

THE CALCULATING STARS

by

Mary Robinette Kowal

Translated by

Akinobu Sakai

First published 2020 in Japan by

HAYAKAWA PUBLISHING, INC.

This book is published in Japan by

arrangement with

DONALD MAASS LITERARY AGENCY

through THE ENGLISH AGENCY (JAPAN) LTD.

宇宙《そら》へ〔下〕

登場人物

エルマ・ヨーク……………………計算者。元陸軍航空軍婦人操縦士隊（WASP）パイロット
ナサニエル・ヨーク………………エルマの夫。ロケット科学者
ハーシェル・ウェクスラー………エルマの兄。気象学者
ノーマン・クレマンス……………国際航空宇宙機構（IAC）本部長
ステットスン・パーカー
ジャン＝ポール・ルブルジョワ
ランディ・クリーリー
ハリム・マルーフ
デリク・ベンコスキー
……宇宙飛行士
マートル・リンドホルム
ホイラン・〝ヘレン〟・リウ
……計算者
ニコール・ウォーギン……………元WASPパイロット。上院議員夫人
ベティ・ロールズ…………………元WASPパイロット。ジャーナリスト
ジャシーラ・パス＝ヴィヴェイロス………ブラジル人宇宙飛行士候補

第二部（承前）

22

プロパンガスの使用を推奨
バスの排気ガスに幕引き

大気汚染防止局、市当局に対し
〝ボンベ入りガス〟使用を要請

［シカゴ（イリノイ州）発　一九五六年十二月四日］大気汚染防止局のドクター・レナード・グリーンバーグ市委員は昨日、プロパンガスを使用することでバスからの有毒排気ガスをなくせるとの主張を行なった。プロパンガスは、一般には〝ボンベ入

リガス〟として知られるものだ。バスからの排気ガスは、〈巨大隕石〉を原因とする悪名高き〝温室〟効果を促進するとされる。しかしシカゴ市長は、そのようなバス運用方針の抜本的見直しがほんとうに必要なのかと疑念を呈している。

脚本家室には長テーブルが一脚あり、そのまわりには一〇人ぶんの椅子が置いてある。ナサニエルはそのテーブルの長辺の一角にひとりで腰をかけ、電話にかがみこみ、相手の声に耳をかたむけていた。額にあてた片手が、両目をおおう庇《ひさし》のような状態になっている。目の前には折れた鉛筆が転がっていた。

わたしが中に入っていっても、ナサニエルは顔をあげなかった。ドンはわたしの背後でそっとドアを閉め、ふたりきりにしてくれた。部屋を横切っていくわたしのヒールの音が室内に不自然なほど大きく響いたが、ナサニエルは依然として下を向いたままだ。

「ああ……高度がわかっているなら、計算者たちが残燃料の量を算出できるはずだ」

わたしは布張りの椅子を引きだして——椅子の脚がリノリウムにこすれる音を立てないように注意する——腰を落とした。すわるさいには、服と椅子の布地がすれる音がした。ナサニエルの背中にそっと手をかける。そうしたのは、自分がきたことを伝えるため——

だったと思う。わたしが入ってきた音も聞こえていない気がしたからだ。ナサニエルの背中はこわばっており、冷や汗で湿っていた。

「ちがう、ちがう――それはわかる。しかし――そうだ。残っている量がわかれば、あとどれだけ燃えつづけるかを消防士が知る助けになる」

受話器からはかすかに、電話口の向こうの声が聞こえていた。相手はIAC内のだれか――たぶん、クレマンス本部長だろう。

「うん。うん。わかった」ナサニエルはためいきをつき、いっそう頭をうなだれさせた。

「いや。農家自体にあった燃料については、なんともいえない」

鼓動が急に速くなった。農家？　ロケットの飛行経路は、市街や農地の上を絶対に通らないよう入念に計算してあったのに。ドンの話から、ロケットは発射台で爆発したものだと思いこんでいたが。発射試験でなら爆発が起きたことはある。しかし、ジュピター級のように実績のあるロケットが爆発した例はない。

「そうだ。ああ……エルマの放送は終わったから、すぐに帰る」ナサニエルはうなずき、電話機を引きよせた。「うん、うん。わかった」

それを最後に電話を切った。そして、すわったまま、しばらくテーブルを見つめていた。あるいは、目をつむっていたのかもしれない。額に片手をあてたままなので、はたからはわからない。

「……なにがあったの？」

やっとのことで、ナサニエルはからだを起こし、額から片手をおろした。目が血走っている。頬には涙の筋も残っていた。

「まだ調査中だ。しかし、どうやらブースターの分離が早すぎたらしい。当然、コースをはずれた」

「なんてこと……」

「ロケットは農場に落ちた」ナサニエルは両手で顔をおおった。「最悪だ」

こんなとき、なんと声をかければいいのだろう。

「人は……いたの？」

「農場が広範囲に燃えている。くそっ」袖で涙をぬぐい、テーブルに両手をついて立ちあがった。「すぐに帰らなきゃ」

「当然ね」もっとも、帰ったところで、自分たちになにができるのかわからない。「でも、あなたが悪いんじゃないわ」

「ぼくは統括エンジニアだ」

ナサニエルはわたしに背を向け、両手を腰にあてうなだれた。そのままの状態で、何秒かが経過した。どちらも荒い息をしている。

やはり、いっしょにきてなんていうべきではなかったのだ。

「ごめんなさい」

そのとたん、ナサニエルの肩から力が抜け、がっくりと落ちた。

「そうじゃない。エルマ。それはちがう」わたしに向きなおったナサニエルの顔はこわばり、苦悶《くもん》の形相になっていた。「きみの責任だなんて思わないでくれ。きみはまちがったことなんかしていない。今回のはルーティーンの打ち上げだ。ぼくが管制センターにいたからって、なにかが変わったわけじゃない」

そう信じていてほしいところではあった。だが……。


シカゴからもどる途中、セスナの機内から事故現場が見えた。ロケットが墜落して四時間が経過しているというのに、農場からはまだ黒煙の柱が立ち昇っている。柱の基部では貪欲《どんよく》な炎がオレンジ色の舌をちらつかせていた。あれはロケットの落下によるものであり、隕石《ミーティアライト》の落下によるものではない。だからといって、なんの慰めにもならなかった。空から死が降ってきたことに変わりはないのだから。

となりの副操縦席にすわっているナサニエルがうめいた。左右のひざにのせた手を強く握りしめている。背中が丸まっていた。

「あの上を飛べるかい?」

「やめておいたほうがいいわ」

あの電話以来、ナサニエルはほとんど口をきいていない。帰りじたくはおおむねわたしがやった。ホテルに帰りつくまでのあいだに、ラジオではずっと実況中継をやっていて、しだいに事故の状況がわかってきていたからだ。農家には子供たちがいたという。

「では、近くは?」

「ナサニエル――」

「できるのか、できないのか?」

「できるけど……」

この飛行は有視界飛行方式に則《のっと》っているから、管制塔にフライトプランの変更を伝える必要はない。わたしはセスナを農場のほうへ向けた。燃えているのは大半が農地だったが、農家と納屋にも延焼していた。そして、農家に付属する建物にも。エンジンの響きと翼の風切り音とが、炎の爆《は》ぜる音と同期して混じりあっている。

わたしは強く操縦桿《そうじゅうかん》を握ったまま空を見あげつづけた。炎を見たわたしの中の一部が、あれは隕石の落下によるものだと考えていたからだ。自分がありもしない噴出物を警戒している——そう気づいたあとも、それでもわたしは空に目を配りつづけた。そのほうが、地上の惨状を見るよりずっとましだった。

「南にずれるはずがない」ナサニエルは下をよく見ようと横に身を乗りだし、窓ガラスに顔を押しつけた。「ジャイロスコープになんらかの異常が起きたにちがいない」

「ミッション管制センターには遠隔測定の記録が残っているはずよ」

「わかってる！」ナサニエルが声を荒らげた。

「落ちついて、落ちついて……」

ナサニエルは窓の外に目をこらしつづけた。両手はぐっと握りしめたままだ。行く手に黒煙がうねりだしたので、わたしは機をバンクさせ、農場から遠ざかった。

「なぜ遠ざかる？」

「火災気流を避けないと」わたしは機を水平にもどし、ＩＡＣの方向へコースを定めた。ＩＡＣは危険なほど近い。宇宙飛行士が移動に用いるＴ-33ジェット練習機用の滑走路も敷地内にはそなわっている。「わたしに代わって管制塔に連絡してくれる？　ＩＡＣへの着陸許可をとって。所定のニュー・センチュリー空港ではなく、ＩＡＣに着陸するから、と」

もう何秒間か、ナサニエルは機窓に顔をへばりつかせていたが、そこでうなずき、マイクに手を伸ばした。

着陸するなり、ナサニエルはただちにミッション管制センターへ向かった。わたしはセスナを格納する必要があったので、格納庫の前まで滑走《タクシング》させていき、複数のT‐33の横に駐機させた。スマートで華麗なT‐33練習機は、宇宙飛行士たちが各地の訓練場所へ移動するための足としても使われている。

T‐33を前にすると、わたしの小型セスナはおもちゃのように見えた。じっさい、この機は手で押すだけでも格納庫に収めてしまえるほどだ。恥ずかしい話だが、こんな悲劇のさなかだというのに、わたしは一瞬、T‐33に乗れる人たちにうらやましさをおぼえた。

だが……セスナを降りたとたん、鼻をついたのは、ロケット燃料《ケロシン》と木材、そして肉らしきものが焼けるにおいだった。吐きそうになるのを必死にこらえる。

セスナを押そうとしかけたとき、新たにT‐33が着陸し、タクシングして格納庫に向かってきた。パイロットがこちらに遠慮することなく進めるよう、わたしはその場に立ちどまった。空中では絶大な機動力を誇るT‐33だが、地上に降りてからは視界が悪い。

T‐33が格納庫に収まり、エンジンを停め、キャノピーを上に開いた。前席から降りてきた人物はステットスン・パーカー、教官が乗る後席から降りてきたのはデリク・ベンコスキーだった。パーカーの訓練につきあわされたとなると、ベンコスキーはそうとういらつかせられたことだろう。パーカーは機が停まるのとほぼ同時に降りてきたので、操縦停止時のチェックリストをちゃんとこなしたとは思えない。おそらく、ベンコスキーに丸投げしたのだろう。

パーカーはわたしに気づき、こちらにコースを変えた。

「状況は？　どれほどひどい？」

わたしはかぶりをふった。T－33からはベンコスキーもコックピットを降りようとしており、ほんのわずかな情報でもとらえようとする長距離スキャナーのように、じっとわたしたちを見つめている。だが、わたしにはなんの情報もない。

「わたしたちも着いたばかりなの。現場付近の上空は飛んだ？」

パーカーはうなずいた。顔をしかめてIACの建物に向きなおり、そちらへ歩きだす。

「やれやれ、いつまで地上に足どめされるものやら」

「こんなときに考えるのがそれ？　おそらく、人が死んでるのよ？　それなのに、つぎのフライトの心配？」

パーカーはぴたりと立ちどまり、背筋を伸ばすと、首の骨をぽきりと鳴らした。それから、わたしに向きなおって、

「そうだ。おれが心配しているのはそれだ。おれはロケットに乗る。おれのチームの者たちにも乗ってくれるよう頼む立場にある。だから答えはイエスだ。つぎにロケットに乗って飛びたてるのがいつになるのか、気になってしかたない。今回は無人機だったが、あれが有人で、おれかベンコスキーかルブルジョワが乗っていた可能性もあるんだぞ。ルブルジョワといえば、きみに憧れてやまない娘の父親じゃないか。そうじゃないか、レディ・アストロノートどの?」

強烈な切り返しをしてやりたくはあったが、たしかにこれは正論だった。

「わたしが——わたしが悪かったわ。考えが足りなかった」

「そうだ。足りないどころじゃない。きみはちゃんと考えたことがない。きみはいつも、やりたいことを好き勝手にやっているだけだ——行く手に立ちはだかる人間を問答無用で押しのけて」

パーカーはくるりと背を向け、足どりも荒く、ミッション管制センターへ歩み去った。

ベンコスキーが低く長々と口笛を吹いた。

「どうしてなんだろうね?」

「彼、わたしがきらいなのよ」

「そいつは知ってる。だから、どうして?」ひょろりと背の高いベンコスキーは、わずかに小首をかしげて立っていた——まるでわたしの頭の中を覗きこもうとするかのように。

「パーカーがきらう人間っていうのは、そんなに多くはないんだけどなあ」

「わたしは——わたしたち、戦時中からの知りあいなのよ」わたしはかぶりをふった。むかしの話をしてもなんにもならない。わたしは格納庫に収めるため、自分のセスナに歩みよった。「まあ、どうでもいいことだわ。それに、パーカーが優秀なパイロットだということは事実だし。いま大事なのはそれでしょう」

ベンコスキーは肩をすくめ、わたしのあとにくっついてセスナのそばまでやってきた。そして、わたしの反対側にまわり、

「もっと優秀なパイロットは見たことがあるがね」といった。

「あなたみたいな？」

全体重を翼下の支柱にかけ、思いきり押しつける。

煙の異臭が濃厚にただよっているというのに、ベンコスキーはにやりと笑い、セスナを押すのを手伝ってくれた。

「よくおわかりで」

セスナを格納庫に収めてしまうと、ベンコスキーはわたしとならんで、ミッション管制センターへ歩きだした。歩きながら、ポケットをあさって取りだしたのは、ほとんどの宇

宙飛行士が携行している小さな黒い手帳だった。

「ところで……うちの姪っ子が、きみを『ミスター・ウィザード』で見たんだとさ。姪のためにサインをおねがいしてもいいかな?」

「もちろんよ」

胃がぎゅっと縮みあがるのをおぼえながら、ペンを受けとり、黒い手帳の一ページにサインした。地平線の向こうでは世界が燃えていた。

その晩、ナサニエルはIACに泊まった。クルー用の宿舎があり、寝るときはそこの寝台を使うことにしたのである。わたしは家に帰された。もっとも、当人もわたしと同程度の睡眠しかとらなかっただろう。つまり、一睡もできなかったということだ。

翌朝、IACに着くと、廊下を通り、真っ先にナサニエルのオフィスへいった。手にはナサニエル用の着替え一式を携えている。途中ですれちがった人間は、だれもが戦時中の塹壕《ざんごう》から引きあげてきたばかりの兵士のようなありさまだった。三日前とくらべて、どの顔も憔悴《しょうすい》し、げっそりとやつれて見えた。

オフィスのドアをノックする。ドアはあいていたが、いきなり入っていって、ナサニエルを驚かせたくなかったのだ。ナサニエルのブロンドの髪はぼさぼさで、目の下にはくっきりと隈ができていた。顔をあげて、ナサニエルはいった。

「サンキュー」

「なにか食べた？」洗濯ずみのワイシャツを椅子の一脚の背もたれにかける。

机上《きじょう》には遠隔測定のデータシートが積みあげてあった。片手にはシャープペンシルを持っている。数字の列をチェックしているようだ。

「腹はへってない」

「もうじきカフェテリアがあくわ」

「腹は――」あごの筋肉をこわばらせ、チェック作業をつづけながら、「へってない」

「そう。じゃましてごめんね」

わたしはオフィスのドアにあとずさった。なにか手伝えることがあればと思ったのだが、むしろじゃまなだけのようだ。

ナサニエルは嘆息し、あごが胸につきそうなほどがっくりと頭をうなだれさせた。

「待った」片手で目をこすりながら、立ちあがる。顔の上半分は手で隠れたままだ。「エルマ、きみに怒ってるわけじゃない。悪かった。ついつい、つっけんどんになってしまう。それというのも……悪いが、ドアを閉めてくれるか？」

わたしはうなずき、ドアを押して閉めた。ラッチがカチリと音を立てると、ナサニエルは盛大にためいきをつき、どさりと椅子にすわりこんだ。

「もう頭がぐちゃぐちゃだ」

「休憩をとったほうがいいんじゃないの？」

「それというのも……だれもかれもが原因を知りたがるからさ。しかし、ぼくにも原因はわからない」シャープペンシルをデスクに放りだした。「ぼくにだって、わからないんだ。ロケットがコースをはずれたとき、領域安全担当は自爆機構の作動命令を出すべきだった。それなのに、そうはしなかった。それ以前に、そもそもなぜ爆発したのか、見当もつかない。それなのに、上は答えを出せという」

わたしはデスクをまわりこみ、ナサニエルのうしろに立った。両肩に手をかけて身をかがめて、頭頂部にキスをする。汗とタバコのにおいがした。

「出せるわよ、あなたなら」

ちがう。ちがうわ、これはタバコの煙のにおいなんかじゃない。燃える農場のにおいだ。

ナサニエルがかぶりをふった。その動きでわたしの手の下の筋肉がうねった。

「たぶん、連邦政府の調査が入る」

こわばった肩の筋肉に親指を立てた。ナサニエルがのどの奥でうめいた。親指をぐりぐりと動かしながら、ぐっと両肩に体重をかける。

「パーカーがいつまで地上に足どめされるのかと心配してたわ」

「すべてが解明されるまでに、数カ月はかかるだろう」ナサニエルは自分の額をさすった。「月へいく宇宙船の打ち上げも先延ばしになる」

月着陸船も司令船も、今回とちがって、ジュピター・ロケットを使う予定ではないから、今回の事故をもたらした欠陥の影響を受ける心配はない。だが、そもそもジュピターには、欠陥があるとは思われていなかった。このままでは、軌道プラットフォームの建設に遅れが生じる。調査がすむまで、資材を運びあげられなくなるからだ。

ナサニエルが咳ばらいをした。首筋の筋肉がふたたびこわばった。

「なあ……エルマ」

「なあに？」

ナサニエルはごくりとつばを呑みこんだ。

「こんなことをいって、許してもらえるとは思わないんだが……これから二カ月ほどは、ここに泊まりこむ必要があると思う」

「予想はしてたわ」

ナサニエルにちゃんとした休暇をとらせる見こみは完全になくなった。機会《ローンチ・ウィンドウ》は、ここに閉じた。そこでふっと顔をしかめたのは、そう思ったことで、自分が恥ずかしくなったからだ。いつまで地上に釘づけにされるのかを心配するパーカーに文句をいっておきながら、自分は休暇がふいになることを嘆いているなんて……なんて身勝手な。

ナサニエルがいった。

「ということはだよ……きみの甥《おい》の成人の儀式《バー・ミツヴァ》には出席できないということになるんだが……」

肩をマッサージしていたわたしの両手がぴたりととまった。

「たしかに、そうね……」わたしは下を向き、マッサージを再開しながら、考えを整理しようとした。ナサニエルをひとり残していきたくはない。これほど大きなプレッシャーがかかっているのだから、いまはとくに。しかし、ハーシェルには手伝いがいる。それに、なんといっても、ほかならぬトミーのバー・ミツヴァだ。「その場合……わたしだけいってもかまわないの？」

「そうしてくれると助かる」ナサニエルは椅子を回転させ、わたしに向きなおった。「むしろ、きみは万難を排していくべきだ、と説得するつもりでいたんだ」

わたしはナサニエルの顔にかかった髪をかきあげた。

「だからね、あなたはなにも心配する必要がないのよ。あなたなんて、いつでも見捨てられるんだから」

ナサニエルはにっと笑ってみせたが、その表情にはつらさがにじみでていた。

「心にもないことをいう。泣かせてくれるじゃないか」わたしの腰に腕をまわし、ぐっと引きよせて、ナサニエルはいった。「ありがとう」

「なにに対してのありがとう？」

「みんなの前では、ぼくは叫ぶこともできやしない。ほんとうは叫びたいんだ。わめきちらして歯ぎしりしたいんだ。だから、こんなふうにぐちを吐きだして、調査にもどる気力をかきたてさせてくれる場所を与えてくれることに対してだよ」

23

ジュピター・ロケット爆発
原因はヒューマン・エラー

［カンザスシティ（カンザス州）発　一九五六年十二月十二日（UPI電）］　火曜日に月周回軌道へ打ち上げられたジュピター・ロケットについて、第一段ブースターが爆発した事故の予備報告によれば、原因はヒューマン・エラーで、プログラムの転記ミスによるものと見られる。その結果、ロケットはコースをはずれて農場に墜落し、十一人の死者を出した。この事故を未然に防げたかどうかを調査するため、まもなく連邦政府による事故調査委員会が開かれる予定だ。

ナサニエルを残していくことには気が進まなかった。本人が予想したとおり、事故原因を究明するため、連邦政府による調査が行なわれることになったからである。こうなると、IAC独自の爆発原因調査に加えて、門外漢の調査官にも理解できるよう、わかりやすい書類を用意する必要が出てくる。

カリフォルニアにいくうえでもっとも合理的な手段は、旅客機に乗っていくことだろう。しかし、移動中に心の整理をしたくもあった。自分で飛行機を飛ばすのは、そういった整理をする手段にぴったりだ。しかし、ナサニエルには強く反対されたし、たまには〝無謀なまねをしない〟選択もすべきかもしれない。理屈はともかく、結局わたしは、旅客機に乗っていくことにした。

旅客機での旅はおもしろみのないものだった。唯一評価できるのは、カクテルを出してもらえることだろう。これぱっかりは、自分で機を飛ばしていては味わえないものだから。しかし、機窓からの眺めは最悪だった。機長もヘボで、着陸時には二度もバウンドした。横風が吹いていたならまだしも、そんな悪条件はいっさいなかったというのに。

とはいえ、着陸後の点検もなく、ただ立ちあがって機を降りればいいだけ？　これは楽でいい。機を降りれば兄が迎えにきてくれている？　なんて贅沢《ぜいたく》な。

兄のハーシェルは、ドリス、トミー、レイチェルといっしょに立っていた。あいかわらず、カリフォルニアは兄の性に合っているようだ。褐色に日焼けしていて、大輪のハイビスカス柄をプリントしたハワイアン・シャツを着ている。子供たちは驚くほど背が伸びていた。トミーにいたっては、父親と同じくらいの背丈だ。ハーシェルの一家と会うのは三年ぶりだった。レイチェルはすこしはにかみがちなものの、丸い頬にえくぼを刻み、にこにこしていた。

「エルマおばさん！」いっぽうのトミーは、ちっともはにかんでなどいなかった。そもそも、トミーがシャイであったことはいちどもない。真っ先に双方のあいだの空間を横切り、駆けよってきたのは、このトミーだった。思いきり抱きしめられて、わたしはすこしうしろにのけぞってしまった。「きてくれてありがとう！　新しい家には模型のグライダーを飛ばせるだけの広さがあるんだよ。自分でも一機、うんとかっこいいのを作ったんだ。それも、キットからじゃなくて、一から自分でだよ」

ハーシェルが左右の松葉杖《まつばづえ》をつきつき、歩みよってきた。

「こらこら、落ちつけ。積もる話をするのは、エルマおばさんに家でくつろいでもらってからにしろ」

甥を放して、わたしはレイチェルに手招きした。

「ぎゅうっとしてもいい？」

レイチェルはうなずき、わたしの抱擁を受け入れてくれた。身をかがめねばならなかったが、前に会ったときほどかがむ必要はなかった。娘の肩に手をかけて、ドリスがうながした。

「新しいクラブのこと、教えてあげたら? レイチェル?」

レイチェルはわたしに顔をあげ、目を大きく見開いて報告した。

「あのね、〈レディ・アストロノート・クラブ〉を作ったの。ほんとにすてきなのよ」

「それはすごいわね、レイチェル」この子がはにかんでいた理由がわかって、胃がぎゅっと縮みあがった。わたしはもう、ただの叔母ではない。〝憧れの有名人〟になってしまったのだ——〈レディ・アストロノート〉という名の。「こんど遊びにいかせてもらってもいい?」

レイチェルはうなずいた。その目がいっそう大きく、いっそうきらきらと輝いた。そこでレイチェルは母親に向きなおり、ごほうびをもらったかのように両手を組みあわせた。

ああ、まさかこんなことになるなんて。三年間、会わないあいだに、わたしはもう……。

自分がほんとうに宇宙飛行士なら、こんな気分にはならなかっただろう。世間がわたしを〝レディ・アストロノート〟と呼ぶのは、宇宙飛行士になれずにいるからにちがいない。つらいのはそこだった。わたしが広く知られているのは、自分が得られない役割を求めて運動しているからだ。みんなから実態とは異なる通称で呼ばれるのはつらい。自分の姪からもそんな目で見られるのはつらい。それはある種、テレビのキャラクターに嫉妬《しっと》するのに似ていた。この場合、そのキャラクターがわたしというだけで。しかし、自分で自分に嫉妬する、なんてことがありうるものだろうか。

わたしは気をとりなおした。やっとのことで兄を抱擁する番がきた。兄が使っている松葉杖は、前腕で体重を支えるタイプだ。一時的に左腕の腕支え《カフ》のストラップをはずし、左用の松葉杖を右手で持っているのは、抱擁しても松葉杖の金属ポールがわたしの背中にあたらないようにとの配慮だった。わたしは両腕で兄を抱きしめた。ハイビスカスがプリントされているというのに、ハワイアン・シャツはラベンダーの香りがした。

「にいさん……会いたかった」

「ちょっと痩《や》せたな？」兄は抱擁を解き、眼鏡の奥の目を細めた。「ま、それはあとで話そうや」

ナサニエルが同行していないのは、この場合、幸いだった。いまのひとことを聞けば、ナサニエルはきっと悲しい思いをしただろう。

「体重ならすぐにもどるわよ、ドリスのおいしいごはんを食べればね」

兄のからだを放して、義理の姉に顔を向ける。

「それはどうかしら」ドリスはいつものように、音程に幅を持たせてコロコロと笑った。

「ところで、あなたにお手伝いをしてもらいたいの。ハーシェルから聞いてる？」

「そのためにきたんだもの。用事で呼ばれでもしないと、休暇をとらずにずるずると仕事をしちゃうから」

もっともそれは、わたしたちの休暇がほんとうの意味での休暇ではなく、なにかで忙しくすることを意味しているのだが。


ハーシェルの成人の儀式《バー・ミツヴァ》のことはよく憶えている。兄はわたしより七歳年上で、あのときのことはわたしのもっとも古い記憶のひとつだ。すくなくとも、その一部ははっきりと憶えていた。あのときわたしは、モーセ五書の最後の部分を朗読する兄をもっとよく見ようと、家族席に立って背伸びをしたのだが——そのとき兄がつっかえた。当時はまだ六歳でもあり、自分の無謬性《むびゅう》を信じてもいたので、あとでわたしは、〝自分のバー・ミツヴァのときは、こんなまちがいはしない〞と宣言してしまった。

ほかの男の子たちとちがって、ハーシェルはわたしを笑ったりしなかった。あのときの兄の姿は忘れない。松葉杖でからだを支えて、気づかわしげに父を見ていた兄。めでたいあの日に兄が見せた苦悩の表情と兄らしい行動は、わたしの記憶に強烈に焼きついている。

あのとき兄は、ソファに腰をおろし、となりの席をぽんとたたいて、こう説明してくれた――〝女の子はね、バー・ミツヴァをしないものなんだよ〟と。いまはそんなことはない。しかし、一九三四年当時はそうだったのだ。

わたしは泣いた。泣きじゃくるわたしを、兄はひしと抱きしめてくれた。それがわたしの兄の人となり――簡単に要約するなら、そういうことになる。

あのときはじめて経験したことがもうひとつあった。女であるというのがどういうことかを、わたしははじめて、あそこで知ったのである。

まもなく、トミーがバー・ミツヴァを迎える日がやってきた。家族席にすわったわたしはレイチェルをひざに抱き、先々、なんでも好きな仕事につけるといってやりたい衝動に駆られていた。しかし、それではうそをつくことになってしまう。

もっとも、レイチェルをかわいそうに思うからといって、儀式に臨む甥への誇らしさが消えるわけではなかった。甥はこの一週間、式で朗読するヘブライ語を何度も何度も練習して過ごしてきた。ハーシェルから、自分はあまりうまく朗読できなかったと聞かされたためらしい。じっさい、トミーなら失敗などしないだろう。儀式までの日々、階段を駆けあがるときも、ゴミをゴミ捨て場に運んでいくときも、わたしといっしょに海を一望する丘の上からグライダーを飛ばすときも、いつもいつも懸命に暗唱していたのだから。

朗読用の講壇に呼ばれたトミーの、なんと若々しく、きりっとしていることだろう！スーツを着用し、蝶ネクタイをしっかりと締め、肩に祈禱用の肩掛け《タリス》をきちんと掛けた、あの晴れ姿。ハーシェルも家族席からすべりでていき、床に松葉杖と礼装用靴の音を響かせながら、トミーのあとにつづいて前部の講壇へ歩いていく。

わたしのとなりで、ドリスが目にハンカチをあて、小さくうれし泣きの声をあげていた。用意周到に、わたしもすでに自分のハンカチを手に持っている。

ハーシェルの声は感激ですこしわなないていた。

「この者をわが責任のもとより解き放たれし彼《かみ》に讃えあれ」

ハンカチを出しておいたのは正解だった。儀式がおわるまでには、ハンカチはびしょびしょになっていることだろう。

そこでトミーが祈禱《きとう》書を開き、胸を張って朗読をはじめた。

「ロマルベヘム・ミコル・ハ＝アミム・ハシャク・ハシェム・バヘム、ヴァイヒバル・バヘム・キ・アテム・ハメ＝アト・ミコル・ハ＝アミム……」

まったくよどみがなかった。恐れるようすもなかった。よく通る若々しい声は、天と神の耳にしっかりと届いたことだろう。英語に訳せば、これはこういう内容だ。

〝……神が汝《なんじ》を御心《みこころ》に留め選ばれし訳《わけ》は、汝が民のうちでもっとも偉大なる者ゆえにてはあらず——汝が民のうちでもっとも卑小なる者なればなり……〟

もう一枚、ハンカチがいりそうだ。

ハーシェルとわたしは、ウェクスラー家が借りたパーティー会場の一角でテーブルについていた。ドリスは部屋の反対側におり、おおぜいいるいとこのひとりと話をしている。ダンスフロアの真ん中では、トミーが友人たちとダンスに興じていた。着ている白いイブニング・ジャケットがひときわきらびやかだ。

トミーたちはとても若々しく見えた。あの子たちが引き継ぐ世界はどんなふうになっているのだろう？

ハーシェルが肩でわたしをそっと押した。

「なんだ、ためいきなんかついて？」

「最後の審判だなって思って」

そんな思いをふりはらい、シャンパンのグラスを手にとる。このパーティーには相当の費用がかかっているにちがいない。〈巨大隕石〉落下よりも前から、フランスではブドウの収穫量が激減していたからだ。

「そういえば、にいさんも……あの子たちを眺めながら、四〇年後の気候を予想してるのよね」

ハーシェルはうなずき、自分のグラスを手にとって、軽くかかげてみせた。

「〈長い夏〉に」

「宇宙に」自分のグラスを兄のグラスに触れあわせてから、シャンパンを飲んだ。はじける気泡がアプリコットの風味をもたらし、上あごを刺激した。「そのころ、あの子たち、星空がどんなふうだったか憶えているかしら」

ハーシェルはかぶりをふった。

「レイチェルは憶えていないだろうな」

はっと吐胸《とむね》をつかれた。それはそうだ。〈巨大隕石〉が落ちたとき、あの子はまだ五歳でしかなかったのだから。噴塵《ふんじん》が収まるころには、大気中に相当量の水蒸気が蓄積されて、ほぼつねに星空が見えない状態になっていた。

「このうえない悲劇ね」

「あの子にとってはそうでもないさ」ハーシェルはシャンパンを入れたフルート・グラスでレイチェルを指し示した。当人は友人たちとくるくる踊っている。その動きに合わせてタフタの小さなパーティー・ドレスが広がり、円を描いて翻《ひるがえ》った。「あの子には現状があたりまえで、世界は正常に動いてると思ってる」

「父親は気象学者だというのに？」

「うん……まあ、賢い子だからな、頭ではわかってるんだよ。だけど、なんというか……たとえばおれは、ふつうに歩いていたころのことを憶えていない。なにせ、かなり小さいころポリにかかっただろう？」テーブルに立てかけた松葉杖に手をかけた。「これがおれの〝あたりまえ〟だ。頭ではそうじゃないとわかってはいる。病気で脚が動かないんだと。それでも、自分の脚で動きまわれていたころの記憶はないんだよ」

不思議なことに、兄がポリオにかかったときの記憶はなかった。たぶんわたしの記憶には歪《ゆが》みがあるのだろう。わたしが生まれたときから、兄はずっと松葉杖をついていた気がする。だから、それがあたりまえだった。だから、兄の指摘が正しいということは、この身をもって経験しているはずだ。レイチェルくらいの子供たちは、世界がどれほど変化してしまったのかを実感することはないだろう。

「どのくらい……どのくらい悪化してるの？　地球の気候は？　ここのところ、すっかりＩＡＣの仕事に没頭していて、現状を把握していないのよ」

「そうだな……寒冷な気候は予想よりすこし長くつづいたが、それはたぶん、われわれのモデルが火山の噴火をベースにしていたからだ。大気中の灰も想定より放射冷却を妨げなかった。加えて〈巨大隕石〉で発生した火災の期間を充分考慮していなかった側面もある。いや、考慮してはいたんだがな、初期のデータがすくなすぎたから……」ハーシェルは肩をすくめ、その動きでグラスをきらめかせながら天井を見あげた。「温室効果はまだ継続しているが、オゾン層は思ったほどダメージを受けていない。これについては、核実験のデータをモデルにしたせいだろう」

「だとしたら……人類が滅ぶほどの危機ではない？」

「おれがマスコミに話をすることを許可されていない理由はそこにあるんだよ」ハーシェルは口をつぐむしぐさをした。「地球の気温は上昇をつづけている。この傾向は止まることがない。しかし、人類が排出する温室効果ガスの量を抑えられれば、地球を居住可能な状態に維持できるかもしれない。かもしれない、いいかもしれないだぞ、そこは強調しておこう。ずっとはむりでも、居住可能期間を長びかせることはできるかもしれない」

「それは……大きいわね」ここから先は、なにをどう話したものだろう。わたしたちはすわったまま、ダンスに興じる人々を眺めた。ドリスも踊っている。兄弟にダンスフロアへ引っぱりだされたのだ。兄弟とダンスのできるドリスが、ちょっぴりうらやましかった。いや、じっさいには、だれかとダンスできることがだろうか。わたしは咳ばらいをした。

「ナサニエルがいっていたわ、こられなくて申しわけないって」

ハーシェルは鷹揚《おうよう》に、手を横にひとふりした。

「あの墜落だ。事情はわかる」

「それでも、やっぱりね……」これだけおおぜい人がいるのに、ウェクスラー家の人間は、このうちの四人だけ。しかもわたしは、正確にはもうウェクスラー家の人間ではないし、レイチェルも結婚すれば姓が変わってしまう。

「ナサニエルはどんなぐあいだい？」

「よくやってるわ、いろんな条件を総合すればね」正しい答えは〝悲惨なものよ〟だ。頭の片隅には、兄に電話した件でぐちをこぼしたい気持ちもあるが、そうすると、ナサニエルがわたしについても問題をかかえていることに触れざるをえず、この状況ではとても口にできるものではない。会場の反対側で、ジャズバンドがつぎの曲を演奏しだした。あとでふりかえってみたが、なんの曲だったかは憶えていない。というのは、ハーシェルがこのあとになにをきくかは、見当がついていたからだ。

「で、エルマ自身はどうなんだ？」

静かな口調だった。シャンパングラスのステムを指で持ち、くるくるとまわしているが、目はじっとわたしを見ている。

一笑に付すこともできた。あたりさわりない返事をすることもできた。つまり、うそをつくこともだ。しかし、甥のバー・ミツヴァの日に、世の中にたった三人しかいない肉親のひとりの横にすわっていながら、うそをつくわけにはいかない……。わたしは踊る人々に視線をすえたまま、こういうときに使うようにと母から教わった静かな微笑を浮かべて、兄に答えた。

「憶えてるでしょう、スタンフォードの、あの半学期のこと」

「ああ」どの半学期のことかは、ことさらにいうまでもない。ハーシェルは手を伸ばしてきて、わたしの腕をそっと握った。「なんてこった。エルマ。かわいそうに。気になってはいたんだ……『ミスター・ウィザード』の話を聞いたときに。ジョークであればいいがと思ってたんだが……」

「二度よ。生放送の直前に」この美しいパーティー会場で、だれもが楽しそうにほほえむなか、〝嘔吐《おうと》〟などということばを口にするわけにはいかなかった。全身の筋肉がこわばり、わなわなと震えだす。大きく息を吸い、ふうっと吐きだした。それとともに、緊張も吐きだそうとした。「インタビューを受けるときもそう。毎回、事前にね」

「それじゃ……まさか――」ハーシェルは唇を湿らせた。だれかが近づいてきていないかと、いったん周囲を見まわしてから、わたしに顔を近づけて、「まさか――また……？」

それ以上はいわさずにすむよう、わたしは首を左右にふった。

「ううん。取り乱しはしたけれど、いちばんひどいのがそれ。ナサニエルも現場を見てる。わたしが大学で神経衰弱になったことは話してあるけれど、くわしい話はしていないの。ナサニエルにはいわないで。おねがい――おねがいだから、いわないで」

「いわないさ」兄はぐっとわたしの腕を握った。「いうもんか。約束しただろう、絶対にいわないと。おれの墓まで持っていくよ――この場合に使うにしては、考えられるかぎり最悪の暗喩《あんゆ》だが」

思わず、笑い声が出た。自分でも意外だった。大きな笑い声は、楽《がく》の音《ね》と音のあいだをぬってパーティー会場の空間を貫き、向こう側の壁に反響した。いくつもの顔がこちらに向けられたが、笑い声の源に見えたものは、部屋の一角ですわる兄と妹の姿だったので、みなけげんな笑い声を漏らしただけだった。

みんなには見えなかったにちがいない。あの年の記憶までは――わたしが首を吊ろうとしたことまでは。

24

スピードこそは鍵
宇宙計画成功のために

ナサニエル・ヨーク博士
国際航空宇宙機構・統括エンジニア
一九五七年二月四日

人類の宇宙事業にとって、時間はもっとも稀少なリソースであり、もっとも重要な要素である。このリソースを増量する手段がない以上、唯一の賢明な選択は、ただでさえすくなく、急速に減少していくこのリソースを、最大限に有効活用することだ。

トミーの成人の儀式《バー・ミツヴァ》のパーティー会場には、淡いブルーのメッキと金メッキがふんだんに使われていた。あのきらびやかさのあとで連邦議会新議事堂の公聴室を見せられたわたしは、あまりの落差にめまいをおぼえそうになった。花崗岩《かこうがん》のブロックをステンレスのフレームで囲った新議事堂は、ポスト〈巨大隕石〉時代の質実剛健さとモダンな美しさの象徴といえる建築物だったのだ。これからここで行なわれるのは、オリオン《オライオン》27号を載せたロケット墜落に関する公聴会で、わたしはナサニエルをサポートする立場で出席している。

カリフォルニアから帰ってくるなり、わたしはナサニエルから〝計算室の代表として公聴会の資料を準備してくれ〟とたのまれた。これはほかの計算者に依頼してもいいのだが、ナサニエルの意志を汲むことにかけては、やはりわたしがいちばん適している。

墜落から二カ月を経て、多数の図表と指標を盛りこんだ詳細な報告書を作成してはあった。しかし、議員たちがナサニエルの用意していない数字を求めてきた場合、わたしがそばについていれば、その場で計算して結果を提供することができる。すくなくとも、そういうプランで臨むことになっている。

公聴会二日め、一段高くなった委員会席から、ノースカロライナ州選出のメイスン上院議員がわたしたちを見おろした。険しい顔つきだった。イギリスの判事が使うあのばかげたかつら——あれをかぶった姿が目に浮かぶ。

「それに関しては、待っていただきたい。ちょっと待っていただきたい。たったひとつの記号のミスで破綻《はたん》するほど、ロケット計画全体が脆弱《ぜいじゃく》である——はなはだ脆弱である——と、そのように理解してよろしいか？」

クレマンス本部長は文書をめくった。

「そうではありません。いまこの時点で、転記ミスに原因があると判断していることは、事実ではありますが」

「わたしとしては……そう、わたしとしてはですな、とうてい信じがたい。わたしとしては、とうてい信じがたい」マーク・トウェインの有名なことばの主旨どおり、〝議会の議員は愚か者〟なら、メイスン議員はまさにそれを体現する人物だった。「わたしとしては、とてもとても信じがたい」

信じがたいのはわかったが、このご仁、それしかいえないのだろうか。

委員会で数少ない聡明な人物のひとり、ウォーギン上院議員が咳ばらいをした。

「このへんで、問題の数式について、説明してもらったほうがよさそうですな」

わたしの心臓がびくんと飛びあがった。まるで脊髄《せきずい》に電極を取りつけられ、全身に電気を流されたかのようだった。いまのはわたしに向けられた合図だ。これを説明するために、わたしはここにいる。深呼吸をしようとしたが、浅すぎた。もういちど試みた。だめだ。

あえぐばかりで深呼吸ができない。

　スカートで両手をぬぐうわたしのとなりで、ナサニエルが立ちあがった。

「それでは数式についてご説明しましょう」

　それまでずっと、わたしは目の前の木製テーブルの、磨きあげられた天板に視線をすえていた。それを懸命に引きはがし、顔をあげてナサニエルを目で追いかける。ナサニエルがテーブルを離れていき、それとともに室内の全員の目がわたしから離れた。こんなことって――こんなこと、わざわざしなくてもいいのに。わたしが説明できるのに。わたしはそのためにここにきているのに。

　わたしは額の汗をぬぐい、順を追って説明していくナサニエルを見まもった。

　手書きの数式をパンチカードに転記するさい、穿孔《せんこう》責任者がオーバーラインの記号をひとつ見落としていたこと――それを説明するのは簡単だ。しかし、その記号自体の意味はどう説明するのだろう？　数式全体を理解しなければ、その記号の意味はわからない。

　それを説明するのはわたしの役目のはずだ。それなのに、代わってナサニエルが説明しているのは、わたしの発汗の度合いや態度のはしばしに出る心の動揺に気づき、自分が矢《や》面《おもて》に立ったほうがいいと判断したためだろう。わたしはスカートに両手をぐっと押しつけて下を向き、ナサニエルの説明がおわるのを待った。

ナサニエルが着席すると、わたしは顔を近づけ、小声でいった。

「あしたはヘレンを連れてくるべきよ。プログラムの大半はヘレンが書いたんだもの」

「ヘレンは中国人だからな」

ナサニエルはそういって、クレマンス本部長が領域安全担当の義務に関する質問に答えているあいだ、手元の書類を整理した。

「台湾人よ」

「問題はそこじゃない。メイスンが中国なまりを許容しないということさ」そこで、わたしのひざに手を置いて、「必要なのは――」

そこまでいいかけたとき、委員会席のメイスンからなにかを質問され、ナサニエルはそちらに顔を向けた。

「ええ、そうです。すべてのロケットには誤作動にそなえて自爆装置がついています」

「だとしたら！　これはゆゆしき問題ですぞ。そんなものを組みこむからには、爆発がしじゅう起きることを想定しているということでしょうが！」

「たとえ可能性がごく小さくとも、不測の事態にそなえて予防措置を講じておかなければ、無責任のそしりをまぬがれない――」クレマンスの声は、レモンを吸いながら、なおかつほほえもうとしているような響きをともなっていた。「――のではありませんか？」

それからも、公聴会の前半が終了するまで、わたしは傍観者でありつづけた。

この試練で唯一の光明は、委員会にウォーギン上院議員がいてくれたことだ。そのため、公聴会にはある時点から、わたしの友人のニコール——つまりウォーギン上院議員夫人も傍聴してくれていた。昼食の休会が宣言されて、室内の者たちが席を立ちはじめる。ニコールが着ている黄色のドレスは、公聴室の内装を占めるステンレスと花崗岩の中で、そこだけぽつんと目を楽しませてくれた。

「すっかりやつれてるわねえ」黄色いスカートを翻しつつ、ニコールはナサニエルに歩みよってきた。「ふたりともよ。ああ、気を悪くしないで。あなたたち、いったんこの墓場を脱けだしたほうがよさそうだわ。いっしょにランチでもいかが？」

ナサニエルは立ちあがり、のびをした。

「お気づかいに感謝します、ミセス・ウォーギン。しかし、午後からの公聴会にそなえて、クレマンス本部長と打ち合わせをしておかねばいけませんので」

「われわれはサンドイッチですませましょう」クレマンスも自分の席から立ちあがった。

「お申し出はありがたく思います」

「そう。では、エルマをお借りしてもよろしくて？」

わたしはかぶりをふった。

「わたしも残らなきゃ」

だが、ナサニエルが背後からわたしの両肩をつかみ、ニコールのほうへ押しやった。

「いっておいで。帰りにパイのひときれでも持ってきてくれるとうれしい」

ニコールはわたしの腕に自分の腕をからめて、

「パイ？　これからいこうとしているのが、まさしくその手のお店なのよ」といった。

ニコールはなかばわたしを引きずるようにして公聴室から連れだし、新議事堂の廊下に出た。廊下にはおおぜいが行きかっていた。どこかへ急いでいるのは議員秘書たちらしい。彼らが踏みしめていくのは、廊下に敷きつめられた部厚いブルーのカーペットだ。直角が多く、冷たい感じのステンレスと花崗岩の内装の中で、唯一やわらかさを感じさせるのは、このカーペットだけだった。

「あんまり遠くまではいけないわよ」目の焦点を合わせようとして、わたしはしきりにまばたきをした。「公聴会で図表を見るとき、席にもどっていないといけないから」

「だいじょうぶよ、たまたま知ってるんだけど――とくに名を秘す某上院議員は、いつもランチに二時間はかけるの。時間はたっぷりとあるわ。それに、あなたとわたしの仲でしょう？　話しあっておくことがいろいろありそうじゃない？」

　ニコールに連れていかれたレストランは、前〈巨大隕石〉時代の豪華さを残していて、天井は高く、クリスタルのシャンデリアが何灯もぶらさがり、いたるところ鏡張りだった。まるで英国の摂政時代《リージェンシー》が舞台のロマンス小説から抜け出てきたかのようで、自分が絶望的に場ちがいに思えた。これまで公聴会に着てきたのは暗色系のペンシル・スカートばかり。ダークスーツを着た男たちの海のただなかで目だたないようにと、きょうはネイビーのスカートに白のシンプルなブラウスを着ている。

　いっぽうニコールは、首に花柄のスカーフを巻いており、それが上品に顔を引きたてて、このレストランの雰囲気によく合っていた。しかし、ウェイターが注文を取りにくると、上品なご婦人の幻想は木端微塵《こっぱみじん》に打ち砕かれた。

「マーティーニを二杯。どちらもダブルで。最初に固ゆで卵《デヴィルド・エッグ》のオードブルを、それから、フィレ・ミニョンをそれぞれに。血がしたたるようなレアでおねがい」

「ちょっと、わたしは——」

「二時間のランチよ。消化する時間はたっぷりあるわ、アルコールもね」ニコールはメニューを閉じた。「だいいち、あなた、いまにも割れそうなほどガチガチじゃない。あなたに助言する前に、まずは緊張をほぐしてもらおうと思ってね」

「じゃあ、わたしのぶんもオーダーしたことは、助言のうちに入らないのね？」

ニコールは手を横にひとふりした。ダイヤモンドのブレスレットがきらきらと輝いた。

「そうとんがらないの。どうせあなた、サラダを注文して、三分の一も食べれば終わりにするつもりだったでしょう。すこしでもステーキを食べれば、多少は力がつくわ」

「わたしの顔色、そんなに悪い？」

「あなたもナサニエルも、悲惨そのもの」ニコールはかぶりをふり、わたしの手に自分の手を重ねた。「エルマ。これは愛しいあなただからいうのよ。いままでずいぶん、公聴会というものを傍聴してきたけれど、あなたたちふたりは喚問された証人の典型ね。ふたりとも服がゆるめ……ということは、ちゃんと食べていないということ。あなたの場合、目の下のファンデーションがとくに濃いわ……ということは、ちゃんと眠れていないということ。たぶん、ずっとこもりっきりなんでしょう」

たしかにそのとおりだった。ここでマーティーニが運ばれてきて、いったんは救われた。

「それで、あなたの助言は？」

ニコールはわたしのグラスをぐいと押しだして、

「飲みなさい」といった。

「これを？　そんなに血色が悪い？」

「飲みなさい」ニコールはグラスをかかげ、そうやって持ったまま、乾杯をうながした。

わたしは自分のグラスをニコールのグラスに触れあわせてから、口に運んだ。ニコールは半分ほどを一気に飲み、目をつむってひといきついてから、グラスをテーブルに置いた。

「ねえ。どうしてナサニエルはあなたに話をさせないの？」

口に残るマーティーニは、オリーブの塩味とジンに香りをつける杜松《ジューニパー・ベリー》実の味がした。

「それは――ここにくるまでにしっかり準備してきたし、新しく計算を求められることもなかったから……」

「わたしがいっているのは、どうしてあなたが証言をしないのかということよ」

あやうくグラスを取り落としそうになった。

「証言？　わたしが？　いったい委員会が、わたしになにをきくことがあるの？」

ニコールは小首をかしげた。このスカーフが上品だなんて、どうして思ったのだろう。

「エルマ。メイスン上院議員はね。こんどの事故を利用して、宇宙計画を中止に追いこむつもりでいるのよ？」

「ええ、あのひとは前々から宇宙計画を毛ぎらいしていたから」メイスンは〈巨大隕石〉落下から出身州を復興させるため、宇宙計画の予算を取りあげて、地元につぎこもうとしているのだ。公正にいって、ノースカロライナ州が巨額の資金を必要としているのはまちがいない。大規模火災で甚大《じんだい》な被害をこうむったうえ、酸性雨で農地の大半をやられてしまったのだから。「それとわたしが証言することと、なんの関係があるの？」

「あなたが女性宇宙飛行士《レディ・アストロノート》だからよ」

「わたしは宇宙飛行士じゃないわ！」思わず大きな声が出てしまった。低い声で交わされていた店内の会話がぴたりととまった。裕福で権力のある客たちがこちらをふりかえり、わたしを見ている。わたしはいま、このひとたちからどんな目で見られているんだろう。下を向き、マーティーニを口に含んで、ジンの冷たい炎に意識をふりむけた。

「では、各地の〈レディ・アストロノート・クラブ〉は？」

デヴィルド・エッグが運ばれてきた。固ゆで卵は半分に割られたうえ、詰め物をされ、光沢を放っていた。そのひときれでさえ食べきれそうになかった。

〝人間のからだというものは……そうした反応をするようにはできていないのです〟

マーティーニを飲み干してから、グラスを押しやった。

「あれはNBCがやっていることよ。わたしがかかわっているわけじゃないわ」

「寝言はやめなさい」

「ほんとうよ。それに、ドンは――ミスター・ウィザードは――クラブの名前に反対していたの、男の子も女の子も、どちらも宇宙飛行士になれてしかるべきだって。あちこちの〈ミスター・ウィザード・サイエンス・クラブ〉では、そういう分け隔てはしないって」

かぶりをふりふり、ニコールはテーブルに身を乗りだした。

「そういうことをいってるんじゃないのよ。組織したのはあなたじゃないかもしれない。けれど、その手のクラブはあなたがいてはじめて成立するものなの。ナサニエルにしても、あなたの人気を有効活用しない手はないでしょう」

「わたしは――」

「あなたはカメラ映えするの。あなたはロケット工学を刺激的で身近なものに感じさせているの。あなたは見ていておもしろくて、それに――」

「吐くのよ。毎回」両手で口を押さえ、目をつむり、呼吸をすることに集中した。ニコールは助けようとしてくれている。これがわたしでなければ、ニコールの助言はプラスに働いただろう。しかし、ことわたしに対しては、助けにならない。「むり」

「吐く？　どの時点で？」ニコールの声はおだやかになっていた。

両手を口から離し、目をあける。

「放送や撮影の直前に。ときどき、そのあとにも」

「でも、放送中や撮影中はだいじょうぶなのね？」

「むり」

ニコールは下唇を噛み、ためいきをつくと、すわったまま椅子をすこし前にすべらせた。

「わたしは……。ねえ、これからいうことは、けっしてだれにもいわないと約束して？もしもブン屋連中に嗅《か》ぎつけられたら、どんなことになるものか──だから、約束して、エルマ」

　わたしはかぶりをふった。いったいなんの話を切りだされるのかとけげんに思ったからである。そこで、こうして首を左右にふれば、ノーといっていると思われることに気がついた。

「ごめんね。もちろん、だれにもいわないわ。約束する。ただ、なんだか怖いんだけど」

　ニコールはいっそう前に身を乗りだしてきた。そして、まわりのテーブルでカトラリーが立てる音の中、かろうじて聞こえる程度まで声を落とし、先をつづけた。

「〈巨大隕石〉のあと……わたしは心に問題をかかえたの。あなたと同じような問題をよ。そして、夫が──ケネスが──上院議員に立候補したとき、それは……心だけの問題ではなくなったわ。わたし自身が問題になったのよ」まるでスパイ小説の登場人物のように、ニコールは周囲にすばやく目を配った。「わたしの掛かりつけの医師を紹介してあげましょうか」

「薬なんて、服《の》みたくない」

　ニコールは急に身を引き、顔に社交的な笑みをへばりつかせた。

「もちろんよ。わたしは薬の話なんて、いっさいしてないわよ？　わたしは上院議員夫人だもの。世間の目というものがあるでしょう？」

その恐怖は痛いほど理解できた。わたしは両手でニコールをなだめようとした。

「ううん、そうじゃなくて。あなたがどうこうという話じゃなくてね。じつは……ある医師に診てもらったとき、薬を勧められたの。でも……」

「わかるわ」ニコールはグラスを手にとり、じっとマーティーニの表面を見つめ、奇妙な薄笑いを浮かべた。「信じてちょうだい、その〝でも〟の意味はとてもよくわかるのよ。けれどね……そんなことはなかった。いいかい、いいかい、いいかい、いいかい、の」

公聴会がはじまって一週間がたったころ、わたしはふたつの点でニコールが正しかったことを知った。ひとつめは、ナサニエルはわたしに証言を求めない覚悟を固めていたが、じっさいには必要としていたこと。より正確には、計算者の証言を必要としていたというべきか。IACに在籍する計算者で、もっとも証言者としてふさわしいのはこのわたしだ。なぜなら、ナサニエルといっしょにずっと公聴会の準備をしてきたからである。それに……それに、わたしが世間によく知られているという側面もある。

ふたつめは、証言をすれば気分が悪くなるということ。いいえ、待って……ニコールが正しかったというのは、その点ではないわね。それはすでに、自分でもわかっていたことだから。ニコールが正しかったのは、おおぜいの前で話をするとき、毎度毎度気持ちが悪くならずにすむ方法があるのではないかということだ。

　奇妙な話だが、人はひとたびなにかを意識すると、いたるところにそのなにかを見いださずにはいられない。たとえば、自分の生年月日が気になりだしたら、あちこちに同じ組みあわせの数字が見えるようになる。同様に、ニコールと話をしたあと、急に精神安定剤《ミルタウン》の宣伝が目につくようになった。薬局の前を通れば〈アイスクリーム！〉と大書した看板があり、そのすぐ下に、同じほど大きな字で、〈イエス！　ミルタウン、あります！〉の看板が目に飛びこんでくる。食料雑貨品店《グローサリー》に入って雑誌をぱらぱらとめくっていれば、〈幸せの錠剤〉の宣伝が目に入る。さらに、コメディアンのミルトン・バールが自分の名前をもじって、〝こんにちは、ミルタウン・バールです〟とジョークをいっている場面も目《ま》のあたりにした。人がパターンを探しもとめる生物であることは知っている。だが、ある時点からこちら、感情のフィボナッチ数列といおうか、わたしはどうにも不安が不安を呼んでいるような気がしてならなくなった。

　そんなわけで、とうとうニコールのかかりつけの医師に連絡した。こんどのドクターは精神療法の専門医だという。会ってみると、女性であることがわかった。驚くと同時に、ほっとした。ナサニエルには精神科医にかかることを話していない。話せばちゃんと理解してくれて、同行してもくれただろう。しかし……しかし、自分がこんなにも弱い人間だとは認めたくなかった。人前で話をするという、とくになんでもないことをこなすために、薬にたよらねばならないことが、ひどく恥ずかしくもあった。わたしの頭脳には天才といえる側面がある。うんと控えめにいっても頭がいい。それは自覚している。しかし、ドクターとニコールのいうとおり。状況が状況でなければ、わたしはけっして薬にたよろうとはしなかっただろう。

だからわたしは、この日の夕方、コートを着こみ、ちょっと用事をすませてくるといったていで外に出た。ナサニエルに対して、これほど〝うそをつく〟のに近い行為をしたことは、いまだかつて一度もない。そのため、肌が粘液の層におおわれたかのような不快感に襲われた。よほど家に取って返し、ナサニエルにほんとうのことを打ち明けようかと思った。が、いざ帰ったら帰ったで、心の中を打ち明けられる自信はない。たぶん、ナサニエルにうそをつかずにすむよう、そのままぐずぐずと家にいすわっただろう。

ドクター・ハダッドのクリニックは、褐色砂岩をファサードに使った、高級そうな建物の一階にあった。中はクリニックというよりも、どこかの家の居間のようだった。部屋の四隅にはフロアランプが立ち、ほんのりと明るく、ゆったりとくつろげる空間を演出している。ドクターはスリムなからだつきで、艶《つや》のあるまっすぐな黒髪を肩まで伸ばしていた。黒いズボンが驚くほどファッショナブルだったので、わたしもふと、こんな格好をしてみたくなった。

ドクターはわたしを肘掛《ひじか》け椅子に導いていった。

「お紅茶でもいかが？」

「いえ、だいじょうぶです」

自分のカップに紅茶をついで、ドクターはほほえんだ。

「お茶を飲むとね、落ちつくんですよ、とくに、こうも寒い気候にはね」

「もうじき、またあたたかくなってきます」

「ああ、なるほど……でも、まだあたたかくはなっていませんよ」ドクターはカップを口もとに運び、カップの縁ごしに、わたしにほほえみかけてきた。「さて……きょうきていただいたのは、どのようなご相談かしら？」

わたしはごくりとつばを呑みこみ、お茶を断わったことを後悔した。お茶さえあれば、カップを手に持つので、手のやり場に困らなかったのに。

「わたし、不安にさいなまれているみたいなんです。それで……それで、どう対処していいのかわからなくて」

ドクターはカップをテーブルに置き、前に身を乗りだしてきた。

「だいじょうぶですよ。そのためにわたしがいるんですから」

わたしは思わず泣きだした。

25

北平《ペイピン》、一九五八年までに衛星を軌道へ投入か

合衆国情報当局、データで把握

中国の宇宙計画活発化の兆し

ジョン・W・フィニー

ザ・ナショナル・タイムズ特電

［カンザスシティ（カンザス州）発　一九五七年一月九日］合衆国政府情報当局の報告書は、共産中国が二年のうちに、人工衛星を地球周回軌道へ投入するものと予想している。

手の平のまんなかには、白い小さな錠剤がのっている。手の平自体はうっすらと汗の膜でおおわれていた。頭上ではバスルームの換気扇が調子の悪い航空機のエンジンのようにカタカタと音を立ててまわっており、アパートメントのほかの部分からの音をほぼかき消している。

ナサニエルは椅子にすわり、レイ・ブラッドベリの新作を読んでいるところだ。出かけてくれればありがたいが、その気配はない。もっとも、たぶん家にいてくれたほうがいいだろう。この薬を服用して万一のことがあった場合、たよれる人がいたほうがいいから。

ほんとうは、ひとこと〝精神安定剤を服む〟といっておくべきなのだろうが——しかし、どうしても切りだせなかった。

理由はきかないでほしい。ナサニエルを信用していないわけではない。ただ……わからない。信用していないのは自分のこと？　そんなことがあるのだろうか。

この錠剤を服むということは、自分の精神的な不調を認めるということにほかならない。いくら医師たちが〝不安は純然たる病気です〟といおうとも、そんなことは関係ない。母のことばがいつも頭をよぎる。

〝人さまにどんな目で見られると思ってるの？〟

ナサニエルにどんな目で見られると思ってるの？

唇を湿らせ、錠剤を口に含む。舌に苦いコーティングの味をおぼえつつ、口いっぱいの水で飲みくだし、グラスを置いた。服用完了。鏡から見返す自分の顔に変化はない。茶色い目。すこし曲がった鼻。ちょっぴり丸すぎるあご。おかしな徴候はなかった……いまのところは。感傷的に聞こえるのはわかっているが、わずか二〇〇ミリグラムの錠剤は大きな可能性を秘めている。

（どうか効きますように）

二〇分。効果を感じられるまでには二〇分ほどかかるという。洗面台の引きだしをあけ、生理用ナプキンのあいだに薬の瓶を隠した。小さなアパートメントなので、絶対にナサニエルの目に触れない場所となると、数えるほどしかない。ここはそのひとつだ。

スカートで手の汗をぬぐってから、ドアをあけてバスルームを出る。ナサニエルは読んでいる本からほとんど顔をあげなかった。議会の公聴会で時間をとられていることを考えれば、きょう一日、休暇をとることに同意したのは驚きだ。もっとも、公聴会がおわるまでは、打ち上げスケジュールは再開できないから、仕事に出かけたところで、できることはあまりないのだが。

さて。わたしはテーブルの椅子を引き、腰をおろした。支払う料金の整理をしなくてはならない。わたしは請求書の束を引きよせ、作業に取りかかった。

一時間後、料金の整理がおわり、小切手帳の振りだしをすませていた。気がつくと……気分がよくなっていた。

気の向くまま、まっさらな紙を引きよせ、月面着陸のための軌道を描きはじめる。このときの状態をあとから顧みれば、もしかすると思考がすこし遅くなっていたかもしれない。いや、たぶん遅くなっていた。とはいえ、長い一日の終わりごろとくらべて、そうひどく遅いわけでもない。それに、疲れている感じもしなかった。ただ……出力が絞られている感じがあった。いや、これは適切な表現ではない。たんに……ふつうな感じというべきだろう。それがどんな意味であれ。

翌朝、なにかミスをしていないか、預金通帳をチェックした。ミスはひとつもなかった。

カーテンの一枚ごしに、アパートメントの外の街灯が放つオレンジ色の光が射しこんでいる。わたしはベッドの上でナサニエルに寄りそって横たわり、夫の肩に頭をもたせかけていた。

ナサニエルが片手でわたしの腕をさすり、指先に向かってなでおろした。その動きにそって、鳥肌が生じていく。そのまま、ナサニエルはわたしの手をなでさすり、結婚指輪をまさぐりだした。

「ねえ。わたしね——あなたにうそをついていたの」

ときどきわたしは、いうつもりのなかったことを口走ってしまい、自分でも驚くことがある。しかし、このときはそうではなかった。

夫の息づかいに変化はなかったが、もたせかけた頬の下で鼓動が速くなるのがわかった。

「どんな？」

「習いごとをしているといったけど……」最初のセラピーのあとは、ちょっと用事があるという言い訳ではすまなくなっていた。「じつは……じつは、セラピストにかかっているのよ」

ナサニエルのからだから緊張が解けていった。

「そいつは朗報だ」

「それは……予想していた反応とちがうわ」

ナサニエルはわたしをいっそうそばに抱きよせ、額にキスをして、

「むしろ、自分を気づかうようになってくれたことがうれしいな」

「うそをついていたことがショックじゃないの？」

「ショックじゃないことはないが、それよりも安心のほうがずっと大きい」ナサニエルの

手がわたしの頭に這《は》い登り、前からうしろへと髪をなでつけだした。「たしかにまあ……ぼくに打ち明ける気になれなかったと知って、ちょっぴり傷ついたのは事実だよ。だけど、怒ってはいない。いいかい？　これはだいじだ。怒ってはいない」

自然と目頭が熱くなった。まばたきをし、涙をこらえる。

「あなたって、懐が深いのよね」

「そりゃあ、愛しているからさ。そこのところは重要だろう」ナサニエルは向きを変え、わたしの額にキスをした。「きみがいなかったら、ぼくなんか凡庸《ぼんよう》もいいところだし」

わたしは笑い、ナサニエルのあばらをつついた。

「あなたはどうあがいたって、凡庸なんかじゃありえないでしょ」

「うん、まあ、たしかに管理職として優秀ではある。数字のあつかいもそう悪くはない」

わたしの手がそろそろと下に伸びていった。

「ロケットのあつかいはお手のものでしょう」

わたしに触れられて、ナサニエルはのどの奥でうめき、全身をつっぱらせた。それから、いったんからだの力を抜き、わたしの全身を自分の上に重ねさせた。おたがいのからだ全体が密着する形になった。

「ぼくは……ぼくとしてはだね、きみのほうがロケットのあつかいに長《た》けているといいたいな」

「ふうん、そう？」ナサニエルの両腕をベッドに押さえつけて、わたしは上体を起こし、両ひざをベッドについて腰を持ちあげ、ナサニエルにまたがる格好になった。「だったら、ヨーク博士……」

「なんだい、ヨーク博士？」

「その場合、ひとつ、とても……」

ナサニエルの首筋にキスをする。

「だいじな……」

舌であごのラインの汗を舐《な》めた。

「……質問があるんだけど」

「イエスだよ。なんであれ。どんな質問をされても、その答えはかならずイエスだ」

「……もしかして、助けになるかしら……」あごの下にジャリジャリする部分があった。ひげの剃《そ》り残しだ。恐怖にさいなまれて、心臓が動悸《どうき》を打ち、ますます鼓動が速くなっていくなかで、わたしはふんぎりをつけ、質問を口にした。「……委員会でわたしが数式を説明したほうが？」

ナサニエルは顔をずらし、わたしを見あげた。もっとも、暗い部屋の中では、こちらから見てもそうであるように、ぼんやりとした影にしか見えなかったろう。

「エルマ……」

その声には、口に出さない思いがいろいろとにじんでいた。イエス――たしかに助けになる。ノー――だが、そんな無理をたのみたくはない。イエス――わたしが鬱屈してしまうのが怖い。ノー――わたしが傷つくのは見たくない。イエス――申し出てくれたことでいっそう愛は深まった。ノー――しかし、やはり受け入れられない。

わたしはからだを横にずらし、ナサニエルのとなりにすわった。

「大学時代のわたしの話を思いだして。わたしはクラスでひとりきりの女の子で、男子学生たちを発奮させるため、数学の問題を説明するようにと教授たちにいわれていた話」

「知ってる。だからこそ、きみにはむりに――」

「だめよ。まだ話はおわってないの」

「わかった……」ナサニエルは上体を起こし、背中を丸めてすわった。「悪かった」

「あれはね……それなりに効果があったのよ。わたしが教えると、男子学生たちは恥ずかしくなって奮起するの、ずっと年下の女の子が、自分たちには理解できないことを理解してるんだもの」

「残酷な教授センセイたちもいたもんだ」

「ええ、そう、ほんとうに残酷。ただね……ただ、自分の意志で自分からそうすることを選べば、話はちがってくるのよ」これは事実だ。しかし、いまも手の平は汗ばんでいる。それも、性的な反応とは別の意味で。「それに……いまはミルタウンを服用しているの」

「え？」

「効いてるわ」

「よかった」ナサニエルはわたしの額にキスをした。「打ち明けてくれてうれしいよ」

「それでね……この新しい〝データセット〟をもとに、わたしの指摘するポイントに立ちもどってほしいの」わたしの不安に関する話を切りあげるのは、早ければ早いほどいい。

「メイスン上院議員は執拗《しつよう》に、ロケットがコースをはずれる原因となった計算式のことを質問するでしょう？」

「うん……」

ナサニエルの表情は見えなかったが、集中しようと眉根《まゆね》を寄せている顔が目に見えるようだった。

「メイスンは何度も何度も同じことを説明させようとするわよね。〝問題は転記ミスにあり、プログラムをパンチカードに穿孔するさいのエラーが原因〟とはどういうことかって。だから、わたしの口から説明させてほしいの――オーバーラインをたったひとつ転記しそこねただけで、プログラムがどれほど破綻するものかを。女から説明されれば、メイスンとしては理解できたふりをせざるをえないでしょう。でなければ、自分に今回の事故に関する意思決定を下せる頭脳がないと認めることになってしまうから」

「ふうむ」ナサニエルは自分の頭をさすった。「そうだな。その線でいけば、こんどこそ決定的に、メイスンがいやがらせのように食いさがるエラー問題にけりをつけられそうだ。しかし……ほんとうの問題は転記ミスにあるんじゃない。そして連中は、その点をしつこく突いてくる。まったくもう――」

わたしはナサニエルの手をつかみ、そっと頭から引き離した。

「まだ悪夢ばかり見るの？」

毎晩、汗みずくで――あるいは、叫び声をあげて飛び起きる夫を見ていれば、悪夢にうなされていることはいやでもわかる。そしてこれは、夫がわたしにほんとうのことをいう絶好の機会でもあった。そう、わたしは気がついていたのだ――わたしたちがおたがいにうそをついていたことに、そして、自分たち自身にも、みずからの感情について、うそをついていたことに。

ナサニエルの頭がいっそううなだれた。

「うん……」

「わたしは正直にいったわよね？」

「だな」ナサニエルの親指がわたしの左の薬指を探りあて、結婚指輪のリングを左右にまわした。「最後に見た悪夢では、ぼくは無能な領域安全担当になっていて、ロケットが墜落するのを知っていながら、自爆シークェンスの実行命令を出せない大馬鹿野郎になっていた。ぼくは椅子から動けなかったんだ。文字どおり、接着剤でくっついていて。ただし、もちろんそれは、ぼくの椅子じゃない。すわっているのは飛行機のシートで、ぼくは空から一部始終を眺めていなければならなかった」

ロケットがコースをはずれた場合、自爆シークェンスの発令責任を持つ領域安全担当は、今回の事故で完全に判断をあやまった。コースのずれを通知されていながら、コースが修正可能かどうかを問い合わせ、答えが出るまで待ってしまったのだ。コースは決定的にずれていた。その結果、ロケットが墜落したウィリアムズ農場で一一人が死亡した。そのうちのふたりはまだ子供だった。

ナサニエルはためいきをつき、すわったまま身をふたつに折ると、それまでまさぐっていたわたしの指を放し、両手で頭をかかえた。

「メイスン上院議員は今回の事故を利用して宇宙計画をつぶそうとしている。すでに世間は、莫大なリソースを宇宙に——地球にではなく、宇宙に投入することに、反感をいだきはじめているんだ。今回の死亡事故は、メイスンにとって、世論を煽《あお》るうえで渡りに船なのさ」

「だからわたしに、新しい安全手順について説明させてほしいのよ。ロケット発射場を赤道に移すことを、強く打ちださせて」射場を赤道へ移す計画は、何年も前から検討されてきたが、予算が下りなかった。すでにサンフラワー射場が存在しているからだ。「まず、わたしたちの惑星に起ころうとしている事象を委員会で説明させてちょうだい。そして、宇宙計画がいかに重要であるのかも」

「そうとうに場が荒れるぞ。それに……」ナサニエルは身を起こした。通りから射しこむ街灯のわずかな光で、ナサニエルの目が懸念で細められているのがかろうじて見えた。

「あの男がきみの話に耳を貸す理由があるかい?」

「あるわ。だってわたしは、〈レディ・アストロノート〉だもの」


朝を迎えて、いよいよ議会の公聴会で説明するときがやってきた。人前で話をすること自体は怖くない。怖いのは薬が効かないことだ。わたしはいつもと同じく、ナサニエルのとなりにすわり、頭の中で連禱《れんとう》のように、〝わたしは冷静?〟をくりかえしていた。

冷静ではない。恐怖してはいる。しかし、いまの恐怖は、いつもほど……強くない気がした。こんなことがあるだろうか。怖いことは怖い。しかし、恐怖とわたしのあいだには雲のとばりがたれているような感がある。そのせいで、公聴室全体がすこし暗く見えるが、恐怖それ自体は、こんな暗い影を落としはしない。ほんとうの試練が訪れるのは——。

ナサニエルがわたしのひざに手を置いた。

「オーケーかい?」

どうにかこうにか、うなずいた。ほほえみを浮かべたとも思う。つばを呑もうとしたが、できなかった。のどがからからに渇いていたからだ。ナサニエルはわたしのひざにずっと手を置いてくれている。委員会席からはそのようすが見えない。おりしも、クレマンスが立ちあがった。

1、1、2、3、5、8、13、21、34……

頭の中にフィボナッチ数列をならべていく。

「委員のみなさん……」クレマンスはわたしたちのテーブルのすぐ前にまわりこんできた。わたしに見えるのは、クレマンスの背中とうしろに組んだ両手だけだ。「やりとりのあいだに、ふと思いいたったのですが——どうやらわれわれは、事故の根幹を理解していただくうえで、充分な情報を提供していなかったのではありますまいか」

……55、89、144、233、377……

「〝転記〟ミスについてかね」

メイスン上院議員が椅子の背もたれにふんぞりかえり、ノースカロライナ州特有のものうげな口調でいった。

「そのとおりです。本日は転記ミスの問題に立ち返り、当機構の計算者のひとりから説明させていただこうと思います。この種のミスが招く危険と、二度とこのようなミスを起こさぬために講じるべき対策について、詳細にご説明しましょう」

クレマンスは横を向き、わたしを手ぶりで指し示した。

「エルマ・ヨーク博士をご紹介します。彼女は〈巨大隕石〉が地球の気候に与える影響の評価に責任を持つ物理学者であり、われわれの計算部門の誇りでもありますが、むしろ、『ミスター・ウィザード』への出演経験から、〈レディ・アストロノート〉といったほうが通りがよろしいでしょう」

フィボナッチ数列が脳内からふっとかき消えた。このひとがこんなせりふをいうの？

〝おまえの女房をなんとかしろ〟といったクレマンス本部長がそれをいえるの？　意図はどうあれ、この発言のショックで、いつもの恐怖のパターンがどこかへ消えた。わたしは冷静？　いいえ。しかし、吐き気をもよおす気配もない。

ひとつ深呼吸をし、深呼吸ができたことに驚きながら、わたしは椅子を引いて立ちあがった。

「ありがとうございます、クレマンス本部長。それでは、調査委員会のご高邁《こうまい》なる紳士のみなさま」わたしはウォーギン上院議員に視線をすえた。上院議員はほほえみこそしなかったが、その目はやさしい光をたたえていた。「黒板をごらんいただけますでしょうか。これからロケットを制御する数式について、ご説明させていただこうと……」

メイスン上院議員がわたしに指をつきつけた。

「それはもう聞きましたぞ、マム。すでにもう聞きました」

「まあ!」わたしはことばを切り、ほほえんでみせた。この男、権力は大きくても、数学の学力は子供なみしかないくせに。「それはたいへん失礼しました。てっきり、いままで原因を質問なさるのは、わたしどもの説明が充分ではなかったからだと思いましたので。どうやらわたしの勘ちがいだったようです。それでは、恐縮ですが、疑問点を把握するために、ご質問なさった数式の問題点をご指摘いただけますか?」

メイスンはぱくぱくと口を動かし、唇をすぼめ、渋面を作ってから、うなずいた。

「つづけていただいたほうがよさそうだ。ほかの委員諸氏にも、きちんと問題点が理解できるように」

メイスンのとなりで、ウォーギン上院議員が口もとを押さえた。その目のはたにはくっきりと笑いじわが刻まれている。咳ばらいをして、ウォーギンはいった。

「同感です、ヨーク博士。一から説明していただけますか」

「かしこまりました。上昇の軌跡を計算するにさいして、飛行経路方向への加速を表わすにあたり、わたしどもはこのような数式を用います。

$$V = \Delta V/dt = [(F_1 + A_{e,1} * (P_{e,1} - P_a)……$$

この式のF_1は、もちろん、第一段ブースターの推力を表わすものです。この推力の値は、数式のずっと先のほうでごらんになれますが、12・8かける10の9乗Gとなります……」

わたしは委員会席をちらと見た。メイスン上院議員が目を白黒させている。

「すこし速すぎましたでしょうか？」

「いや……いや、ちっとも。つづけて」

わたしはつづけた。説明がおわるころには、委員たちは内容を理解したか、理解したふりを装っているか、どちらかの状態になっていた。これはまさしく、ナサニエルの目的に見あう状態だ。公聴室にくるに先立って、わたしは吐かなかった。証言のあとにもだ。

しかも、これにはひとつ、思いがけないおまけがついてきた。メイスン上院議員が、孫娘のためにサインを求めてきたのである。

これで公聴会がおわっていれば万々歳なのだが、わたしの証言が成果をあげたあとで、議題は〝責任の所在〟から〝予算〟に移り変わることになった。

三週間後、わたしはクレマンス本部長のオフィスの外で、戸口の手前に立っていた。廊下にまでただよう葉巻の悪臭で、クレマンスが在室していることはわかる。わたしは大きく息を吸いこみ、天井を見あげた。ミルタウンは奇跡の錠剤ではない。奇跡の薬なら、心臓がこれほど動悸を打ってはいないだろう。しかし、効果は出ている。ちゃんとやれる。アポイントもとってある。相手はたかだかひとりの男。議会の委員会ではない。

ふうっと息を吐きだした。戸口から秘書室に入り、秘書のミセス・ケアにほほえみかける。

「あら！　ミセス・ケアはタイプライターから顔をあげて、こういった。

「あら！そのまま奥へどうぞ、ヨーク博士」

「ありがとう」

いつからこのひとは、わたしのことを肩書きで呼ぶようになったんだろう？　それはなぜ？

オフィスでは、クレマンス本部長がデスクに身をかがめ、ステープラーで綴《と》じた報告書を読んでいた。歯のあいだには、例によって葉巻をくわえている。その背後で、パーカーが渋面を作った。

「おいおい、よしてくれ……まるでうまくいくみたいじゃないか」

わたしは戸口で足をとめた。

「失礼。早すぎました?」

「いやいや……入ってくれたまえ」クレマンスが入るようにと手招きした。室内にはふたりのほかに、もうひとりの男性がいた。背が高くてブロンドで、どこか見覚えのある顔だったが、ショックなことに、だれだかわからない。「パーカー大佐はもちろん知っているな。では、ヴェルナー・フォン・ブラウンに会ったことは?」

なんてことなの――窓際にすわっているのは、ヴェルナー・フォン・ブラウンだわ――ロケットの天才で、かつナチの科学者だった、あの。何年か前、ナサニエルはフォン・ブラウンといっしょに仕事をしたことがある。しかしわたしは評判を通してしか知らない。本物のナチがいる部屋にわたしを通すなんて……これはパーカーのアイデア? きっとそうだわ。

「はじめまして」

社会人としての自分の節度に感謝すべきか、それとも腹をたてるべきか、とにもかくにも、わたしはフォン・ブラウンのあいさつを聞き流し――というよりも、ほとんど耳に入ってはいなかったが――握手さえした。たしかに、このひとが〝ほんとうは〟ナチ党員でなかったという話はいろいろと聞いている。ユダヤ人の虜囚《りょしゅう》たちを利用するよう〝強制〟されたのであって、命令にしたがわなければ命が危なかったという話もだ。しかし、その選択をしたのは、当人ではないか。

今回は心の中で三角数をならべた。

1、3、6、10、15、21、28……

「パーカー大佐がいうんだ、きみの報告書を理解するためには、外部の助力が必要かもしれないと」クレマンスは目の前の椅子を勧めた。「すわってくれるかね」

クレマンスは、わたしがユダヤ人だということを知っているのだろうか。わたしは腰をおろし、スカートのしわを伸ばした。あるいは、フォン・ブラウンとの握手で〝汚れた〟手をぬぐおうと思ったのかもしれない。いずれにしても、ここで憤然と部屋を出ていけば、クレマンスを説得する機会は失われてしまう。

わたしはいった。

「それはあなたが、ナサニエルの公正さに懸念を持っているからと思っていいのかしら」

「ありていにいえば、そのとおりだよ」クレマンスは椅子の背にもたれかかった。「では、ゆっくりと、噛んでふくめるように説明してもらえるか。わたしが議員だと思って」

唇を湿らせて、わたしはうなずいた。

「その報告書には書いていませんけれど、歴史の教訓からはじめさせてもらいましょうか。そのほうが、概念がつかみやすいから」

クレマンスは葉巻を下に振った。その動きに合わせて、紫煙が降下する飛行機のように下へ流れた。

「はじめてくれ」

「ミシンが登場したとき、世の人々は怯《おび》えたわ。それはまったく新奇なしろもので、だれも見たことがないほどの速さで動いたからよ。機械の動きを見ただけで、目がつぶれると恐れられたくらい。そこでメーカーは、ミシンを美しく仕あげたの。金メッキをしたり、花柄の模様をつけたりして」

パーカーが鼻を鳴らした。

「するときみは、女性宇宙飛行士を飾り物として送りだせというのか？」

「議会の公聴会でも説明したように、わたしたちの目標は人類をほかの天体に定住させることよ。そうした天体のコロニーには女性が必要だわ。でないと、自立したコロニーにはなりえないから」わたしはパーカーをにらんだ。「赤ん坊がどうやって生まれてくるか、説明の必要はないと思うけれど？」

「赤ん坊だろうがなんだろうが、コロニーは安全な場所ではない」パーカーは首をふり、薄く笑った。「きみの野望は評価している。これはほんとうだ。しかし、オリオン《オライオン》27号の事故は、女を危地に送りだせないことのいい証明になったろう」

「いいえ。その戦術はまちがっているわ。あの爆発をロケット工学が安全ではないことの証明に使えば、宇宙計画そのものが頓挫《とんざ》してしまう」わたしはクレマンス本部長に顔をもどした。当人は葉巻をくわえていて、表情が読めない。「そうなることはわかっているでしょう。宇宙計画が安全であることを証明したければ、ロケットが女性を乗せられるほど安全であることを誇示すべきなのよ」

　そんなことはどうでもいいといわんばかりに、パーカーが肩をすくめた。

「じっさい、そうするとも……月面基地が建設されたあとにな」

わたしは両手をスカートに押しつけた。こぶしを握りしめないようにするためだ。

「わたしの報告書の六ページを読んでいただけるかしら。第二次世界大戦中からこちら、婦人操縦士隊《WASP》として飛んで、しっかりとした操縦技術を身につけた女性にはことかかない状況にあるわ。でも、あまりぐずぐずしていると、せっかく操縦技術を持った女性たちが齢《とし》をとってしまう。それは数々のコロニーを建設していくうえで障壁となるでしょう」

「一理ある」よりによって、男たち三人のうち、わたしを支持してくれたのは、ヴェルナー・フォン・ブラウンだった。クレマンスのくゆらす紫煙の中に踏みだしてきて、フォン・ブラウンは語をついだ。「じっさい、ロシアの〈夜の魔女《ナイト・ウィッチーズ》〉は絶大な戦果をあげた」

パーカーが首をかしげた。ソ連が投入した女性航空兵だけからなる夜間爆撃隊の名前に反応したのだ。

「あれはプロパガンダだと思っていたのですがね」

「プロパガンダだったのだろうね——おそらく、最初のうちは。しかし、彼女たちは実在したし、猛威をふるいもした」フォン・ブラウンは肩をすくめた。「それに、プロパガンダにも使い道はある。われわれは宇宙計画を存続させたいのだろう？　ちがうかね？」

（プロパガンダ……）

ええ、たしかに。プロパガンダになにができるかを、わたしは身をもって知っている。

クレマンスがのどの奥でうなり、デスクの真鍮《しんちゅう》の灰皿に葉巻の灰を落とした。

「いいだろう……では、要点をひとつずつ見ていこう」

わたしは深呼吸をして立ちあがり、クレマンスのうしろに立つパーカーの横に移動した。このとき、このふたりをはさんで、フォン・ブラウンとは反対側にくるようにすることを忘れなかった。べつに、この男に連れ去られてひどい目に遭わされると思ったわけではない。ただ、優秀なロケット科学者であるというだけの理由で、この男の罪が赦《ゆる》されていることに耐えられなかったのだ。たしかに見た目は〝好人物〟ではある。〝紳士〟でもある。しかし……。

そう思うかたわらで、わたしはことさら不満をいうでもなく、この男の存在を黙認した。なぜなら、ここでことを荒だてれば、パーカーがそれを利用し、女がいかにヒステリックかをいいつのるに決まっているからだ。

さらに悪いことに……宇宙計画が失敗すれば、人類は地球に——どんどん暑くなるいっぽうのこの地球に閉じこめられてしまう。だからわたしはクレマンスの肩ごしに手を伸ばし、自分が作成した報告書の一ページをめくった。

「では……女性を宇宙飛行士に使うことについて、予算面でのメリットからはじめましょう。そのひとつは、質量と酸素消費量が小さいことにあるの」

ここから先は、数字の羅列がつづく。そして、数字の世界はわたしの独擅場だ。

26

月面探査ロボット登場
六脚で歩行し
テレビで報告

［一九五七年三月二十二日］　脚は六本、腕は一本、腕の先にはハサミつき。テレビもついて、一日十六時間眠るもの、なーんだ？　答えは多脚型ロボット探査機でした。昨日、国際航空宇宙機構に届いた報告によれば、この探査ロボットは、〈踏査計画〉のパッケージとして月面に運んでいけるほど小型だという。ついに完成した多脚型月面探査ロボットの実用モデルは、歩脚接地面から測った全高が一・五メートル、重量が五十キロ。面積一平方メートル近い太陽電池パネルの電力で動く。

公聴会のあと、最初に打ち上げられたのは無人機だった。

これは公聴会側の要求でもあったし、システムが堅牢であることを確認する過程では賢明な対応だ。わたしたちの計算室では、わたしたち計算者はつねにエラー防止手順に則《のっと》って仕事に臨んでおり、どのロケットのどの計算についても、ひとりが行なった計算をもうふたりの女性計算者が見なおすことになっている。ただし以前は、計算式を空軍に送り、そこで空軍要員のひとりがパンチカードに数字を穿孔する方式をとっていた。その結果があの事故だ。

いまではふたりの計算者が、エラーがないかどうかを確認するため、IBMのマシンがはじきだした結果をチェックする体制をとっている。じつに単純明快なルーティーン・ワークで、事故後初の打ち上げは首尾よく運んだ。

つぎの打ち上げは有人ロケットだ。今回については、だれもルーティーンとは見なしていない。

たしかに、関係者は全員、いつものとおり淡々と作業をこなしているふりを装っている。

しかし今回、ミッション管制センターの上部後方に設けられたガラス張りの観覧室には、火をつければ燃えあがりそうなほどの熱気が充満していた。こんどのシフトでは、わたしは非番だが、それでも今回の打ち上げを見逃すわけにはいかない。

この打ち上げがとどこおりなくいけば、宇宙飛行士たちは月着陸船が司令船とランデブーし、ドッキングできることを世間に示せる。そうすれば、ふたたびスケジュールに則って、また一歩、月面へ近づくことになる。

しかし、もし失敗すれば、ロケットに乗っていくデリク・ベンコスキー、ハリム・マルーフ、エステバン・テラサスたち三人の命が失われてしまう。

また、ミッションが失敗するにしても、さまざまな段階がある。打ち上げが中止になるかもしれないし、天候不順で打ち上げ延期になるかもしれない。しかし、観覧室に集《つど》ったわたしたちは、そうしたささやかな不運のことを意識から締めだしていた。発射まで四分を切ると、宇宙飛行士の妻子たちは、打ち上げを遠望するために屋上へ連れていかれる。T・マイナス
これには、不測の事態が発生した場合、マスコミから引き離す意味もあった。ともあれ、わたしたちは全員、明るく笑い、おしゃべりをしながら、けっして事故などは起きないというふりを装っている。

今回の打ち上げには、地上待機組の宇宙飛行士全員と、全宇宙飛行士の夫人たちが——ただし、パーカーの妻は除く——集まっていた。カプセルに乗り組む三人を見まもるため

だ。そのなかで、ルブルジョワ夫人が夫のそばを離れ、観覧室を横切ってわたしのもとへやってきた。夫人の髪は色の淡いブロンドで、首は白鳥のそれのように長く、唇を好んでおちょぼ口にする。

　そばまできた夫人はほほえみを浮かべ、さらに歩みよってきて、わたしの左右の頬にキスをした。

「おひさしぶり！　娘はいまでも、あなたの話ばかり。父親のこと、すごい、思いませんようです」

「そこは思うべきでしょう！　おとうさんは宇宙に出たことがあるけれど、わたしはないんだから！」

「あなたも、もうじき出ることになる、わたくし、思います」そういって、夫人は白鳥の首を横にかしげ、ウインクしてみせた。「夫は、わたしも宇宙に出られますよう、飛行機の操縦訓練をさせます」

　それは楽観的であると同時に、すくなからず魅力的な展開だった。

「ご主人……なにか聞きこんでいるの？」

「いいえ」夫人はおちょぼ口を作った。「けれど、クレマンス本部長に、そのうち、女性も宇宙に出るべきと信じる、そういったそう。きっと自分の奥さんを……なんといいますか、ああ……宇宙に連れていきたい、そういうことではありませんか？」

そこで口をおおい、くすくす笑った。わたしの顔に浮かんだ驚愕《きょうがく》の表情が可笑《おか》しかったのだろう。だが、驚いたのもつかのまのことで、わたしもいっしょになって笑いだした。いままで頭をよぎったこともなかったのだが、男性宇宙飛行士に対し、宇宙における……夫婦の務めのメリットをアピールするのも、戦術としては有効かもしれない。

「なるほどね。これはすべての奥さんに話をしたほうがよさそうだわ」

「おう、そういうお話、もうしています」

「でしょうね。ところで、あなたは……パーカー夫人に会ったことはあるの？」

「いいえ。あのひとはいつも、なにか〝ご病気〟だったり、忙しかったり、出てきません。外国人を相手に、時間を費やすのがおいやかしら。でも、ほんとうのところは、わたくしには……」夫人は小さく肩をすくめ、人前に姿を見せないパーカー夫人の話を切りあげた。

「ところで、ごぞんじ？……無重量状態、わたくしたちの夫のからだに、解剖学的に見て、なんといいますか？　〝興味深い〟状態を起こさせる？　血液の流れが……重力の束縛を受けませんことで」

「その点は、わたしの夫に宇宙に出てもらって、たしかめてみたいところね」

わたしはガラスの見学窓ごしに、ナサニエルを眺めやった。ナサニエルは自分のデスクの前に立ち、机上にかがみこんでいる。緊張していると、夫はすわっていられないのだ。これはいつものことだった。いっそ、立ち机をあてがえばいいのに。

待って。妙だわ？　管制センターのやりとりが聞こえない。センターから外部へのスピーカーを切っている。

いったい、いつから……？　なにかがおかしかった。ナサニエルは耳に受話器を押しあてているし、手にした鉛筆は折れている。別の電話のそばにはクレマンスが立っていた。怒鳴っていることはまちがいない。宇宙船通信担当《CAPCOM》デスクを統括する宇宙飛行士のランディ・クリーリーは、ヘッドセットに話しかけつつ、カプセル内の宇宙飛行士たちに自分が見えるかのように、しきりに両手でなだめるしぐさをしている。

カウントダウン・クロックは、T－マイナス二八分でストップしていた。

観覧室のほかの者たちも異変に気づき、窓に近づきはじめている。ルブルジョワ夫人がそばを通りかかった夫の袖をつかんだ。

「なにが起きたの？《ク・ス・パス・ティル》」

「わからない。《ジュ・ヌ・セ・パ》震動を感じなかったので爆発ではないはずだ《ス・ヌ・フュ・パ・ユヌ・エクスプロージョン・ウ・ヌ・ゾリオン・サンティ》」そこで、困ったようすでわたしに目をやって、「きっとヨーク博士が説明してくれるだろう。爆発が起こればそれとわかるはずだが、そうではないのだろうか？」

「爆発ではないでしょうね。たぶん、ちょっとした不調が起きてるんだと思うわ。すぐに解消されるはずよ」わたしは夫人にほほえみかけた。「正直な話、打ち上げ中止なんて、しょっちゅうなの。悪天候のせいかもしれないし」

もっともわたしは、悪天候に見舞われた場合をはじめ、遮断スイッチが機能しない場合、システムが想定どおりにオンラインにならない場合等、さまざまな中止の場面に立ち会ってきた。厚さ何センチもの部厚いマニュアルが何冊もあって、そこには想定されるありとあらゆる偶発事態に対し、どう対処すべきかが詳細に記されている。だが、ここから見るセンターの人員は、だれもが殺気だっており、とても冷静には見えない。なにか想定外の事態が起きているにちがいない。

わたしはガラスに顔を寄せ、バシーラを探した。バシーラは今回の打ち上げを担当している。探しあてたバシーラは、マートルとともにデスクに寄りかかり、どちらもシャープペンシルを放りだしたまま、ショックで呆然とした顔をしていた。

そのとき、わたしの背後から、パーカーが一同に呼びかけた。

「みんな、聞いてくれ。とくに心配するようなことは起こっていないそうだ。ロケットにはなにひとつ問題は起きていない」

室内の大半の人間と同じく、わたしもパーカーにふりかえった。パーカーはソファの一脚のそばに立ち、片手に受話器を持っている。観覧室に備えつけられた電話の受話器だ。わたしなら混乱している管制センターに電話をかけてじゃまをするようなまねはしないが、〝最初に宇宙に出た男〟ともなれば、それだけの特権があるのだろう。

パーカーが電話を切った。わたしたちは固唾《かたず》を呑んで彼の説明を待った。

「悪天候で遅れているだけさ。いまは天候の回復を待っているところだよ」

これはうそだ。天候の回復待ちの状況は知っている。たんに悪天候の問題なら、エンジニアたちは椅子にすわって退屈そうにしているはずだ。わたしは口を開き、もうすこしで〝そんなはずはない〟といいそうになったが——そこで口を閉じた。いまはそんなことをいう場合ではない。

パーカーはわたしの視線をとらえ、小さく会釈してみせた。奇妙な反応だった。あたかも、わたしが口を出さなかったことに感謝しているみたいではないか。なにかがおかしい。ひどくおかしい。それでもわたしは——自分でも驚いたことに——パーカーの意図を信じた。あえてうそをつかざるをえないほど、なにか深刻な理由があるにちがいない。

わたしはルブルジョワ夫人に向きなおり、かぶりをふりふり、笑ってみせた。

「悪天候による待機がいちばんたちが悪いのよ。待っているあいだ、なんにもすることがないんだもの」

「これがジャン＝ポールの搭乗時でなくてよかったです。待つあいだ、心配で死にそうになりましたはずだから」

「きっと宇宙飛行士の三人は、うたた寝でもしているでしょうね」観覧窓から下は見ないように努める。「クリスティアーノ・サンブラーノが乗ったときなんて、二時間も待機がつづいて、あのひとのいびきが聞こえてきたほどよ」

だれかが近づいてきた。その人物が会話の輪に入れるように、わたしはすこしあとずさった。となりに立ったのは、だれあろう、ステットスン・パーカーだった。独特の大きなえくぼを見せて、晴れやかなほほえみを浮かべ、パーカーはルブルジョワ夫人に向かって、わたしのことばを補足した。

「そんな状況で居眠りするとは信じられないだろうがね。カプセルのソファは特注品で、各自のからだにぴったりフィットするんだ。信じられないほど寝心地がいいんだよ。ところで……ミセス・ヨーク、ちょっときてもらっていいかな？　きみの〈レディ・アストロノート〉の講演予定について、ききたいことがあるんだが」

わたしはパーカーの視線を受けとめ、同じくらい晴れやかにほほえんでみせた。

「もちろんよ、パーカー大佐」

最初に思ったのは、ナサニエルの身になにかが起こったのだろうかということだった。

わたしたちはルブルジョワ夫妻からすこし離れたところへ移動し、センターを見おろす窓に向かって立った。観覧室のほかの者たちからは背中しか見えない位置関係だ。夫はまだ電話を使っていた。下の管制センターを見おろすたびに、なにか恐ろしいことが起きたにちがいないという確信が強まってくる。マートルはすっかり憔悴していた。

パーカーが背を丸め、顔を近づけてきて、小声でいった。

「きみは騒ぎたてないと信じている。だから話すが」

「そう。それはどうも」

「爆弾が見つかった」パーカーはわたしからセンターのクリーリーに視線を移した。クリーリーはスピーカーのスイッチのそばに立っている。「プラカードと爆弾を持った男が侵入して、発射整備塔に自分を縛りつけた。われわれにわかっているのはそれだけだ」

一〇〇〇もの質問が頭の中を駆けめぐった。どうやって整備塔まで入りこんだの？　どんな種類の爆弾？　それが爆発したときの被害は？

「了解。それで、わたしにどうしてほしいの？」

「夫人たちと子供たち全員を、カフェテリアへ誘導してくれ。マスコミから遠ざけておきたい」肩ごしに、ちらとうしろをふりかえる。「とりわけ、マルーフとベンコスキーの子供たちには——事態が解決するまで、この話が耳に入らないようにしてやってほしい」

いわれるまでもない。そのふたりはロケットに乗っていて、打ち上げられるのを待っている。子供たちを不安にさせてはならない。

「宇宙飛行士たちには、状況を伝えてあるの？」

「わからん」パーカーは険しい顔になり、ミッション管制センターを見おろした。「たぶん、クリーリーがやろうとしているのがそれだと思う」

「奥さんたちには、やんわりと説明しておくわ」

「おれなら黙っているがな」パーカーは肩をすくめた。「宇宙飛行士の妻というものは、日ごろ、ただでさえ多大なストレスと不安にさいなまれているんだ。いまは黙っていたほうがいいんじゃないのか」

ここにはいないあなたの奥さんはどうなの――と、もうすこしでいいそうになった。しかし、それはあとでいい。つっこみはあとだ。わたしはくるりと背を向け、ぱんぱんと手をたたいた。

「さあさあ、ご夫人がた！　しばらく待たされそうだから、いったんカフェテリアで休憩しましょう。ケーキの用意があるそうよ。ここで退屈しているより、よっぽど有意義でしょう」

自分が解決に参与できない問題に対しては、わたしはいつもうまく対処できない。カフェテリアで過ごす二時間の待機は地獄だった。この二時間のあいだ、わたしはいまにも爆発音が聞こえるのではないかと、戦々兢々《せんせんきょうきょう》として過ごした。

爆発音に身がまえながら、小さな子供たちを——それも、ロケットの打ち上げを楽しみにしてきたのに、いっこうに見ることができず、お昼寝タイムをとうに過ぎた子供たちを——楽しませるのは、並大抵のことではなかった。思いがけなく助けとなってくれたのは、ルブルジョワ夫人のおじょうさんだ。彼女も上の階でなにが起こっているかは知らなかったが、なにかを感じとったのだろう、シェフからアルミ箔《はく》を借りてきてくれたのだ。わたしはベンコスキー夫人の幼い男の子たちのひとりといっしょにテーブルにつき、このアルミ箔を使って、先の尖った筒を作るのを手伝った。

「すごい、すごい！　これであなたのロケットの胴体ができたわね！」

子供たちと話をしているあいだは、不安を完全に覆い隠そうと努めた。だが、頭の中ではさまざまな疑問が盛大に駆けめぐっていた。ミッション管制センターはどんな状況にあるのだろう。わたしになにができる？　わたしの戦術的思考は、父と友人たちが語る実戦の体験談を聞いてつちかわれたものだ。

こんなとき、父ならどうしただろう。発射整備塔を強襲しただろうか。いいや。では、ぎごちない手つきでロケットの胴体を作る五歳児のとなりにすわっていたろうか。たぶん、そうだ。

「ほんとうに、マックス——じょうずよ。立派にできたわねえ」

そのとき、カフェテリアのドアが開いた。軍隊で右向け右をするように、全員がいっせいにドアのほうへふりむいた。入ってきたのはパーカーだった。そのあとに、ベンコスキー、マルーフ、テラサスもつづいている。三人とも与圧服を着たままだ。

「パパ！」となりにすわっていた男の子がテーブルを離れ、カフェテリアの中を駆けていった。手にしたアルミ箔のロケットを高々とかかげている。「見て、これ、ぼくが作ったんだよ！」

緊張の糸がぷつんと切れたようすで、母親がテーブルに前のめりになり、目を閉じた。何度も十字を切っている。わたしは意図してゆっくりと立ちあがり、家族たちが再会するにまかせた。〝どうなったの!?〟と叫びたい気持ちを必死に抑える。

かわりにわたしは、アルミ箔を片づけにかかった。そう、そのとおり——爆弾男が宇宙計画の破壊工作をしかけていたというのに、わたしはロケット作りを手伝っていたのだ。いまはこうして、全員に背を向けたまま、工作に使ったアルミ箔を片づけ、掃除をはじめている。テーブルの上には、ルブルジョワ夫人が最近見た映画の話を漫然としながらちぎったアルミ箔の切れはしがたくさん散らばっていた。

パーカーがそばにやってきて、アルミ箔のクズをかき集めながら、ぼそりといった。

「助かった」

わたしは片づけの手をとめ、パーカーを見つめた。

「──どうなったの？」

パーカーはわたしの肩ごしに、うれしそうにはしゃぐ子供たちをちらりと見て、

「宇宙飛行士たちが非常用シュートを使って脱出したんだ。全員の脱出を確認後、空軍のコマンドが突入した」

「それで？　空軍のコマンドが突入して？」

「爆弾男を射殺した」パーカーは険しい視線をわたしに向けた。「〝神の創りたもうた地球を捨てる〟ことに反対していたそうだ。ロケットは〝神の計画にそむく罪深い存在〟だと」

わたしはうつむき、アルミ箔のひときれをちぎった。その行為で、すこしだけ気が晴れた。

「とにかく、片がついてくれてよかったわ」

「それはそれとして、よくやってくれた」

わたしは顔をあげ、パーカーを見つめた。パーカーは緊張がほぐれたようすで立ってい る。着ているのは仕立ての上等なスーツで、色はフライトスーツを思わせる青だが、あれほど鮮やかではない。髪はすこし乱れていた。これはいつものパーカーらしくないことだ。

「はじめてじゃないかしら、あなたからお誉めのことばをいただくのは」

「じっさい、そのとおりだ」

右腕の筋肉に力が入った。いまにもぶん殴ってしまいそうだった。殴りたい気持ちが強く、息が詰まる。しかし、すこしでも動けばわたしの負けだ。そもそも、いままで人を殴ったことなどないので、ちゃんと殴れるかどうかわからない。

「憎まれ口をたたく練習でもしているの？　それともそれは、持って生まれた才能？」

パーカーはウインクしてみせた。

「きみに対してか？　演習の成果だな」そこで、わたしのうしろに目を向け、ほほえみを浮かべてだれかに手をふった。「正直にいおう。今回の件では、女性と子供たちのあつかいを知っている人間が必要だった。おれがきみの〈レディ・アストロノート〉運動全体を快く思っていないのは事実だ。しかし、ほんとうによくやってくれたとも思う」

「一日に二度もお誉めのことば？　口がすべったのかしら」

「では、このこともいっておこう。おれの目が黒いうちは、断じてきみを宇宙に出させるつもりはない」

予想していたよりずっと無遠慮な一撃だった。わたしたちはたしかに反目しあっている。しかし、こうも露骨に地上勤務を申しわたすとは――。あまりの対応に、切り返すこともできなかった。

「なぜ？」

「わからないのか？」パーカーは眉根を寄せ、かぶりをふった。「きみはおれを軍事裁判にかけさせようとしたんだぞ。それでなんの反感も持たれないとでも思うのか？」

「いったいなにを――そんなこと、してない。軍事裁判なんて……いったいなにをいってるの？」

パーカーは広げた両手をカフェテリアのテーブルにつき、わたしに向かってぐいっと身を乗りだしてきた。

「士官にあるまじきふるまいをする人物としておれを告発した結果、どうなると思った？軍事裁判にかけられるとは思わなかったのか？　冗談じゃない。きみは将軍の娘だ。そのきみがそんな告発をすればどうなるかくらい、わかっていただろうが」

「ええ」声を低くし、簡潔に答えた。うしろの子供たちに聞かれることを心配したのだ。

「ええ、そして、却下されたわ、予想どおりにね。でも、あなたが女性にいやがらせしていると告発したのは、わたしが最初ではなかったはずよ」

「おれの知るかぎり、きみだけだ」パーカーはテーブルについていた両手を離すと、手についたアルミ箔を払うようにその手を広げた。「調査の結果がどう出たか知っているか？　おれに声をかけられていやがった子はひとりもいなかった。ただのひとりもだ」

　思わず笑い声が漏れた。

「それはあなたが怖かったから。あなたに地上勤務をさせられるのが怖かったからよ」

「きみだけは怖くなかったというのか？　たいがいにしろ」

「怖くなんてなかったわ。なぜなら、あなたもいったように、わたしは将軍の娘だったからよ」わたしはかぶりをふり、パーカーからあとずさった。「どうしてあなたと結婚しようなんていう女の人を見つけられたのかしらね。それとも――だれもあなたの奥さんを見たことがない理由はそれ？」

　パーカーの顔がこわばり、すっと冷たくなった。

「家内のことは放っておいてもらおう」

「ええ、ええ、放っておかれてるでしょうとも」

　わたしはパーカーに背を向け、夫人たちと合流するために歩きだした。怒りで鼓動が速まり、血管が強く脈打っているのがわかる。あの人間のクズ！　自己中心的で独善的なクズ！　わたしを宇宙飛行士チームに入れさせないですって？　できるものなら、やってもらおうじゃないの。

　しかし、ここで怒りは、冷たいあきらめに変わった。パーカーはすでに手を打っている。そしてそれは奏効している。

　その晩、国際航空宇宙機構《IAC》はナサニエルをホテルに泊まらせ、軍の護衛をつけた。何者かが宇宙計画の統括エンジニアを銃撃しようともくろんだ場合の用心だった。なんと気の滅《め》入《い》る考えだろう。わたしはナサニエルと行動をともにした。着替えは機構がわたしたちのアパートメントへだれかを派遣し、取りにいかせた。

　ナサニエルは靴下を履いたまま、ホテルのベッドの縁に腰をかけ、絨毯《じゅうたん》を見おろしていた。わたしはそのとなりにすわってもたれかかり、夫のぬくもりを味わった。

「ねえ、これを休暇だと思ってみたらどう？」

　ナサニエルは笑い、わたしの腰に腕をまわして、いっそうそばへ引きよせた。

「機構のやりかたはどこかがまちがってるんだろうな。世間に宇宙計画の必要性を訴える方法を見なおさないといけない」

「反対する人間はいつだっているわ」

「爆弾を抱いた人間がか？」ナサニエルはベッドにあおむけに横たわり、いっしょにわたしも引きずり倒した。「やっぱりセンターを移動させるべきだと思う」

ナサニエルの思考がどれほどランダムにあちこちへ飛ぼうとも、わたしはついていくことができる。わたしは横向きになり、ナサニエルに寄りそって、胸に片手をのせた。

「それはすこし極端じゃないかしら」

「クレマンスはすでに、移設の件を持ちだしている。オリオン《オライオン》の悲劇を利用して、人口の多い地域からよそへセンターを持っていこうとしてるんだ」

「それなら、赤道付近をリクエストしてもいい？」

「まだ休暇に未練があるのかい？」

「打ち上げ時のエネルギーが最小ですむからよ」わたしの手の下で、ワイシャツのボタンが動いた。そのボタンを指先でまさぐる。「あなたはどこを考えてたの？」

「そいつはクレマンスが決めることだからね。ぼくはロケットを造るだけだ。問題が解決するのを待っていたとき――」この〝問題が解決する〟というのは、爆弾男の件が片づくことの、エンジニア一流の表現だ。「――クレマンスはいろいろいっていたよ、移設するとなると、どれだけたくさん雇用が創出されるのかを……。まあ、なんともいえない。ただ、熾烈《しれつ》な誘致合戦にはなるだろう」

「そうすると、赤道の立地と優遇条件しだいね」

「ははは」ナサニエルの手が背中にまわってきて、わたしを引きよせた。「じつをいうと……あのロケットにきみが乗っていたらと想像するたびに、心臓がとまりそうになった。いまでもたびたび、あのときの恐怖がよみがえってくる」

「そういう心配なら、頭から追いだしてしまえるけれど」わたしはナサニエルから離れてあおむけになり、小石模様仕上げの、天井の漆喰《しっくい》を眺めた。それは見知らぬ惑星の地表のようにも見えた。「追いだせないほうの心配はこれよ。きょう、パーカーにいわれたの。自分の権力のかぎりをつくして、わたしを絶対に宇宙飛行士にはしないって」

「なんだって？」ナサニエルはがばと身を起こし、横たわるわたしを見おろした。「なんといったって？」

(正確には、〝士官にあるまじきふるまいをする人物としておれを告発したとき、どうなると思ったんだ？〟だったわね……)

わたしは咳ばらいをした。

「おおむね、いまいったような表現よ。自分の目の黒いうちは、断じてわたしを宇宙には出さないんですって。でもね、愛しいナサニエル――あなたから掛けあったりしちゃだめよ」

「だめって――これが掛けあわずにいられるか！」

わたしは起きあがり、ナサニエルと面と向かった。

「なぜなら、これはパーカーとわたしの問題だからよ。ほかにあのやりとりを聞いていた人間はいないんだし、あの男の勝ちパターンはよく知ってるでしょう」宇宙に出た最初の男として、IACにはパーカーの清廉《せいれん》潔白なイメージを維持する必要がある。そのために、計算者を犠牲にしなければならない事態になったら？　IACはその方向へ舵《かじ》を切るだろう。そして、それを食いとめてくれる父はもういない。「そもそも、いま現在、IACは女性を宇宙飛行士として受け入れていないのよ。いつになったら受け入れてくれるの？　そのときにならなければ、掛けあったところで意味はないわ」


二カ月が経過した。墜落原因を究明する合衆国委員会は、ようやくのことで、合衆国が引きつづきIACに関与するとの票決を下した。ひとつには、ほかの国々が合衆国抜きで月面基地に入植することを恐れたためだろう。もちろん、冬のあいだに実施したさまざまな変革もものをいったはずだ。

IACのセキュリティを高めるためには、用地周辺を新案の電気柵で囲い、警備兵を常時パトロールさせる必要がある。クレマンスは爆弾男とウィリアムズ農場の悲劇を予算獲得戦の武器に用い、セキュリティの向上とスタッフの増員を勝ちとった。

さらに、ナサニエルの予想どおり、IACはロケット発射施設をブラジルに移設することになった。周囲から攻撃されにくくするためだ。いっておくが、これは当初からわたしたちが求めていたことである。いままで新たな射場の建設予算を獲得できなかったのは、他の国々がロケット技術を兵器に転用することを合衆国が恐れていたからなのだ。

打ち上げるロケットは、カンザス州のサンフラワー基地で各部を製造され、検証されたうえで、ブラジルの海岸付近に新設される射場へ輸送される。これにより、赤道間近からロケットを打ち上げられるようになり、打ち上げに必要なエネルギーと軌道制御の負担が小さくなるため、月計画と火星計画を推進しやすくなる。

いっぽう、射場の移設は、計算室が多忙をきわめることを意味していた。新しい射場に合わせて、一から飛行経路を計算しなおさなくてはならないからだ。もっとも、新射場が完全に機能する状態になるまでには、あと二年はかかるはずだった。

そしていま——文書にかがみこみ、微分方程式をダブルチェックしているとき、ひとつの影がデスクに落ちた。

目をしばたたき、顔をあげた。ナサニエルがデスクのそばに立っている。なにやら深刻そうな、思いつめたような表情をしていた。打ち明けるわけにはいかない秘密をかかえているような感じ——といえばいいだろうか。

「じゃまをして悪いんだが、エルマ、これを見たいんじゃないかと思ってさ」ナサニエルはわたしのデスクに一枚の紙を置いた。「〝写し〟だから、とっておいていいよ」

デスクの向こうで、バシーラが顔をあげ——その紙を見て、ぎょっとした顔になった。バシーラもわたしと同じヘッドラインを見ているようだ。

プレス・リリース
IAC本部長、宇宙飛行士の新登用体制を発表
女性の参画を奨励

だれかが奇声をあげた。それは自分の、驚きの声だった。わたしは飛びあがり、体操の選手にでもなったみたいに高々と両手をふりあげた。計算室じゅうで、ほかの計算者たちが動きをとめている。手にシャープペンシルを持ったまま、みんな計算の途中で凍りついた状態だ。そして、わたしをじっと見ていた。だが、そんなことは気にもならない。

「女性宇宙飛行士を採用ですって！」

シャープペンシルがかかげられ、笑い声があがり、紙が翻され、歓声があふれかえった。

同僚の計算者たちもやはり飛びあがり、たがいに抱きあっている。ほとばしる笑い声に叫び声――まるで、たったいま、戦争が終わったと告げられたかのような大騒ぎだ。わたしは思いきりナサニエルを抱きしめた。ナサニエルはぐっとうめいたものの、すかさずわたしを横に倒し、腰を持って支えながら、わたしにキスをした。

戸口から何人かのエンジニアが覗きこんでいる。いったいなんの騒ぎかと見にきたのだろう。おりしも、〈浮き足くん《バーフルズ》〉が部屋に飛びこんできた。

「いったいこれは、なんの――」

「レディ・アストロノートよ！」夫に抱かれたまま、わたしは叫んだ。「わたしたちが、レディ・アストロノートが、軌道をめざすの！」

27

〝スーパー燃料〟で節約無用の宇宙飛行

［一九五七年四月十八日］　ロケット用スーパー燃料に向けての〝ブレイクスルー〟が開けそうだ。昨日、大気上層で酸素原子を捕獲し、燃料消費を気にせず駆動できる方式が報告された。報告者は空軍サンフラワー研究センターのロケット専門研究者、ピーター・H・ワイコフ博士。大気上層では、酸素は分子状酸素として存在している。ひとつの酸素分子を構成するのはふたつの酸素原子だ。しかし、高度九十五キロから百十キロの大気層では、紫外線によって酸素分子が酸素原子に解離する。ワイコフ博士によれば、新たに発見された触媒剤は、この酸素原子を再結合させることができ、そのさいに大量の再結合エネルギーが解放されるという。

〈99s〉にはもう何カ月も顔を出していなかったが、ナサニエルがわたしのデスクにプレス・リリースの草稿を置いてから迎えた最初の日曜日、わたしは現地へ赴いた。願書を持っていくことも忘れなかった。

格納庫に向かってエプロンを歩いていると、風に乗って航空機用ガソリンとタールの刺激臭がただよってきた。ノスタルジーをいだくには奇妙なにおいの組みあわせだ。格納庫の外のピクニック・ベンチにはだれもすわっていなかった。十月初の寒さを考えれば、これは驚くにあたらない。ドアの付近にはニコールのキャディラックが駐めてあったので、すくなくともひとりは格納庫に人がいることになる。

大型扉の一角に設けられた小さな通用口の前でいったん立ちどまり、もうすこしでノックをしそうになった。が、そこでかぶりをふり、ドアを内側へ押してあけた。クラブにはわたしのセスナを貸している。家賃もいくぶんかは払っている。だから非関係者のようにふるまう必要はない。

中に入っていくと、それまでの笑い声が急に収まった。わたしは帽子をぬいだ。パールがケーキの皿から顔をあげ、目を丸くした。

「まあまあ、お見かぎりじゃないの。だれかと思ったわ」

ということは、だれだかわかるということだ。立ちあがったパールのおなかはまた大きくなっていた。三つ子には近々、弟か妹ができるわけだ。でなければ、双子が。とにかく、妊娠していたことははじめて知ったので、わたしは気おくれし、控えめに手をふった。

「ハイ」

アイダ・ピークスとイモジーン・ブラッグスはテーブルについている。ほかに何人か、知らない女性もいっしょだった。格納庫内の機数は増えていた。マスタングの一機はこちらに置くことにしたようだ。それに、あのP－38ライトニング、あれはだれの機体だろう？　所有者とは、ぜひお近づきになりたいものだが。

テーブルの端にはニコールがつき、片手にタバコをものうげにくゆらせていたが、わたしに気づくと立ちあがり、ほほえみを浮かべた。

「いいところにきたわね」

ベティもいた。ただし……わたしと視線を合わせないよう、テーブルを見つめていた。ベティとは対照的に、ヘレンははじけるように立ちあがり、わたしが最高のプレゼントを持ってきたかのように、晴ればれとした笑みを浮かべてみせた。

「いまね、あのことを話してたのよ！」

これはわかる。あのニュースがもたらされたとき、ヘレンも計算室にいたからだ。

「いちおうね、みんな、これだけは憶えておいて。あのニュースはまだ公になっていないのよ。プレス・リリースが出るのは火曜日だから」

「だれにもいわないわ」ベティがテーブルを見つめたままいった。「あなたが心配してるのがそれならね」

ベティの譲歩ともいえることばに応えるべきか、応えざるべきか、それが問題だ。ここで鷹揚なところを見せておくのがいいのか、それとも釘を刺しておくべきか……。

「べつにその点は心配していないわ。だってあなたは、とても口が固いでしょう？　黙っていなくてはならないときに」

ここでニコールが割って入った。

「まあまあ、ふたりとも……」そして、わたしにつかつかと歩みよってくると、頬にキスをした。「よく帰ってきてくれたわね。わたしにまた飛ぼうという気にさせておいて、自分はさっさと見かぎるんだもの。あんまりよ、ほんとうに」

「それはさておき」わたしはバッグをあさった。「すこし持ってきたの、宇宙計画に志願するための願書を――」

たちまち女性パイロットたちが群がってきた。まるで雲の堤《つつみ》に飛びこんだようだった。

いまのいままで、まわりには青空が広がっていたのに、白い雲に包まれて視界がゼロになったように見えるのは、願書の白い紙が飛びかいだしたからだ。わたしが入ってくるまであふれていた笑い声がふたたびよみがえり、格納庫の壁にこだました。

もっとも、あがったのは喜びの声ばかりではなかった。

「要・高級学位？」女性パイロットのひとりが、がっくりと肩を落とした。「わたしは大学にさえいっていないっていうのに」

わたしに群がったときに負けないすばやさで、女性パイロットたちは願書を手に周囲へ散らばっていき、必要事項を書きこみはじめた。わたしはもう、自分のぶんは書きあげて、クレマンスのオフィスの外、秘書室のデスクに置かれた箱の中に入れてきてある。

ヘレンもわたしの手から願書の一枚をひったくったひとりだった。プレス・リリースの雛型《ひながた》を見てはいても、願書自体ははじめて目にしたのである。だが、内容に目を通すなり、ヘレンの満面の笑みは消えた。

「高性能航空機での飛行時間一〇〇〇時間、そのうち機長としての飛行時間四〇〇時間？しかも、ジェット機での飛行時間は五〇時間を要する？　こんなの、フェアじゃないわ。そんな女、どこにいるっていうのよ」

わたしはたじろぎつつ、

「わたしがそうよ。婦人操縦士隊《WASP》にいた者なら、おおぜいがそう」

「化学の学位でもオーケーなんだ？　やった、やったよ」アイダ・ピークスが爪先で飛びはねながら、「あたし、化学の修士号を持ってるんだ――すべての資格条件を満たしてる……あっ、だめだ。高性能航空機のところが欠けてる」

イモジーンは、キスすべきか放りだすか決めかねているようすで、願書をにらんでいた。

「同じね……こういうのを見ると、どうしてもサラ・コールマンのことを思いだしてしまうわ。あのひと、戦時中、ＷＡＳＰに志願したのに、取り下げさせられたでしょう」

「資格条件を満たしてなきゃ、取り下げさせられるもなにもないよ」

まだ願書をにらんだまま、イモジーンはうなずいた。

「でも、取り下げさせられた理由は、ＷＡＳＰへの入隊資格は白人女性にかぎる、というものだったでしょう？　ＷＡＳＰにいた人間に有利なのは、門戸を広く開放しているように見せかけて、宇宙飛行士チームに入れるのを白人女性に絞るための、巧妙な手なんじゃないかしら」

これはまったく思いがけない視点だった。わたしは目をしばたたき、どう反応しよう、どう答えようと考えたが、自分の考えを整理して口にするひまもなく、アイダが鼻を鳴らした。

「そんな寝言、どうでもいいよ。そういうのは、そのうちキング博士が糾弾してくれるからさ。大きな声で、あちこち痛いところをね」アイダはテーブルにもどった。「だれか、ペン、持ってないかな」

イモジーンがこれみよがしにペンをかかげた。

「ここに一本あるわ。貸してあげる、ただし、このろくでもない願書に記入しおえたらね。ジェット機での飛行時間が五〇時間？　クソくらえだわ。だいたい、宇宙船にはジェット・エンジンなんて積んでいないのでしょう、エルマ？」

「ええ、積んでいないわ」そこから先はためらった。できもしない約束をしてはならない。女性を宇宙飛行士候補として検討してもらうだけでも、これほど長い時間がかかったのだから。ともあれ、わたしはいった。「ナサニエルに相談して、資格条件をゆるめられないか、本部長に掛けあってもらいましょうか。この願書はまだ、ここにいる人たち以外の手にわたっていないはずだから……と、思うけど」

テーブルから、ベティがいった。

「プレス・リリースには見本が添付されるのよ。いったん公開されてしまったら、変更はもうきかないわ」

口もとを引き結んで、わたしはうなずいた。それから、プライドをぐっと呑みこんで、テーブルに歩いていき、ベティの前に願書の一枚を置いた。

「あなたには充分な飛行経験があるでしょう?」

「ジャーナリズムの修士号も持ってるわ。IACが求める高級学位でないことは承知しているけどね」

「挑戦してみるだけの価値はあるわ」わたしは願書をいっそうベティのそばにすべらせた。

「でしょう?」

ベティはうなずいたが、願書に手を伸ばそうとはしなかった。かわりに、池からあがってきたばかりの犬のように、ぶるっと身ぶるいし、ハンドバッグに手をつっこんだ。

「じつは……これ、何カ月も持ち歩いていたの。あなたがここに顔を出してくれることを期待して。転送すればよかったんだけど……できなくって。読まずに捨てられちゃうんじゃないかと心配だったから」

わたしは小首をかしげ、ハンドバッグの中を探るベティを見つめた。

「どうしてわたしが捨ててしまうと?」

「わたしから転送されてきたら、捨てちゃうかもしれないでしょう?」ベティがバッグから取りだし、テーブルの上に置いたのは、一通のくたびれた封筒だった。「しかも、転送されてきた中身がそれとあってはね」

興味をそそられて、封筒を手にとった。差出人はL・i・f・e誌《ライフ》になっている。その名を見ただけで、あのときおぼえた真っ赤な怒りが視野をよぎった。たぶん、ベティのいうとおり——ガールスカウト事件の直後にこれが転送されてきていたら、中も見ずに捨てていただろう。

ハンドバッグのストラップをもてあそびながら、ベティはことばをつづけた。

「L・i・f・eがわたしのところへ送ってきたのは、記事を書いたのがわたしだったからよ。宛先はあなただけど、L・i・f・eはあなたの住所を知らないから、それで……。いまにして思えば、ヘレンに託すという手もあったわね」

L・i・f・eの封筒の中には、もうひとつ封筒が入っていた。こちらは状態がもっといい。宛名にはわたしの名が丸みを帯びた見覚えのない字で書いてあり、差出人はサウスカロライナ州レッド・バンク、レッド・ゲーブルズ・ホームになっている。療養院？　わたしは椅子に腰をおろした。

ベティはこの手紙も開封していたが、それについてはあまり気にならなかった。ベティはたぶん、ジャーナリストとして好奇心の疼《うず》きに耐えられなかったのだろう。中身を読んだことを隠そうとしていないことには、むしろ好感さえおぼえる。

手紙文は宛名と同じ、丸みを帯びた見覚えのない字で書かれていた。

拝啓　ヨーク博士

この手紙は当院の患者さんのおひとりに代わって書いています。じつは、『ワッチ・ミスター・ウィザード』を拝見した彼女が、あなたのことを又姪《またい》だとおっしゃるのです。ただ、あなたのお名前はアンセルマ・ウェクスラーだともおっしゃっておられます。かなりのお齢ですし、いつも頭がはっきりしておられるわけではありませんので、わたしどもは当初、おそらく混乱しておられるのだろうと思いました。

ところが、Ｌｉｆｅ誌が発売されて、そこに掲載されたあなたの写真を見た彼女は、やはりご自分の又姪だとおっしゃいます。その記事を拝見したところ、あなたの旧姓はウェクスラーであった由。そこで、もしやほんとうにご親戚かもしれないと思い、ご連絡したほうがいいのではないかと判断したしだいです。当院のその患者さんは、ミス・ウェクスラー――エスター・ウェクスラーとおっしゃいます。

ミス・ウェクスラーは、ご姉妹のおひとりと暮らしておられました。この方はもう亡くなられています。わたしどもの知るかぎり、ほかにご存命のご親戚はいらっしゃいません。

敬具

ロレイン・パーヴィス（登録看護婦）

手にした手紙がわなわなと震えだし、とても字が読めなくなった。もういちど目を通す

エスターおばさん？　エスターおばさんが……生きてる？

片手を口にあてがい、自分ののどから漏れる名状しがたい声を抑えようとした。かんだかくてかぼそくて、悲鳴にも似た音が、高く低く、のどから漏れている。これをなんと呼べばいいのかわからないが……とにかく、おばさんは生きていた、ハーシェルとわたしだけじゃなかった、ハーシェルに電話しなきゃ、すぐに合流して、いっしょにサウスカロライナ州レッド・バンクに飛んで、エスターおばさんに会って、そして――。

「エルマ？」ニコールがわたしの肩に手をかけ、ついで、ぎゅっと抱きしめた。「エルマ、可愛いエルマ――だいじょうぶ、だいじょうぶよ……落ちついて、ね？……だいじょうぶ、だいじょうぶだから……」

「あたし、ナサニエルに電話してくるわ」

ヘレンのこのことばで、すこし呼吸が落ちついた。

「いいの――いいのよ。だいじょうぶ」とわたしはいった。いや、すくなくとも、いおうとした。じっさいに出てきたのは、判別できないことばだったが、それでもなんとかヘレンを思いとどまらせることはできたし、自分の動揺も多少は収まった。両手で目をぬぐう。持っていた手紙が頬をこすった。「ごめんね。ちょっと……恥ずかしいところを見せちゃった」

ニコールがわたしを抱きしめたまま、いった。

「なにをいってるの。こんなこと、恥ずかしいうちには入らないわよ、国主催の晩餐会《ばんさん》でモナコ公国の大公殿下にワインをひっかけたことにくらべればね。いまのあなたは、ただ人間らしい瞬間を迎えただけ。人間であることは、けっして恥ずかしいことじゃないのよ。人前でおならをしたときは別だけど」

わたしは笑った。神さま、感謝します。ニコールがここにいてくれてよかった。おりしも、ヘレンが唇を閉じあわせ、ブーッとおならの音をまねした。わたしはいっそう大きな声を立てて笑った。息も絶えだえといった感じの笑い声になったが、ろくに息もつげないのだからしかたがない。背筋を伸ばし、もういちど涙をぬぐった。こんどは片方の親指で。マスカラの筋が親指の両側についてきた。顔はたいへんなことになっているだろう。

「ごめんね。ここに書いてあったのは、ほんとうはいい知らせなの。おばさんがね……」

その先をつづけるには、どうしても息がきれぎれになった。「おばさんが生きていたの」

アパートメントのドアを押してあけると、ナサニエルがソファに寝そべって報告書を読んでいた。わたしを見て、ナサニエルは報告書をおろし、ほほえみを浮かべた。

「きょうは早かった――」ナサニエルはがばと身を起こした。報告書がばさばさと床に落ちていく。「どうした？」

五通りもの返答が頭の中で優先順位を争った。勝ち抜いたのは、もっとも役にたたない返答だった。

「電話を使わなきゃいけないの」

さいわい、ニコールが車で送ってくれて、アパートメントまでいっしょに階段をあがり、つきそってくれた。ニコールはわたしの肩に手を添え、ナサニエルに声をかけた。

「心配することはないのよ。ただ、エルマはすこしショックを受けていてね」

そう。なにがあったかを、まずナサニエルに説明しなくては。でないと、ますます心配させてしまう。

「ベティがね、Ｌｉｆｅの記事を見た読者からの手紙を持ってきてくれたの。それが個人的な内容で――」わたしはかぶりをふった。そんなことはどうでもいい。「――エスターおばさん、生きていたのよ」

「な……なんだって？」ナサニエルは戸口まで部屋を横切ってきて、わたしを抱きしめた。

「すごい朗報じゃないか！」

わたしはナサニエルにもたれかかった。ニコールの手が肩からはずれるのがわかった。背後でドアが閉じられ、小さくラッチのかかる音がした。ナサニエルはわたしを抱きしめたまま、この五年ぶんの悲しみを吐きだすわたしを受けとめてくれた。

わたしはこの世に、ハーシェルと自分しかウェクスラー家の大人《おとな》はいないと思っていた。じつをいえば、頭の中にはこう考えている自分がいた――エスターおばさんが生きていたなら、ほかにも生きている身内がいるんじゃないの？　もしかして両親も生きていたり？しかし、流れる涙の一部は、そんなことはないとわかっているからこそ流れているのだ。ワシントンD.C.の八〇キロ以内で生き残った人間はだれもいない。それでも――ああ、それでも、おばさんがひとりは生きていてくれた。

しゃくりあげながら、ナサニエルから身を離した。涙を拭《ふ》くのは、きょうは何度めになるだろう。わたしはハンドバッグを探り、あの手紙を取りだした。

「療養院に電話しなきゃ」

これまでわたしは、幸せを見つけるべく数々の妥協を重ねてきた。服喪《シヴァ》のため床に座し、家族を悼《いた》んで儀式をひととおりこなしたあと、悲しみを箱に納め、土中に埋めるかわりに、記憶の奥《おく》つ城《き》に埋めてしまった。今回、こうして連絡をとることは、心の中の墓を暴き、わたしの心の墓地に生々しい傷を残すことになる。

しかしこれは、大いなる喜びの時でもあった。

ナサニエルの目は真っ赤になっていた。半泣きのような笑みを浮かべて、ナサニエルはいった。

「いまこそ……〝ラ＝ハイム〟というべきときだな」

ラ＝ハイム。〝生に〟。

ナサニエルはあとずさり、電話機への道をあけた。

「外に出ていようか？　それとも……？」

「いいの、そばにいて」電話機まで歩いていくには、とてつもないエネルギーを要した。たとえていうなら、悲しみの重力井戸から脱出しようとするような感じだった。「ティッシュを渡してくれる人が必要だから」

「ティッシュだな、了解。ティッシュ要請を確認、準備よし」

まだ鼻をぐすぐすいわせながら、わたしはソファに腰をおろし、電話に手を伸ばした。レッド・ゲーブルズ・ホームの電話番号はレターヘッドに書いてあった。電話機のダイヤルには、数字だけでなく、アルファベットも割りふられている。アルファベットをふたつ、数字五つをダイヤルすると、呼出音が鳴りだした。

「こんばんは、レッド・ゲーブルズ・ホームです」

電話に出た人物の声は、南部人特有の、おだやかで甘美ななめらかさをともなっていた。相手に合わせて、自分のしゃべりかたが自然と南部人風に変わるのがわかった。

「もしもし。そちらに入所してらっしゃる居住者の方につないでいただけますか？　エスター・ウェクスラーというんですが」

「申しわけありません、ミス・ウェクスラーは、ただいまお夕食中で」

もしや〝亡くなった〟といわれるのではないかと、はらはらしてしまった。わたしは咳ばらいをし、ナサニエルが落とした報告書の一枚を床から拾いながら、

「では、メッセージを残していただけますか？」といった。拾ったページには、ブラジルからロケットを打ち上げるさいの軌道案が書いてあった。「わたしは又姪なんです。名前は――」

「ヨーク博士？」

「ええ。そうです」

「わたしはロレイン・パーヴィス、お手紙を差しあげた者です」電話の相手は小さく笑っ

た。「驚きました。まさかほんとうに又姪御さんでいらしたなんて。わたしどもも、念のためにと……その、ときどきミス・ウェクスラーは、ひどく混乱なさるものですから。とてもおだやかな方ですが、でも……。そうですね、そのままお待ちいただけますか、いまお連れします」

「いいえ、そんな、無理をしていただいては申しわけないので」

「いいんですよ。まだお食事中でしたら、むりにお連れするようなことはしませんので。すぐにもどってまいります」

受話器がコトンとデスクに置かれる音につづき、足音が遠ざかっていく音が聞こえた。ナサニエルはワンルーム・アパートメントを横切ってキッチンへ移動しており、水切りから皿を片づけはじめていた。皿同士が触れあうカチャカチャという音を立てながら、食器棚にしまっていく。それを見て、待つあいだの緊張をやわらげるため、すこしでも身のまわりを片づけようと思い、ナサニエルが床に落としたほかの報告書を拾い集めにかかった。

報告書を埋めつくす数式は、ヘレンの筆跡だとひと目でわかった。拾ってはコーヒーテーブルに積みあげていくさい、数式を見ないようにするのはたいへんだった。このとき、自分がいかに動揺していたかを示す証拠がある。そこに書かれていた軌道が、ブラジル、ケニア、インドネシアからのものだと気づくのに、すこし時間がかかってしまったのだ。ブラジルに射場を選定したさいの比較資料だろう。

この三カ所とも、すべては赤道付近にあるので、合衆国やヨーロッパのどこよりも打ち上げ時の燃料消費がすくなくてすむ。すべて東海岸に位置しているのもメリットだ。ロケットは西から東へ発射するので、万一失敗しても、落下するのは陸地ではなく、海に──。

電話口の向こうで、受話器がこすれる音、つづいてコトンという音がした。だれかが受話器を取りあげたのだ。

「ヨーク博士？」

「はい」

「お待ちください、いまおばさまに替わります」

「ありがとう」

報告書を束ねてコーヒーテーブルに置き、目をつむって待つ。

ガサガサという音がして、老いてはいても愛らしい声が受話器から聞こえてきた。

「──アンセルマ？」

「エスターおばさん」声がわななき、部屋がぼやけた。またしても、こらえようもなく、ぽろぽろと涙があふれてきたのだ。亡霊の声を聞いているかのようだった。亡くなったとばかり思いこんでいた人に対して、いったいなんといえばいいのだろう。それをいうなら、エスターおばさんのほうだって、『ミスター・ウィザード』を見るまでは、わたしが死んだと思っていたにちがいない。ようやくわたしの口から出てきたのは、陳腐であたりさわりのない、ありふれたあいさつだった。

「どうしてた？」

「そうねえ……まあまあ、どうにかこうにか、かろうじて息はしてるわねえ。あなたの声が聞けて、こんなにうれしいことはないわ」

「ごめんね。きょうになって手紙を受けとったの。わたし、ぜんぜん知らなくて」

「まあまあ、この子ったら、なにをあやまるの。わたしだって、あなたが生きているとは知らなかったんだもの、おたがいさまよ。ローズとわたしはチャールストンを出てね――一族の人間はもう、ふたりだけになったと思いこんでいたの」

電話回線で隔てられているのは幸いだった。ローズ。祖母の名を聞いたとたん、反射的に受話器を口から離し、しばし口を押さえた。あのあとも祖母は生きていたのだ。そう、あの手紙にはこうあった。

〝ミス・ウェクスラーは、ご姉妹のおひとりと暮らしておられました。この方はもう亡くなられています〟

これだけでは、どの姉妹のことかわからなかったが……。

なんてことなの。祖母はチャールストンを呑みこんだあの津波を生き延びていたんだわ。

それなのに、わたしは探そうともしなかった……。

28

宇宙飛行士は骨量減少に苦しむ

ザ・ナショナル・タイムズ特電

［カンザスシティ（カンザス州）発　一九五七年四月十八日］　先ごろ軌道上の宇宙ステーション〈ルネッタ〉で四十三日間を過ごした宇宙飛行士の検診結果報告書では、微小重力下での長期生活という、かつて人間が経験したことのない環境に置かれた場合、人体がどのように反応するかが例証された。たとえば、地球に帰還した宇宙飛行士は、血液中の赤血球が一四パーセントすくなくなっていたことが発見されている。宇宙にもっと長い期間滞在しているあいだ、このような変化がいっそう蓄積されるようであれば、先々、地球に帰還した宇宙飛行士はたちまち衰弱してしまうだろう。〈ルネッタ〉の目的のひとつは、宇宙空間でエクササイズを励行することによって、

微小重力への適応による肉体的変化を遅くさせ、未来の宇宙飛行士が最小限の労力で地球環境に復帰できるかどうかをたしかめることにある。


電話を切ったとたん、それまで読んでいた新聞からナサニエルが顔をあげた。皿の片づけはとっくにおえている。

「いい電話みたいだったな」

「まあまあ、元気みたい」立ちあがりながら、額をさすった。まだすこしショックが残っている。「でも、あそこにいて、充分に満ちたりているとは思えないわ。だから、考えてたんだけど……」

「ここに引きとるかい？」ナサニエルは新聞をたたんで置き、椅子の背にもたれかかった。

「それより、ハーシェルのところに住むのはどうだろう？」

わたしは肩をすくめ、テーブルに移動し、ナサニエルのとなりに腰かけた。

「そうね。それもありね。でも、ハーシェルはふたりの子供をかかえているのよ。もうひとり養っていけるかというと、どうかしら」

ナサニエルはうーんとうなり、指先でとんとんとテーブルをたたいた。

「引きとるとなると、もっと大きな家がいるな……ぜひとも引きとりたいところではある。しかし……」

「しかし？」

ふたりで住むぶんには、このワンルーム・アパートメントはちょうどいい。だが、もうひとり増えたら、どうしても手ぜまになってしまう。

「家を買う余裕はまだないし、もっと大きなアパートメントを借りるだけの余裕もないしなあ……」手を広げ、その先はあいまいにぼかした。その先をつづけると、航空《エア》ショーで壊したマスタングの修理代で貯金をはたいてしまったことに触れざるをえなくなるからだ。

「なにか手立てを考えないといけないな」

「住宅価格は下がってきてるわよ。しばらく不動産状況をちゃんと見てないけれど、サンフラワーのＩＡＣ関連施設のそばに新しく宅地が分譲されたでしょう」

「金銭的な問題もあるが……引きとりをためらっているのは、居住スペースの問題だけじゃなくってさ。ＩＡＣは射場をブラジルに移そうとしてるだろう？　エスターおばさんにしてみれば、いっしょにブラジルにいくのはつらいんじゃないか？」ナサニエルは肩をすくめた。「まあ、サンフラワーで設計の仕事はつづけられるがね。それでも、そう長いあいだじゃない」

「そうね……」わたしは唇の内側を軽く噛み、考えた。「でも、引っ越しまで、すくなくとも一年はあるわけよね、現地の施設を作るあいだに。ちがう？」

「二年はかかるだろうな、射場の選定からはじめないといけないから」ナサニエルは椅子の前のほうにすわり、身を乗りだしてきて、片手をわたしの手に重ねた。「だけど、きみが宇宙飛行士として受け入れられたら……訓練スケジュールがどういうものになるのかはよく知ってるだろう。それはエスターおばさんにとってどうだろうね」

「じゃあ、おばさんをあのまま療養院に入れておけというの？」

大叔母が存命だと知って、声を聞いたばかりだというのに、知らない人のところに放置しておけというの？

「もちろん、そんなことはいっていない」ナサニエルは片手で髪をかきあげた。「しかし、ハーシェルが引きとってくれるんなら、そのほうがいい。長い目で見ればね。いますぐに結論を出す必要はないよ。ただ、考えてみる価値はあると思うんだ」

大叔母と電話で話してから二週間がたった。ハーシェルに電話して、大叔母が生きていることを連絡してから二週間がたった。あれから二週間を経たいま、わたしはふたたび、電話で兄と話をしていた。震える手に持っているのは、前とは別の手紙だ。

ミルタウンは服《の》んでいる。それでも鼓動の速さは駆け足から速足に変わっただけだった。

「国立気象センター、ハーシェル・ウェクスラーです」

「ハイ、エルマよ。あのね、ちょっと時間をとれるかしら」

握った受話器の黒いプラスティックが汗でつるつるすべった。

「なにかあったのか？」

受話器ごしに、オフィスのドアが閉じられる音が聞こえた。

「宇宙飛行士の選抜計画なんだけど、第一回試験の案内状が届いたの。書類選考に通ったのよ」

手紙を持つ手は、いまもわなわなと震えていた。なんとなく、これはIACで、口頭で告げられると思っていたのだが、ふたをあけてみれば、文書による通知だった。しかし、通知文は一律の定型文で、名前だけが別途記入されていた。ということは……書類選考に通った女性はほかにもいるということだ。何人かはわからないが。

「そいつはめでたい《マーゼル・トーヴ》！　いよいよ月にいくのか！　よしきた、レイチェルにも教えておく。あの子は大喜びして……月にも昇る心地になる《オーバー・ザ・ムーン》ぞ」

つまらない地口に、わたしはのどの奥でうめいた。

「こんなときに、もう最低」

「まじめな話、誇らしくてしかたがないよ。で、いつ試験がはじまるんだ?」

「問題はそこなのよ」ようやくソファに腰を落とし、目の前のコーヒーテーブルに手紙を置いた。「開始日がね、エスターおばさんを訪ねる週なの。しかも選抜試験には、五日もかかるんですって」

「え?」ハーシェルが机上の紙をがさがさとあさる音がした。そして、ためいき。「うん、わかった、申請してた休暇日を振り替えられないかきいてみる」

「ごめんね」手にした電話のコードをもてあそぶ。

「まあ……そもそもの話、ふたりそろって迎えにいかなくてもいいとは思うんだ。そっちは試験に専念して、おばさんが落ちついたら、うちを訪ねてくればいいさ」

室内の温度が急に下がったように感じられた。

「それは――それは本人に会って、その場で決めようということになったと思うんだけど。でしょ? その場で療養院のスタッフに、おばさんが必要なものを相談しようって」

ハーシェルの笑い声が聞こえた。

「ああ、それは……エルマのスケジュールを考慮して決めた話じゃないか。しかしもう、エルマがいつも地球上にいるとはかぎらなくなったわけだろう?」

「わたしが試験に通るともかぎらないのよ」

「おいおい、エルマ。エルマを採用しなかったら、ＩＡＣは馬鹿しかいないことになるぞ。広報効果ひとつとっても大きな損失だ」

「宇宙機構は、そういった発想では動かないものなのよ」宇宙計画に関することがらは、なにもかもが複雑で危険きわまりない。いい宣伝になるからといって、適性のない人間を宇宙飛行士に仕立てあげることはありえないのだ――すくなくとも、宇宙飛行の安全性が完全に確立されて、ルーティーンになるまでは。「いま宇宙に出る人間には、きちんと状況に対処できる能力が必要なの。試験でどんな弱点があぶりだされるか、わかったものじゃないでしょ？」

「そりゃそうだが。うーん。よしわかった、おれのいうとおりになったら、コミックスを一冊買ってもらおう。『ブラックホーク』の最新号だ。しめしめ、これで一冊儲《もう》かった」

わたしの兄は、ときどき自信過剰になるので困る。「それに、新居を探す時間もいるはずだよな。ちがうか？　だから来月まで待つことになったんじゃないか」

「それはそうだけど……」

部屋の向こう側にあるキッチン・テーブルの上には新聞が置いてある。まだ配達されたままの状態だ。今夜、ナサニエルといっしょに、賃貸住宅欄に目を通す予定だった。

「試験の準備をしながら、家探しと引きとりの準備をするって？　そんなことができると本気で思ってるのか？」

　痛いところをついてくる。わたしは身をかがめ、片ひざに片ひじをつき、額をさすった。

パーカーは、自分の目が黒いうちは断じてわたしを宇宙に出さないといった。だとしたら、ここは自分の家族のためにできることを優先すべきかもしれない。

「優先順位は試験のほうが低そうね。つまり……注力するのは自分がコントロールできることにすべきであって、どんな結果が出るかわからないことにかまけてはいけないということよ」

「なあ、エルマ……」眼鏡の縁ごしに、ハーシェルがじっとわたしを凝視するさまが目に浮かんだ。そんな目で見るもんかい、それじゃ見えないんだから、と当人はいうけれど、あの眼差《まなざ》しはほんとうに怖い。「試験を受けなかったら、この先一生、後悔するぞ」

「でも、受からなかったら？」

　笑い声が聞こえた。

「受からなかったら、『ミステリー・イン・スペース』のコミックを買ってやるよ」

「いいわ。受からなくて落ちこんでるときには必須だものね」

「ところで……旅客機でカリフォルニアまでくるとなると、どこかで乗り継がなきゃいけないよな。カンザスシティ経由の便がないか、探してみる。どのみち、エスターおばさんはどこかで休憩させてやらないといけないだろう、カンザスシティに一泊して、そのとき会えばいいじゃないか。それでどうだ?」

「ほんとうに?　あてにしてもいいの?」わたしを子供にもどしてしまう兄の能力たるや、驚嘆に値する。気がつくと、両手の震えは収まっていた。「うまいぐあいに、ロケットの打ち上げのとき、ここへ寄れるといいわね」

大叔母にも会えるし、宇宙飛行士の書類選考にも通った。翌朝、仕事場に出たわたしは、まだ喜びに打ち震えていた。ＩＡＣのリノリウムの床でさえ、いつもより輝かしく見えるほどだった。

別々の廊下へ分かれる前に、ナサニエルが背をかがめ、わたしの頬にキスをした。

「気をつけてな。そんなふうに顔がゆるみっぱなしだと、笑顔で相手の目をつぶしちまうぞ」

「心配ご無用よ。あなたのエンジニアたちがヘマをしてるのを見つけたら、たちどころに笑顔が引きつるから」

ナサニエルは笑って、わたしの手をぎゅっと握ってから、自分のオフィスに歩み去っていった。

廊下のはずれからでも、計算室内が出勤した朝番の職員たちでにぎわっているのがわかった。室外にまであふれているのはにぎやかな会話の声だ。料理のレシピを交換したり、服を誉めあったりしている。ひとたび仕事がはじまってしまえば、室内は紙で計算する、計算尺を動かす、フリーデン社の機械式計算機をカタカタと動かす、と計算一色に染まる。このごろでは、IBMが（また）オーバーヒートするたびに、罵声《ばせい》があがるようにもなっている。

戸口をまわって計算室に入ると、わたしと共有するデスクについたバシーラが、まるでオーケストラの指揮をするように両手をふってみせた。

「……いたるところに、シャンデリア。まさか、あんなふうだなんて。それに、あの歌声。ああ、なんてすばらしかったのかしら！」

マートルがかぶりをふった。

「まったくねえ。こっちはボウリングがせいぜいだったっていうのにさ。ゆうべはリーグ戦だったのよ」

「なにがあったの？」

わたしはハンドバッグをデスクに置き、コートのボタンをはずしだした。早く書類選考に通ったことを話したくてうずうずしているが、いまはバシーラがステージに立っている。

「ゆうべ、ハンクにね、ミズーリ近くの劇場へ連れてってもらったの」ばしっと両手を打ち合わせた。「もんのすごくよかったわあ。だって、あの〈ミッドランド・シアター〉よ。だれかが〝もっとだ、もっと装飾に凝れないか？〟と注文すれば、答えは〝イエス〟よ、そのたびに。なにしろ、トイレの内装でさえすごく豪華なんだから」

わたしはコートを脱いだ。この流れでは書類選考に通ったことをいいだしにくい。

「最後にショーを見にいったのなんて、いつだったかしら」

「機会があったら、ぜひ見にいったほうが――」そこでバシーラはことばを切り、わたしの背後に目を向けた。「どうしたの、ヘレン？　だいじょうぶ？」

「ちょっとね、アレルギーがね」

ヘレンはほほえみを浮かべ、手を横にふった。だが、その目は赤く腫《は》れていた。肩も落ちている。声も元気がなく、かすれていた。

ああ、なんてことだろう。ヘレンは書類選考に落ちたのだ。

結局、仕事場では書類選考のことを黙っていた。しかし〈99s〉では？　そう……あそこでは、この話題は避けられない。とうとう日曜日がやってくると、わたしはハンドバッグに第一回試験の案内状を入れて、飛行場へと向かった。ベティの顔を見るのは、いまでも気まずい。たしかに、大叔母と再会するきっかけを作ってくれはしたものの、療養院からの手紙を何カ月も手元に置いていたというマイナス面もある。ヘレンなりニコールなりに、手紙を託すこともできたろうに、そうはしなかったということは、やはりわたしを操り、利用しようとしているのではあるまいか――そんな疑惑が再燃していた。

格納庫には、パールがパウンドケーキを持ってきていた。テーブルの中央にでんと置いてあったのだ。アイダとイモジーンはコートを着こんで縮こまっている。ニコールは片方だけ手袋をはずしてケーキを食べていた。ドアを閉じていても、吐く息が白い。下に小型ヒーターが置かれたテーブルのそばまでいくと、多少はあたたかくなったが、足首は火傷しそうなのに、手の指はかじかんだままだ。

「まあ！　ケーキがあるじゃない！」

どうしようもなく会話下手の自覚はある。パールに対しては、ケーキの話をするか、おなかがずいぶん大きくなったわねというほかに、話題を思いつけなかった。それにしても、大きい。おなかにいるのが双子でないとしたら驚きだ。

「ケーキを焼きたい気分だったのよ、たぶん」

パールはそういって、片手でおなかをさすった。

ニコールが掛時計を見た。

「ヘレン、まだ姿を見せないわね……」

そのことばで呼びだされたかのように、格納庫のドアが荒々しく開き、ヘレンが戸口に現われた。肩にショルダーバッグのストラップをかけている。屋内に入ってきたヘレンは乱暴にドアを閉めた。すくなくとも、もうしょげてはいないようだ。

ヘレンはわたしを見てから、グループのほかのメンバーを見まわした。

「書類選考、落ちちゃった」

「あたしもだよ」アイダが手をあげた。「だれも意外じゃないだろうけど」

わたしは咳ばらいをした。

「わたしは通ったわ」

「わたしもよ」ニコールがケーキの皿を置き、スカートのケーキかすを払った。

イモジーンがかぶりをふった。

「わたしもはねられたわね、ジェット・エンジンの経験が不充分だからって」

「わたしは受かったわよ」ベティがいって、パールに顔を向けた。「あなたは？」

「わたしは願書を出さなかったから」パールは膨れたおなかを片手でなでてみせた。「コロニーが建設されるまで待つわ、わたしたちはね」

格納庫の中に気まずい沈黙がたれこめた。屋外では旅客機のエンジン音が轟《とどろ》き、世界はいつもどおりに動いている。だが、この格納庫の中では、なにかが壊れてしまっていた。わたしたちは全員、ひとつのテーブルを囲んではいるが、グループのあいだには歴然たる一線が引かれている。合格と不合格だけでも分断があるのに、人種面での分断がくっきり出てしまったのだ。

静寂を破ったのはヘレンだった。ショルダーバッグをひっくり返し、中身をテーブルの上にどさどさとあける。何冊ものマニュアルや教習本がばらまかれた。途中でページが開いてしまった本も何冊かある。そのうちの一冊がテーブルの縁からすべり落ちそうになったので、わたしはあわてて受けとめた。それはT‐33の操縦マニュアルだった。

本の山の中から小さなメモ帳を抜きだして、ヘレンはいった。

「これに書きだしてあるのはね、ジェット機が置いてある飛行場のリスト」

「でも、申しこみ期限はもう……」ニコールがかぶりをふった。「釈然としないのはわかるけど、いまからなにができるの？」

「準備をするのよ、つぎにそなえて」ヘレンは挑むような目でニコールをにらんでから、視線をアイダとイモジーンに向けた。その立ち姿の猛々《たけだけ》しさから思いだしたのは、ヘレンがチェスのチャンピオンだということだ。「あなたたちもよ」

アイダが前に身を乗りだし、マニュアルの一冊を手にとって、ぱらぱらとめくった。

「あー、もすこしさ、飛ばなきゃなんないみたいだね」

「それに、手紙も書かなくてはね」イモジーンはベティに顔を向けた。「このこと、大々的に書きたてられる？」

「それはなんとも……」

イモジーンは片眉を吊りあげてみせた。こういう場面での見本になる、完璧な吊りあげぶりだった。おまけに口をすぼめ、不本意を表わそうとして、ムチのような鋭い音を立てて舌打ちしてみせた。

ベティが両の手の平でなだめるようなしぐさをした。

「記事にするなら切り口を考えないと」

「〝宇宙飛行士、選抜するのはレイシスト〟というのはどう？」イモジーンはテーブルのナイフを取り、ケーキに突きたてんばかりのしぐさをした。「この件、キング博士が思う存分とりあげてくれるでしょう。賭けてもいいわ、書類選考に通ったのは、全員、白人のはずよ」

「わたしが……」途中までいいかけて、いったん咳ばらいをした。これを申し出たものだろうか。それとも……？「書類選考に通った人のリストをもらってきたら役にたつ？」

アイダがうなずき、自分のぶんのケーキを割った。

「役にたつね。それに、ベティ、あんたに手間はかけさせないよ、あたしらには黒人向けの新聞があって、あんたが書くよりもごきげんな記事に仕立ててくれる。わざわざ〝切り口〟なんてものを考えなくてもね」

29

〈ルネッタ〉宇宙ステーションで
まもなく新記録達成

［カンザスシティ（カンザス州）発　一九五七年四月二十六日］　明朝、すべてが順調に運べば、軌道をめぐる国際宇宙ステーション〈ルネッタ２〉に滞在中の三人の宇宙飛行士は、宇宙滞在五十九日の新記録を樹立する。宇宙飛行士たちの滞在ミッションが成功裡におわれば、長期にわたる宇宙滞在能力確保に向けて、新たなマイルストーンが築かれることになる。ここでいう長期の宇宙滞在には、〈ルネッタ２〉のように軌道をめぐる宇宙ステーション滞在だけではなく、火星、金星、木星へ飛ぶ未来の有人宇宙飛行も含まれる。

　月曜日、わたしの朝の大半は、〈浮き足くん《バブルズ》〉が行なった最新のエンジン試験のデータ処理に費やされた。わたしのデスクにかがみこみながら、〈浮き足くん〉は爪先で立ち、からだを上下に揺すっている。デスクの向かいでは、バシーラが下唇をしっかりと噛んで笑いをこらえているが、口のはたはどうしてもゆるみがちだ。〈浮き足くん〉の熱心さは、なんというか……過剰なのである。

「オーケーよ、〈浮き足くん〉……噴射量は安定しているわ」わたしは計算結果を書いた紙を〈浮き足くん〉のほうへすべらせた。「ペイロードを考慮しても、軌道にあがるには二段ロケットで足りるわね、三段ではなく」

「それはわかってるんだよ！」〈浮き足くん〉は空中を殴るしぐさをした。ネクタイがはねあがった。「発射台なんだ、問題は！」

　わたしは咳ばらいをして、

「理論上はシリウス《シリアス》の噴射を持ちこたえられるはずよ。でも、それはヨーク博士に相談すべきことでしょう」

〈浮き足くん〉はにっ、と笑った。

「きみだってヨーク博士じゃないか！」

わたしはあきれた顔をしてみせ、かぶりをふった。

「どっちのヨーク博士のことをいってるのか、あなたにわからないはずないでしょう？　わたしはただの計算者、あっちは統括エンジニアなのよ」現状では、エンジン・テストはきわめて順調に進んでおり、今回の燃料構造は、これまで計算室にまわされてきたなかでもっとも安定していて、月面ミッションを革新させるだけのポテンシャルを秘めていた。なぜなら、燃料消費量がずっとすくなくてすむからだ。いっそう重要なのは、ロケットが三段から二段になることで、そのぶん、失敗の確率が小さくなることだった。「さ、いきなさい。統括エンジニアに見せてらっしゃい」

〈浮き足くん〉は肩をすくめ、計算式で埋まった紙の束を回収した。

「そういや、博士と本部長、いま出かけてるんだったっけ！　帰ってきたら相談するよ！　ありがとう！」

数いるエンジニアのなかでも、わたしがいちばん好感を持っているのがこの〈浮き足くん〉だ。一歩ごとに紙とネクタイをはためかせながら、〈浮き足くん〉はどたばたと計算室を出ていった。

バシーラが笑いをこらえる戦いをあきらめ、デスクに身を伏せて、両腕に顔をうずめた。

「あの子、いちいちエクスクラメーション・マークをつけないとしゃべれないのかな」

「一回はクエスチョン・マークが入ってるように聞こえたけどね」デスクの上には、もう三つ、計算依頼が載っている。これも早急にかたづけなくてはならない。ああ……なんて優雅な計算者生活。「ただし、ほんとうに優秀なエンジンではあるわね。すくなくとも、理論上は」

ヘレンがデスクに手をついて立ちあがり、わたしたちのデスクにやってきた。

「〈浮き足くん〉、本部長が出かけてるっていったよね？」

急に鳥肌が立つのをおぼえた。ああ、とうとうこのときがやってきた。だけどこの件、〈99s〉で話しあって、自分でも納得したでしょう？

「ええ……ロッキード＝マーティンに月着陸時の司令船を見にいってるんだと思う」

「だったら、きょう一日、かかるわよね？」

「たぶん」わたしは立ちあがって、できるだけさりげなく、のびをした。この国の運命がヘレンやわたしのスパイ技術にかかっていないのは、幸いというほかはない。なにしろ、わたしたちのさりげなさときたら、発情期のネコなみだから。「ちょっと席をあけるわ。化粧室にいってくる」

ヘレンはうなずき、自分のデスクに帰って、シャープペンシルを手にとった。すこしも中断することなく、さっきからずっと計算をつづけているかのような態度だ。マートルがわたしたちにけげんな顔を向けたが、ありがたいことに、なにをするつもりなのかはきかないでくれた。

計算室の外に出て、化粧室の前を素通りし、クレマンスのオフィスへ向かう。ヘレンもわたしも、IAC部内で出入りできる範囲は同じだが、わたしのほうがリスクは小さい。ナサニエルが同じ建物の中で働いているし、わたしはしじゅう、ナサニエルの用事で彼のオフィスへ呼ばれていくからだ。ヘレンが同じことをすれば、へたをすればクビになる。そうなったら、台湾に送り返されてしまう。

クレマンスのオフィスは、いつものように秘書室のドアが開放されていた。その秘書室からは、猛烈な勢いでタイプをする音が聞こえている。デスクにはミセス・ケアがつき、報告書の写しを作っているようだ。すくなくとも三枚のカーボン紙がはさんであるのが見えた。

ミセス・ケアがわたしに気づき、タイプをつづけながらほほえんだ。

「あら、こんにちは、ヨーク博士。なにかご用？」

「宇宙飛行士の候補者リストがほしいの」

自分には当然、見る資格があるかのように持ちかけてみた。じっさいにはないのだが、ミセス・ケアのいないときにこっそりファイリング・キャビネットをあさるよりはいい。

「ああ……見せてあげたいところだけれど、あれはもう、ステットスン・パーカーのオフィスに一式まわしてしまったのよ」ミセス・ケアは顔を輝かせた。「あちらで見せてもらうといいわ」

「ありがとう。そうするわ」首席宇宙飛行士ともなれば、選考に関与するのは当然だ。クレマンスが女性を候補者リストに加えると決めたとき、パーカーは激怒したにちがいない。そんなパーカーが、どうしてわたしをリストに残すはずがあろう。とくに、わたしをずっと地上勤務にさせておくと誓ったあとなのだ。わたしはミセス・ケアに手をふって別れを告げ、クレマンスのオフィスをあとにし、廊下を歩きだした。ひとりでに、足は化粧室へ向かっていた。個室のひとつに入り、ドアを閉じて鍵をかけ、ひんやりした金属のパーティションにもたれかかって、動悸が収まるのを待つ。

アイダの力にはなりたい。イモジーンの、ヘレンの、そのほか、選考から漏れた女性の力にはなりたい。しかし、パーカーはわたしをきらっている。わたしが選考に残ったのは、パーカーの意志に反してのことにちがいない。そんなパーカーのオフィスに乗りこんでいくのは、もっとも避けるべき行為だ。

となれば、あとは試験当日……。そう、試験会場に赴けば、だれが試験を受けるのかは調べられる。

一九五七年五月十三日、月曜日、午前九時、試験を受けるために、わたしは会場に着いた。ここはIACの構内ではない。フォート・レヴンワースにある軍の試験施設だ。この施設は〈巨大隕石〉以前の建物で、赤煉瓦《れんが》の外壁に大きな窓がならんでいた。受付デスクでは身元を確認され、ブレスレットを発行された。ブレスレットに記されている番号は、378だった。

「三七八番め？　ずいぶん多いのね」わたしは冗談めかして探りを入れた。「わたしが知っている人はいるかしら？」

受付の女性はかぶりをふった。

「女性の候補者は三四人しかいません。それは願書受付時点での番号です」

候補者調べの任務を帯びながら、事業規模の大きさに、もうすこしで口が半開きになりそうになった。絞りこまれた人数はたったそれだけでも、応募者はすくなくとも三七八人……総数は見当もつかない……その相当数の中から、わたしは選ばれたのだ。ともあれ、わずか三四人しかいないとすれば……リストを把握するのは簡単になる。

「では、ここから先はひとりでだいじょうぶですので」

「廊下をまっすぐ進んで、最初の角を左です」

受付はすでに、あとはどうぞご勝手にといわんばかりの態度で、受付名簿に注意をもどしていた。

廊下を進み、左に曲がると、そこには女性たちが一列にならんでいた。その列にそって歩いていく。例外なく白人だった。アイダとイモジーンが〈99S〉に入ってこなかったら、はたしてわたしはこの事実に気づいただろうか。おそらく、気づかなかっただろう。列にそって進むうちに、ニコールが列からはみだして手をふった。

わたしはニコールのそばで立ちどまり、声をかけた。

「知った顔に会えてよかったわ。ほかにはだれかいた？」

「ベティがいたわね。ジェリー・コールマンと、ジャッキー・コクランも。ちゃんとメモしていないんだけれど。ただ、白人だけじゃなかったわ」ニコールは肩をすくめた。その動きで、ドレスの生地が波打った。ネイビー・ブルーのドレスは襟まわりが白く、まじめそうな印象を与えると同時に、ぐっとくびれた腰のデザインは……なんというか〝親しみやすさ〟を演出していた。ニコールは列のやや先を指さした。「ほら、あそこ。マギーがいる」

「あ、ほんとうだ」六、七人ほどうしろに、ひとりだけ、白人ではない女性が立っていた。中国系のマギー・ジー――戦時中、婦人操縦士隊《WASP》の一員だった人物だ。おたがい、あまりよくは知らないが、ふたりしかいなかった中国系の片方なので、見忘れようがない。わたしはマギーに手をふり、列の最後尾に向かって歩いていった。もっとも、マギーがわたしに気がついたとは思わない。

まわりの女性たちが動くたびに聞こえるのは、堅い生地の上着や糊《のり》のきいたコットンがたてる衣《きぬ》ずれの音だった。黒人はひとりもいない。そして、長く列にならんでいればいるほど、白人でないのはただひとり、マギーだけであることがはっきりとわかった。

ハンドバッグからノートを取りだし、把握できるかぎりの名前を書きとめていく。名前までは思いだせなかった者も含めて、WASP所属の人間が一五人ほどいた。

列にならんで立つうちに、ヒールが痛くなってきた。ともあれ、うしろにならんだ女性と会話を試みた。彼女の名前はフランチェスカ・グッリエーリ——イタリア人だという。しかし、会話はほとんど成立せず、湧いてくるのはどんな試験が行なわれるんだろうという疑問ばかりだった。列の先頭の前には両開きのドアがある。定期的にそのドアが開き、試験をおえた女性がひとりずつ出てくる。そうやって何人めかが出てくると、入れ替わりに五人が中へ通され、列が進む。

出てくる女性のようすを見て、ドアの向こうでなにが行なわれているかを推し量ろうとしてみたが、わたしにわかるのは、ああ、これはうまくいったなと思える態度だけだった。

首尾よくいったらしき女性は、みな肩をそびやかし、こうべをかかげていたからだ。ここにならぶ女性は全員がパイロットだが、そのことを忘れている人のために、見分けかたをいっておこう。注目するのは意気揚々とした大股の歩きかた——それだけでいい。

ドアから出てきた女性のなかには、サビハ・ギョクチェンもいた。わたしはノートに彼女の名を書きとめてから、あらためて彼女のようすを観察した。

服装はパンツスーツにテニスシューズだ。悪いものを見てしまった。かっこいい。自分がちゃんとした女性に見えるであろう服装をしてきたが、しかしＩＡＣが求めているのは女性パイロットであって、レディではない。

だいじょうぶ、うまくやれる。わたしはウールのスカートのしわをのばし、深呼吸をした。ほかの女性も大半はスカートだ。両開きのドアから出てくる女性たちも、スカートの者だけが暗い顔をしているわけではない。

ニコールが中に通された。ほかに四人がいっしょで、その五人ぶん、列が進んだ。

けさミルタウンを服《の》んでこなかったことを、わたしは後悔しはじめていた。だが、あの薬を服むと思考が鈍くなる。ちゃんとした反応ができなくなる危険は冒したくない。きょうの試験で飛行機を飛ばせといわれるとは思わないが、シミュレーターはあるかもしれない。しかし、この待ち時間のつらさたるや……かよわい女子の胃がひっくり返りそうだ。

ニコールが笑みをたたえて出てくると、意気揚々と廊下を歩いて、わたしのところまでやってきた。そして、耳もとに顔を近づけ、こうささやいた。

「あの部屋は楽勝よ。採血と肺活量の検査だけだから。WASPに志願したときに受けたふるいわけと同じ」

わたしは安堵《あんど》の吐息をついた。

「どうせなら、最初からそうだと教えてくれればいいのに」

「プレッシャーのもとでどういう反応をするのかを見たいんでしょう」ニコールはウインクした。「もっとも、わたしには秘密兵器があったけどね」

わたしは目を見開き、ついで、意識して笑いを漏らした。ニコールはミルタウンを服んだのだろうか。

「上院議員夫人になると、もっと免疫がつくものだと思っていたわ」

「そのとおりの意味よ。それで、つぎの試験なんだけどね……このあと二階で筆記試験を受けるの」ニコールはわたしの二の腕をぽんとたたき、「あなたなら問題なくやれるわ」

ニコールが立ち去ると、待機列でのろのろ進むだけの時間がつづいた。やがてついに、両開きのドアを通る番がやってきた。ドアの向こうは、強烈なほど明るい白とクロームで統一された検査室で、やはり強烈な明るい白の制服を着たナースたちがうようよしていた。

ひとりのナースに呼ばれ、低い琺瑯《エナメル》引きのカートのところにいき、その前の椅子にすわらされた。ナースはきびきびした感じの白人で、年齢は五〇代なかば、スティール・グレイの髪をまとめて、ナースキャップの下にたくしこんでいた。ネームプレートには〝ミセス・ロード〟とある。

「さあ、ミセス・ヨーク、ちょっと血を採らせてもらいますよ」

「ええ、もちろん」揃いのカーディガンと半袖セーターを着てきたのは正解だった。腕を露出しやすいからだ。カーディガンは脱いだ。「左腕のほうが採血しやすいと思います」

ミセス・ロードが片眉を吊りあげた。

「医療関係の方？」

「母が医師をしていました、第一次大戦中に」

ゴムのコードを巻きつけられるよう、左腕を差しだした。

「ああ、それで――あっ！」

ミセス・ロードがはじけるように立ちあがり、カートの横をすりぬけ、わたしの背中側の椅子にすわっていた女性のもとへ駆けよった。

担当のナースが腕をつかまなかったら、その女性はそのまま床に倒れこんでいただろう。

ミセス・ロードが女性の腕、採血台に差しだしていないほうの腕をつかむ。女性はわたしのすぐうしろにならんでいたあのイタリア人だった。顔からはすっかり血の気が失せて、まるで雲堤《うんてい》のような色になっている。脂汗がにじむさまも、雲中の水分の多さを思わせる。担当しているナースも女性に寄りそい、ミセス・ロードとふたりで倒れないように支えた。

「まだ針を刺してもいないのよ」

担当のナースはかぶりをふり、女性の脈をとった。

ミセス・ロードは肩をすくめて、

「手間が省けたわ」というと、当番兵を差し招き、指示を出した。「自力で立てるようになったら、待合室へ連れていって、本人がだいじょうぶといえばそのまま帰してやってちょうだい」

わたしは身ぶるいした。こんなふうにして、ことは進むのだ。宇宙飛行士が宇宙で採血されることはない。とはいえ、ほんのすこし弱さを見せただけで簡単にはじかれてしまう。けさ、ミルタウンを服んでくるべきだったかもしれない。いや、服まなかったのは正解だったのか。試験の結果しだいでは、あとで何日も悔やむことになるだろう。とにかく、このときのわたしにわかっていたのは、自分が採血を前にして倒れずにすんだことだった。

そこまではなんとかなった。

ナースがもどってきて、手を消毒した。

「ごめんなさいね」

「全然だいじょうぶです」

わたしは椅子の向きを変えた。一時的に失神した女性を見ないようにするためだ。いまはよほどくやしい思いをしているにちがいない。せめて気づかなかったふりをすることで、彼女の恥ずかしさを最小限に抑えてやりたかった。

ミセス・ロードの採血技術は優秀で、最初にちくっとしたとき以外、針が血管に入ってくる感触を感じなかった。きらめくスティールの細い筒が腕から突きだしているさまは、ピトー管を取りつけられた機体のようだった。

こういうときにナースを見ている必要はあるのだろうか。それはない。しかし、採血を怖がっていないことはナースに知っておいてほしかった。

「これだけの人数を採血するのはたいへんでしょうね」

ミセス・ロードは肩をすくめて、

「男の人の採血よりはましですよ。男性パイロットから既往歴をききだそうとしたことがおあり？　あのひとたちときたら、生まれてから一度も病気をしたことがないふりを装うんだから」

わたしは笑った。思いのほか大きな声が出てしまい、自分でもぎょっとした。

「わたしたちがみんなパイロットなのはごぞんじでしょう？」

「ええ」ミセス・ロードは針から採血管を抜き、ふたをした。「まあ、男連中は、病気と知られると地上勤務になってしまうと刷りこまれてますからね、気持ちはわかりますが」

「ああ……おえらがたはWASPに目もくれませんでしたから、病気を隠す必要もなかったんです」差しだされたアルコール綿を受けとり、針を抜かれたあとの採血痕に押しつけた。「このあとは……なにをするんです？」

「いくつか質問をさせてもらいます」

ミセス・ロードは採血管にわたしの名前を書きこみ、ラックに挿した。つづいて、低いカートからクリップボードを取り、制服の胸ポケットからペンを取りだした。

質問はごく標準的な、通りいっぺんのものだった。生理はいつあったか。既往歴。妊娠の有無。アレルギーの有無。

「いま治療中の病気はありますか？　服用している薬は？」

これには返答に窮した。けさはミルタウンを服んでいないが、たとえ服んできていても病気だからではない。ナースが知りたいのは病気持ちかどうかということだろう。

「ミセス・ヨーク？」

「この場合、アスピリンは薬に入りますか？　ビタミンCは？」下唇を噛み、傷病持ちのパイロットには見えないように努めたものの、不安をかかえていると知られて落とされたくはない。「それと、咳が出たときはドリスタンを服んでいます」

ミセス・ロードはかぶりをふった。

「うかがいたいのは、定期的に服用しているお薬です」

「ああ、それならありません」これは事実だ。そうでしょう？

試験二日めはパンツスーツにテニスシューズで出かけた。試験施設のロビーに入った時点で、服装戦略を変えたのが自分だけではないことがわかった。受付をすませると、受付係から二階のロビーへいくように案内された。

二階ロビーには、壁ぎわに一列、それから中央にもう一列、端から端まで木製の椅子がならべてあった。窓際の一角にはアイビーの鉢植えが置いてある。まるでそれひとつで、のっぺりした白一色の壁の殺風景さを打ち消せるかのように。椅子にはこれまでの人生で見てきたよりもたくさんの、パンツ姿の女性たちがすわっていた。

ニコールがわたしを見つけ、手をふってきた。そばにはベティのほかに、わたしが見たことのない女性がふたりすわっており、そばまでいくと紹介してくれた。ひとりは農場主の娘で、アイリーン・レヴァートン。もうひとりは八人の子の母親で、サラ・ゴアリックという。

わたしの顔に浮かんだ驚愕の表情を見て、サラは笑った。

「だれに話しても、そんな顔をされるのよねえ。まあね、八人の子を育ててるんだもの、宇宙なんてどうってことないわ」

ニコールが身を乗りだし、わたしの腕をとった。

「ねえ、聞いた？　きのうだけで三人が失格ですって」

「ひとりについては知ってる。目の前で失神するのを見たから」

「もうひとりは貧血で、もうひとりは……なんと、マギーなのよ。心雑音があったということだけど」

ニコールはそういって、意味ありげに片方の眉を吊りあげてみせた。

ただひとり中国系の候補だったマギーは、いままで引っかかったことのない〝心雑音〟を理由に失格となった……。今夜、この話をしたら、アイダはかんかんに怒るだろう。

そのとき、ロビーの入口にクリップボードを持った当番兵が現われ、名前を読みあげた。

「ヨーク、コールマン、ハール、ステッドマン」

「それじゃ、あとで」わたしはニコールたちの小グループに手をふり、笑顔で別れを告げ、いっしょに名前を呼ばれたほかの三人に合流した。当番兵は先に立って廊下を歩いていき、わたしたちをひとりずつ、別々の部屋に通した。わたしが通されたのは小さな部屋だった。そこには眼科にあるような、検査用の椅子が置いてあった。

　室内には汗のにおいがした。それと、かすかに嘔吐のにおいも。このときにそなえて、この一ヵ月のあいだ、ずっと心の準備をしてきてよかったという思いがこみあげてきた。そこから思いはエスターおばさんのことに飛んだ。おばさんを迎えにいったハーシェルはいまごろどのへんだろう。そろそろサウスカロライナに到着しているだろうか。

　室内にいたのは、きのうわたしを担当したのと同じナース、ミセス・ロードだった。彼女は椅子にすわるよう、手ぶりでうながした。

　エスターおばさん、むかしと変わりはないだろうか。電話ごしに声を聞くかぎりでは、変わりがないようだったが、〈巨大隕石〉から五年もたっているから、年月による変化は――ああ、待って。いまなにか、ミセス・ロードがいった。

「はい？」

「ブラウスを脱いでもらわないといけません。心電図をとりますので」

「ああ――」わたしを案内したあと、当番兵はすぐに出ていったので、室内にはわたしとナースのふたりしかいない。わたしはブラウスのいちばん上のボタンをはずしにかかった。

「はい、すぐに」

ミセス・ロードがわたしの胸に電極の円盤を張りつけだした。ナースの手も吸盤も冷たくて、腕に鳥肌が立った。両腕で胸を隠したい気持ちを必死にこらえる。電極から伸びるワイヤーは機械の一台につながっていた。張りつけがおわると、わたしはうしろに倒された椅子に身を沈めた。背中にあたる椅子の金属が冷たい。ふだんは露出しない部分だからなおさらだ。

「いいですか、ミセス・ヨーク、計測中はかならず目をあけていてください。まばたきはしてもけっこう。ではまず、ご主人とはじめて会ったときのことを話していただけますか。これからの五分間は、話しつづけることを忘れないでください」背中の下の背もたれで、金属同士が触れあう音がした。「なにがあっても、ことばが途切れないように。そして、かならず目をあけておくようにおねがいします」

「わかりました……交際する前、ナサニエルと顔を合わせた時期は三回ありました――」なにか冷たいものが耳をなでた。「はじめて会ったのはスタンフォード大学でした。わたしはそのとき、彼のルームメイトを指導して――きゃっ、なにこれ――」

冷たい液体が右の耳に流れこんできて、平衡感覚が急に消えた。部屋全体が勢いよく、ぐるぐるとまわりだす。わたしは両手で椅子の肘掛けにしがみついた。だめよ、目をあけたままでいなさい。しゃべりつづけて。

「指導して……彼のルームメイトを指導して、数学を教える役目を任じられていました。微分方程式です。ところが、わたしが部屋へいっても、そのルームメイトはいないことが多くて、かわりに……かわりに……」

これは錐揉《きりも》み降下よりもまだ悪い。飛行機の場合、すくなくとも錐揉みから脱する行動がとれる。

「……かわりにナサニエルがいて、よくわたしと話をしたんです。ちょっとだけでしたが。たいていはロケットの話でした。つぎの学期では、そのルームメイトのルームメイトは、ナサニエルではなくなっていました」ああ、自分でもなにをいっているのかわからない。「そのため、彼とは——ナサニエルとは会えなくなりました。それが一度めです。再会したのは大戦がはじまってから。わたしはＷＡＳＰに入隊しました。飛行機を運ぶのが仕事で、訓練をニューメキシコ州で受けたんです。ナサニエルはそこにいて、わたしのことを憶えていてくれました。わたしも学生のときほどシャイではなくなっていて。そこでまた、よくロケットの話をするようになって。それが二度めです」

目の焦点が合わない。目をあけているだけでもたいへんなのに、周囲で部屋がぐるぐるまわっているため、焦点が定まらないのだ。

「三度めはラングリーでした。航空諮問委員会《NACA》の本部でのことです。偶然、父とＮＡＣＡ

を訪れてみると――つまり、父に連れられて、NACAにいってみると――ナサニエルが所属していたんです。そこでもロケットの話をしました。そのとき、ナサニエルから軌道計算に関する質問をされて。わたしがそれに答えたところ……」

椅子から転げ落ちまいと、必死に肘掛けの先に指を食いこませた。ほかの女性候補たちは落ちたりしたのだろうか。男性たちは？

「答えたところ、NACAで仕事をしないかと誘われました。彼に採用資格はありませんでした――計算者は、彼の部門の管轄ではなかったからです。ナサニエルはエンジニアでした。統括エンジニアでした」

この試験はステットスン・パーカーも受けさせられたのだろう。耳に入れられた液体がなんであれ、ステットスン・パーカーの身にも同じことが起こったにちがいない。この試験について、ひとつ確実にいえるのは、わたしたち女性候補者も、男性候補者とまったく同じ試験を受けさせられているはずだということだ。パーカーがこれを乗りきったのなら、わたしにだって乗りきれる。

「あとになってナサニエルは、ほんとうはエンジニア部門にほしかったんだといいました。けれど、計算室に配属になった以上、引き抜くわけにもいかなかったんだと」

部屋のドアノブが光を受けてきらめいている。わたしはそこに視線をすえ、そこを中心に部屋が回転しているように思いこもうとした。効果があった。すこしだが。

「女性がエンジニアになれるとは思ったこともありませんでしたし、計算室は全員が女性でしたから、ごく自然な配属に思えました。そこに籍を置いて二カ月たったとき、ナサニエルからクリスマス・パーティーにいこうと誘われたんです。わたしは自分がユダヤ人であることを打ち明けました。すると、じつはナサニエルもユダヤ人であることがわかりました。それに、誘われたのはNACAのパーティーだったので——」

ミセス・ロードがわたしの前に立ち、ストップウォッチを押した。

「たいしたものです、ミセス・ヨーク。四分と三八秒。非常に優秀ですね。もう目を閉じてもけっこうですよ」

暗闇はほっとする安らぎをもたらしてくれた。部屋はまだくるくる回転している。だが、目をあけていたときほどひどくはない。

「いまのはなんだったんです？」

「冷却水を注入して、三半規管を麻痺《まひ》させたんです。平衡感覚を見るテストでした。バランスを崩したときにどのような反応をするかを、この試験で見きわめます。目の回転がとまった瞬間をもって、方向感覚を制御するきっかけを得たサインと見なすんです」

「焦点を取りもどすだけのことに、四分三八秒もかかったというんですか？」

これが飛行機の操縦席だった場合、対応にそれほど長くかかっていたら、確実に死んでいただろう。

「そうです。ですが、そのあいだもずっと、あなたはしゃべりつづけることができたでしょう？　さあ、もうブラウスを着てもけっこうですよ。ただし、つぎの試験も心電図を取りながら行ないますから、電極はつけたままにしておきます」なにかの布が——おそらく、わたしのブラウスだろう——ひざの上にのせられた。「それから——吐かないでくれて、助かりました」

その日はずっと、同じように予想もしない不愉快な試験がつづいた。

たとえば、垂直の回転台に固定され、五分間、さかさまにされたあと、いきなり頭を上にもどされる試験だ。これは急激な方向感覚の変化で気を失わないかを見るためのものだという。そして、一定のペースで角度があがっていくトレッドミル。これは山道でのランニングをシミュレートするものだそうだ。

ほかにもいろいろな試験があった。なかには、産婦人科で触診されるよりも——これ自体もそうとうなものだが——尊厳を傷つけられる試験もあった。

汗まみれになり、くたくたに疲れはて、精神的にまいっているところで、こんどは軌道力学に関する筆記試験をやらされた。ひとつ試験を経るごとに、つぎの試験に進める人数はすくなくなっていった。なかには、とくに体力を求められる試験で脱落する者もいたし――わたし自身、〝上り勾配《こうばい》の山道〟をもうすこしで〝登りそこねる〟ところだった――試験を受ける意欲をなくした者たちもいた。それでも踏みとどまった者たちは、仲間意識と強烈な競争意識とが奇妙に混じりあった感覚を分かちあった。

結局のところ、わたしたちはパイロットなのだ。

30

女性三十四人、宇宙飛行士試験へ

［カンザスシティ（カンザス州）発　一九五七年五月十六日（ＡＰ電）］　月面に降り立つ宇宙飛行士の予備試験プログラムに参画するため、三十四人の女性が選ばれた。三十四人は全員、航空機のパイロットであり、年齢は二十三歳～三十八歳。ブロンドからブルネットまで、さまざまな髪の美女たちは、地球史上最高の女性代表だ。

四日めの試験までには、候補は二一人に絞られていた。ベティとニコールはまだ残っている。サビハもだ。この三人と同じ部屋で試験を受けることもあったし、単独で試験を受けさせられることもあった。たとえば、前に受けた内耳の試験がそれである。

緑内障の検査のために、眼球に金属のカップを当てられる苦行に耐えたあとは、歩いて面接室へいかされた。面接員のテーブルには、真ん中にステットスン・パーカーがつき、両脇にベンコスキーとクレマンス本部長がすわっていた。

「ばかばかしい」クレマンスが手に持っていたペンをテーブルに放りだした。「この面接、行なう意味があるのか？」

緑内障検査の前に受けたトレッドミルの体力試験で、すでに汗まみれになっていたのは幸いだった。その汗のおかげで、からだじゅうの毛穴から噴きだした冷や汗をごまかせるからだ。わたしは候補者らしく、ていねいな口調でいいかけた。

「わたしに対するいらだちが溜まっているのは知っていますが——」

クレマンスは手を横にひとふりした。ふだんの習慣で、わたしはただちに口を閉じた。

クレマンスはふたたびペンを取り、そのペン先をわたしに突きつけて、

「なにか誤解しているようだな。われわれがこうして面接するのは、候補者の宇宙飛行士たらんとする動機をたしかめるためだ。きみに強い動機があることに疑問の余地はない」

「ああ」わたしはドアをふりかえった。「でしたら……でしたら、つぎの候補と交替しましょうか？」

「いや……」パーカーが椅子の背にもたれかかった。「面接は厳正に行なうべきだ。あと

で身びいきをしたと責められないように。まずはすわりたまえ、ミセス・ヨーク、そして、なぜ宇宙飛行士になりたいかを語ってほしい」

身びいき？　よくいうわ。ともあれ、わたしは面接官のテーブルに向きあう椅子に腰をおろし、母から教わったとおり、ひざの上に両手を載せ、両脚をななめにそろえて足首を交差させた。しわくちゃのズボンをはき、汗で濡れたシャツを着ているというのに、なぜ淑女のマナーにのっとったすわりかた《ケンブリッジ・クロス》をしているのか、それはきかないでほしい。たぶんこれが、面接《インタビュー》に臨むうえでわたしの手元にある唯一の鎧《よろい》だからだろう。

こんどばかりは、新聞や雑誌のインタビューをたびたび受けてきてよかったと思った。これは何度も答えてきた質問だからだ。

「なぜ宇宙飛行士になりたいか、ですか？　それは他の惑星にコロニーを確立するうえで、女性が不可欠の役割をになっていると信じているからです。もしもわたしたちが――」

「きみのお題目に興味はない」パーカーはもたれかかっていた背あてを背中で押しやり、椅子をきしませて背筋を伸ばした。「その手のご高説は、雑誌を読めばすむことだ」

「パーカー大佐！」クレマンスがじろりとパーカーをにらんだ。「それは候補者に対する態度ではないぞ」

「なぜ女性が宇宙に出るべきと彼女が考えているのか。その理由はもう、われわれは知っている」パーカーはふたたびわたしに顔を向けた。「わたしが知りたいのは、なぜきみが、ほかの女性ではない、きみ個人が宇宙飛行士になりたいのか——そして、なぜいまこのとき、宇宙計画のこの段階で宇宙飛行士になりたいのか、その動機だ」

わたしはパーカーを見つめた。この問いに対する答えは持っていない。すくなくとも、明快に言いきれる答えの持ち合わせはない。なぜかといわれれば、なりたいからなりたいとしかいえなかった。空を飛びたいから飛ぶのと同じように。わたしは正解を見つけるのをあきらめ——そもそも、なにが正解なのかわからない——宇宙飛行士たちがインタビューに答えるときと同じ答えに手を伸ばしかけた。

「なぜなら、それがわたしの義務だと——」

「自分の国家に仕えることか？　そんなのはマスコミ向けの模範回答だ」

パーカーはかぶりをふった。ほかのふたりも、今回はとめに入ろうとしない。三人とも、じっとわたしを見つめたまま、答えを待っている。

わたしは目をつむり、深呼吸をした。議会での質問に答え、全国放送のテレビに出られたのなら、この面接でも答えられないはずがない。

「空を飛ぶことが、いつ自分の生の一部になったのかは憶えていません。父はパイロットでした。小さいころにはよく、父にせがんで飛行機に乗せてもらって、樽形横転《バレルロール》をやってもらいました。それというのも、飛ぶ感覚が好きだったからです、大地がどこまでも眼下に広がって、重力が意味を失い……」

目をあけた。が、視線を向けている先は面接官ではなく、光沢のあるリノリウムの床だった。下を見つめたまま、わたしは答えを模索した。

「思うに、宇宙は……みなさんも、わたしがパイロットであることは知っていますね？　思うに、宇宙は……わたしにとって、必要不可欠なものなんです。なくては困るものなんです。あるいは……」両手を広げ、いかに自分が宇宙へいくことに恋い焦がれてきたか、なんとかしてその強い思いを表現できることばを見つけだそうとした。「もとを正せば、それは父からもらったSF小説やコミック・ブックの影響でしかないのかもしれません。しかし、宇宙に出ないという発想自体、わたしにはありえません。たとえ地球が焦熱地獄にはならないとしても、それでもわたしは宇宙にいきたい」

ベンコスキーが小さくうめき、シャープペンシルで評価シートになにかを書きつけた。クレマンスは腕組みをし、葉巻をくわえているかのように唇をしっかりと閉じている。

そしてパーカーは——こくこくとうなずいていた。

なんということだろう。わたしを永遠に地上勤務につかせると宣言した男が、わたしの言い分を理解したかのように、うなずいてみせているなんて。そこでパーカーは肩をすくめ、テーブル上のノートを取りあげた。

「アトラス・ロケットの信頼性は？」

「ええと……」いきなり話題を変えられて、すこし面食らった。「アトラス・ロケットを一〇回打ち上げて、成功したのは九回に満ちませんでした。だからジュピター級に切り替えたんです」

クレマンスは腕組みをしたままだが、ベンコスキーはわたしの返答を書きとめた。

「圧力気化器《キャブレター》の、浮き式《フロート》キャブレターに対する利点は？」

「圧力キャブレターには、内部に着氷しにくいという利点があり、そのぶんエンジン効率があがります。フロート式の場合、着氷を放置しておくとエアフローに支障が生じて、燃料供給経路が完全にふさがってしまいますから、なんらかの形で加熱してやらなくてはなりません。もうひとつの利点は、たとえば急降下や背面飛行などでマイナスのGがかかっているときにも、安定して燃料供給を行なえることです」

自分でも驚いた。個人的なことがらをきかれるよりも技術的な問題をきかれるほうが、こんなにも気が楽だなんて。

それからあとの面接は、あっけないほどすみやかに進んだ。

ハーシェルから、どこかいいホテルはないかときかれたので、アラディンを勧めておいた。ここは爆弾男事件のあと、ナサニエルといっしょに滞在したところだ。二階にあるロビーにはバルコニーがせりだしており、そこにはマーティーニ・バーがそなわっている。バルコニーを支えるのは黒大理石の支柱で、支柱の上端と手すりに施された金メッキは、このホテルに前〈巨大隕石〉期の優雅さ、黄金時代の優雅さをもたらしていた。

マーティーニ・バーにはおおいにそそられたが、五日におよぶ苛酷な試験のあとだから、飲酒は控えておいたほうがいいだろう――すくなくとも、エスターおばさんに会うまでは。バーが用意できるマーティーニを飲みつくすのはそのあとでいい。

わたしたち夫婦はロビーを通りぬけ、ホテルの奥にあるレストランに赴いた。ここは内装も品がよく、ゆったりくつろげる。前にきたとき、料理は格別おいしくなかったものの、食べごたえはあった。

給仕長《メートル・ド》がメニューを携えて出迎えた。

「おふたりさま、お夕食でいらっしゃいますか？」

奥のほうで、ハーシェルがボックス席から身を乗りだし、手をふった。

ナサニエルがかぶりをふった。

「いや、待ちあわせでね、先方がもうきているので――」

ほかにもなにかいったかもしれないが、わたしは早くも、ナサニエルのそばから離れ、テーブルの列のあいだを急いでいた。わたしがそばまでいくと、ハーシェルが松葉杖をつかんで立ちあがった。兄はトミーを連れてきていた。前よりもさらにおとなびて見える。成人の儀式《バー・ミツヴァ》で着ていたのと同じディナー・ジャケットを着ており、髪はヘアクリーム《ブリルクリーム》でなでつけてあった。

ハーシェルは片方の松葉杖で体重を支え、抱擁するために、反対の腕を伸ばしてきた。わたしは兄を抱きしめたものの……そばにすわる総白髪の大叔母の前だと思うと、急に恥ずかしくなった。兄はわたしをぎゅっと抱きしめてから、耳もとにささやいた。

「なんだか、やつれたな」

「会えてうれしいわ」

兄の心配を受け流し、背中をぽんぽんとたたいて抱擁を解くと、大叔母に向きなおった。父方の家系・ウェクスラー家に特有の力強い視線で、大叔母はわたしを見あげていた。どうしてエスターおばさんが結婚しなかったのかは知らないが、おばさんには仔猫のような愛らしさがある。九〇を過ぎているというのに愛らしい。総白髪の巻毛は一八八〇年代そのままのスタイルでうしろにまとめてあった。頰のしわにはおしろいが浮いているが、目の光にはむかしと変わらない力強さがある。

エスターおばさんがわたしに両手を差しだした。

「アンセルマ！　顔をよく見せておくれ」

「わたしのほうこそ、よく顔を見せて」わたしはおばさんのとなりの席にすわった。まだ抱擁していないことを、トミーがゆるしてくれればいいのだが。「ちっとも変わってないのね」

「ある齢になるとね、それ以上は老けないものなのよ」おばさんは手を伸ばし、わたしの頬をそっとつねった。「通ってる学校じゃ、ちゃんと食べさせてもらってないみたいだねえ」

「学校？」

わたしはちらとハーシェルを見た。ハーシェルはナサニエルと握手をしているところだ。

「だって、試験を受けてるんでしょう？」

ハーシェルがボックス席の仕切りに手をつき、トミーのとなりに腰をおろした。わたしは説明した。

「ああ。あれはね、学校とはちがうのよ。宇宙飛行士になるための試験を受けているの」

たちまちトミーが食いついてきた。

「最高にすごいよ、試験を受けられるなんて。どんな感じだった？　ステットスン・パーカーに会った？　どんな試験を受けたの？　とうさんがいってた、ここにいるあいだに、ロケットの打ち上げを見るんだって」

「どれから答えていいのかわからないわ」

エスターおばさんが片耳に手をあてた。

「いま、なんていったの？」

「宇宙飛行士の試験はどんなぐあいかときいたのよ」

おばさんは眉をひそめ、小鳥のように小首をかしげた。

「わたしにもそんなふうに聞こえたんだけれどね。正直いって、宇宙飛行士がなんなのか、よくわからないのよ。ニュースではよく耳にするけれど、なにかのお話みたいに思えて」

「ええとね……宇宙飛行士というのは、外宇宙に出る人間のことなの」

「なにいってるの、そんな馬鹿な話、聞いたこともありませんよ。なんだってそんなまねをしなくちゃならないの？」

試験五日めのきょう、わたしは丸一日を費やし、きのうクレマンスたちがしたのとほぼ同じ質問をくりかえす何人もの精神科医たちに説明を試みてきた。そのなかには、いまの問いと同じものもあった。だが、再会したばかりの大叔母に自分の思いを伝えることは、わたしの能力を超えていた。

「今回は、わたしが新しい仕事につくための試験を受けていたとだけいっておくわね」

大叔母はかぶりをふりふり、イディッシュ語でなにかいったが、早口だったので聞きとれなかった。そもそもわたしは、イディッシュ語を話したことがない。両親が話さなかったからである。もっとも、エスターおばさんや、祖母、ほかの大叔母たちがイディッシュ語でぐちをこぼしているのを聞くのは好きだった。わたしは大叔母の、紙のように薄くなった手に自分の手を重ねた。

「ごめんね？　もういちど英語でいってくれる？」

「どうして働いてるの？」エスターおばさんは、ナサニエルに意味ありげな視線を向けた。「どうしてあんたの妻は働いてるのさ？」

「本人が働きたがっているからですよ。ぼくのほうも、彼女がしたいと思うことができるように心がけています」ナサニエルはエスターおばさんにウインクしてみせ、ハーシェルのとなりの席に腰をおろした。「又姪《またあい》が好きなことができたほうがうれしいでしょう？」

「ほんとうに、父親にそっくり。祖母にも」エスターおばさんは、ふたたびわたしの頬を軽くつねった。なるほど、トミーが父親のとなりにすわっている理由がこれでわかった。

大叔母のこのくせのことをすっかり忘れていたが、エスターおばさんは——九〇を過ぎた人間にこんな表現をするのは変な感じだが——大叔母たちのなかでもいちばんお子ちゃま《ベイビー》だったのだ。「祖母といえばね……ローズがいなかったら、わたし、死んじゃってたわねえ」

わたしは涙声になりそうになるのをこらえた。

「どうやって脱出したの？」

エスターおばさんはすこし笑い、ぴしゃりと手を打ち合わせた。

「教会へいったのよ」

わたしはハーシェルを見やり、どういう意味かと両の眉を吊りあげてみせた。兄は肩をすくめてこういった。

「エスターおばさん、前に聞いたときは、チャールストンから車で脱出したといってたけど？」

「ああ……ああ、そうね。たしかにそうね。でも、それはもっとあとのこと。そのまえに、ローズはわたしたちを街の教会へ連れていったの。大きなとんがり屋根の鐘楼《しょうろう》がある教会、憶えてるでしょう？ キリスト教会に足を踏みいれたのは、あれがはじめてだったけれど、ローズがここに入らなきゃだめだっていうのよ。それで、みんなで鐘楼のてっぺんまで、えっちらおっちら昇ってね。階段の段をあんなにたくさん見たのは、あれがはじめてでしたよ」

大きなとんがり屋根の鐘楼がある教会……さて、どこのことをいっているのか、わからない。子供時代は何度も引っ越したから、わたしのチャールストンの知識は祖母の家から従兄姉の家へ、ユダヤ教会堂《シナゴーグ》、共同墓地、食料雑貨品店《グローサリー》へいく道の周辺にかぎられている。すくなくとも、優先順位は明確だった。

「それだけでも驚きだわ。それで、どうなったの？」

「失礼ですが、お客さま。メニューのほうはごらんいただけましたでしょうか……？」

あわれなウェイター――いまだかつて、この瞬間、このウェイターに対するほど、人に腹がたったことはない。もちろん、ウェイターが悪いわけではない。するべき仕事をしているだけだ。それに、わたしだってなにか食べなくてはならない。しかし、いまのわたしは、なによりも教会のことを聞きたくてたまらなかった。

「ちょっと待ってて」

「ああ、ぼくがきみのぶんもオーダーしておこうか。ほかのみんながもう決まっているのなら」ナサニエルがメニューから顔をあげた。「前に泊まったときから、メニューは変わっていないし」

「どうぞ、ごゆっくりお選びくださいませ」若いウェイターは歯を覗かせて、さわやかに答えた。まるで本物の役者のようだ。クラーク・ゲーブルが好みのタイプなら、ハンサムに思えるだろう。もっとも、たとえほんとうに役者だったとしても、このあとに口にしたせりふが役者としての技倆を示すものであれば、役をもらえることはけっしてないだろう。

「……もしかして、レディ・アストロノートさまでいらっしゃいますか？」

「テレビではね。家族とディナーをともにしているときはちがうわ」ちょっと言いかたがきつかったかもしれない。だから、釣り合いを取るため、甘いほほえみを浮かべてみせた。

「わかっていただけたかしら、ハニー？」

あわれな若者。あなたを知っていますよと伝えることで、わたしの歓心を買えると思ったのだろうか。ウェイターはうつむいた。チップをもらいそこねたと思っているようすが手にとるようにわかった。ハーシェルは口をおおい、メニューを見ながら、必死になって笑いをこらえている。

「たいへん失礼いたしました、マム」ウェイターはレストランの別の席のほうをあいまいに指し示した。「じつはその……あちらにご家族連れのお客さまがいらっしゃいまして、そのなかに小さな女の子のお子さまがたもいらっしゃるのですが、レディ・アストロノートさまにお声をおかけしたいものの、恥ずかしいとおっしゃるものですから……でしたら、わたしがごようすをうかがってまいりますと申しあげたしだいです」

まあ！　それなら話はまったくちがう。小さな子供たちとの約束をちゃんと守ったことで、このウェイターに対する信頼は高まった――いくらわたしがほんとうにしたいのは、大叔母と過ごすことだとしても。

このやりとりを、エスターおばさんは無言のまま、興味を引かれた顔で見まもっていた。わたしたちのどちらかがしゃべるたびに、小首をいっぽうへ、また反対へとかしげており、それでますます、小鳥のように見える。子供のころ、わたしが訪ねていったとき、祖母とエスターおばさんはいつもわたしのために時間を割き、わたしの果てしなくつづく質問攻撃につきあってくれたものだった。わたしとしては、いまこのとき、どうするべきなのだろう？　当時のお礼に、もっぱら大叔母の相手をすることに専念すべきだろうか、それとも、かつて大叔母がわたしにしてくれたように、小さな女の子たちにかまってやるべきだろうか。

ためいきをつき、ナサニエルに顔を向けた。

「わたしのぶんのオーダー、おねがいできる？　すぐにもどってくるから」

家族連れのもとへ歩いていくとき、とくに不安を感じることはなかった。これはたぶん、なにかを物語っているのだろう。おそらくは、連日の試験ですっかり神経が磨《す》りへっているのだ。でなければ、とうとう脚光を浴びることに慣れてしまったのか。後者であれば助かるのだが……。

家族連れはエントランス付近のテーブルについていた。母親は銀鎖で胸に小さなダビデの星をぶらさげている。それを見たとたん、どきりとした。なんと奇遇なのだろう。自分の家族たちとレストランにきていて、明らかにユダヤ人である人物と遭遇したことで、自分たちが孤立しているわけではないという感覚はおおいに強まった。

女の子ふたりのうち、先にわたしを認めたのは妹のほうだった。茶色の目を大きく見開き、バラのつぼみのような口をあんぐりとあけて、となりにすわる姉をつついたのだ。

「やめてよ！　ママァ！　ショシャナがつつく――えっ！　こんなことって」姉のほうもやっと気づいたらしい。姉は一〇歳くらいだろう、妹と同じく、ダークブラウンの巻毛の持ち主だった。「こんなことって」

向こうを向いてすわっていた父親が、娘たちの視線をたどってふりかえり――わたしを見るなり、椅子を引いて立ちあがった。

「きてくださってありがとうございます、ヨーク博士。お食事のおじゃまでなければよかったのですが……」

「かまいませんとも。家族の集まりですから」

死んだと思っていた大叔母と再会したばかりであることは、あえていわなかった。いえば相手が恐縮するに決まっているからだ。

「ロバート・ホーンといいます。こちらは妻のジュリア」

「光栄です」

わたしは夫人と握手をした。荒れてあかぎれだらけの手だった。日がな一日、皿洗いをして過ごしているような手だ。

「こちらは娘たち、チェイニーとショシャナです」父親のほほえみには、親ならではの誇らしさが浮かんでいた。「ふたりとも、あなたの大ファンなんですよ」

「あたしね、アストロノートになるの！」ショシャナが宣言した。

「きっとなれるわよ」こんどはチェイニーに注意を向けた。「あなたはなにになるの？」

「作家」そこで、わたしに誉めてもらおうと思ったらしく、こうつけくわえた。「でも、書くのは宇宙のことなの」

「そう、それはすごいわねえ。だったら、未来はすばらしいところになりそうね」

他愛のないおしゃべりだった。この何カ月かで、こういうやりとりはずいぶん得意になっている。その間《かん》に、だんだんわかってきたことだが、こういう子たちにとってだいじなのは、わたしという人間ではなく、自分たちを称揚してくれる人間だ。魅力的なのはわたしという人間ではなく、わたしという非日常的な存在なのである。

非日常的な存在と傑出した存在を混同するのはたやすい。しかし、わたしは混同しない。

一般の人々は、相手がなんらかの形で名を知られた人間であれば、会うのはだれだっていいのだろう――そこに意味があるかどうかはさておいて。たとえば、一般人が街なかで見かけたのが全裸で名をなした女優のヘディ・ラマールだったとしても、やはり彼らは興奮したにちがいない。

もっとも、公正にいえば、わたしもヘディ・ラマールに会ったら興奮していたと思うが。

わたしにとって、この晩に会った非日常的な人間とは、エスターおばさんだ。テーブルに帰ったとき、エスターおばさんがよほどおもしろいことをいったらしく、ナサニエル、トミー、ハーシェルは涙を流して大笑いしていた。誇張ではなく、ほんとうに涙を流していたのである。ナサニエルにいたっては顔を真っ赤にし、ナプキンで目をぬぐっている。

わたしは自分の席にすべりこんだ。どんな話が出ていたにせよ、聞きそこねたのが癪《しゃく》でしかたがなかった。エスターおばさんの頬も赤く染まり、笑いじわが深く刻まれている。さいわい、ナサニエルがわたしのためにマーティーニを注文してくれていたので、わたしはカクテルに慰めを見いだした。

にやにやしながら、トミーが話しかけてきた。

「いやー、すごかったあ、いまの!」

「このありさまを見てくれ、エスターおばさん」ハーシェルが人差し指を立て、大叔母に向かって左右に振ってみせた。大叔母は恥じ入るそぶりも見せない。「こいつがいまのを妹に教えたら、おれがかみさんにどんな目に遭わされると思ってるんだ」

「アイリーンなら、気にしやしませんよ」

「ドリスだってば」ハーシェルは涙をぬぐうと、すこし真顔になって訂正した。従兄のケニーもその奥さんのアイリーンも、〈巨大隕石〉で亡くなっている。おそらく――ほかのおおぜいと同じように、一瞬で蒸発してしまっただろう。「かみさんの名前はドリスっていうんだ」

「知ってますとも」エスターおばさんは背の低いタンブラーを手にとり――ラム&コークのようなにおいがした――兄にウインクしてみせた。「あの子はどうしてるの?」

「ドリスは元気だよ。おばさんに会うのを楽しみにしてる。娘のレイチェルもね」ハーシェルもマーティーニを飲んでおり、グラスをかかげた。「ともあれ、みんなここにいる。乾杯だ。ラ゠ハイム」

まさしく、そのとおり。乾杯――生に《ラ゠ハイム》。

わたしはベッドであおむけに寝そべり、ナサニエルに足を揉んでもらっていた。両手の親指がわたしの右足の親指の付け根に食いこんで、円を描きながらぐいぐいと押しつけてくる。まるで凝った部分を探知するレーダーだった。

「さて……もうダンスもできるくらいだと思うんだけど？」

こんどは親指で土ふまずを押しはじめた。

わたしはのどの奥でうめき、枕で顔をおおった。

「よっぽどの理由がないと、ベッドから出る気はないわ。絶対にね」

「じゃあ、よっぽどの理由を与えてさしあげようか」

手の力がソフトになり、マッサージのしかたが変わった。背筋がぞくりとした。

「それはむしろ、ベッドを出ない理由になるんじゃないの？」

わたしはいっそうしっかりと、枕を顔に押しあてた。

夫は快活な笑い声をあげた。

「わかった。じゃあ、ベッドにいるといいよ」

「今夜、エスターおばさんがみんなの前で話したことってなんなの？　わたしがあの女の子たちのところへいってるあいだに」

「ああ、あれか。あやうく笑い死にするところだった」夫の指先がかかとからアキレス腱《けん》に移り、さらにふくらはぎへと移動した。「彼女みたいに可笑しく話せるとは思えないが――なんでも、きみのおとうさんが小さかったころ、家族でパーティーをして、その席ではじめて、おとうさんが電球の光を見たそうなんだ。そのさいに、電球を手でさわって、〝うわっ、あちちっ〟。そういったときの、エスターおばさんの言いかたが可笑しくてね。これはもう、想像してもらうしかないよ」

想像はついた。ごく繊細な表情で、目を輝かせ、かんだかい声で〝うわっ、あちちっ〟といったのだろう。

まったくもう、小さな子供と小さな老淑女にはかなわない。

「見たかったわ、おばさんがそういうところ」

「きみのほうはどうだった？　きょうの試験については、まだなにも聞いてないんだが」

「ええとね……」枕の下の世界はあたたかく、濃密な雲のとばりに包まれているかのようだった。有視界でないことは、わたしにとってはなんでもない。この五日間は、試験する側が考えつくありとあらゆる試験を受けてきた。なかには、わたしが存在を知らないものさえあった。「遠心力試験は楽しかった」

「はっ！　皮肉でなくてそんなことをいうのはきみだけだな、ぼくが知っているかぎり」

わたしは枕をすこし上にずりあげ、口だけ見えるようにして、舌をぺっと出してみせた。

「結果がいつごろ出るか、知ってる？」

ナサニエルはかぶりをふり、わたしの脚をすこし高めに持ちあげた。

「ぼくの管轄範囲じゃないからなあ。むしろ気になるのは、健康と士気だよ……」ナサニエルは身をかがめ——その動きで前髪が額にたれた——脚の親指を口に含み、歯で指先を軽くしごいた。わたしが背中を弓なりにしならせると、ナサニエルは口を離した。「……特定の候補たちのね」

「そう」脚を浮かしたまま夫の胸にあてがい、そこから下にすべらせ、股間に持っていく。「あなたが候補を選ぶとしたら、判断基準はなあに？　遠心力発生装置に放りこまれて対処する能力はべつにしてよ、もちろん」

　わたしの足の圧力に対抗してナサニエルが腰を動かし、つかのま目を閉じた。それから、ものうげな薄笑いを浮かべ、身を乗りだしてきた。

「そうだな……遠心力への耐性は、血流が圧迫された状態で作業できる能力を示している……うおう！……これはパイロットに必要な要件だ」

「女性のほうが男性より大きなGに耐えられる理由はそれ？」太腿の内側を指先でなでた。「あなたの候補が持っているほかの資質はなあに？」

からだの下でベッドがきしんだ。ナサニエルが両ひざに体重をかけたのだ。

「適性ある候補にはロケット工学の経験が必須だな」

「どういう種類の経験？　ロケットの燃料が満タンで、すぐにでも発射できるようにしてあげられる経験を披露してあげましょうか？」

わたしの手の下で、ナサニエルのからだがスーパーチャージされ、熱を持った。そろりそろりとベルトに手をおろしていく。ロケットの屹立《きつりつ》に引っぱられ、シャツが張っているのがわかった。

ナサニエルがのしかかってきた。頰にあたる吐息が熱い。

「それなら、まあまあ合格かな」

「まあまあ合格！」腰に両脚をからめ、全身をぐっと引きよせた。「それどころか、最高の経験を堪能させてあげるわ」

31

偏見是正行脚《あんぎゃ》、キング博士が率先

南部の黒人一万五千人、首都へ

教育令四年めの視察

［モンゴメリー（アラバマ州）発　一九五七年五月十八日］来週、若き黒人牧師の率いる巡礼団がカンザスシティの〈巨大隕石〉記念館を訪れる。連邦最高裁判所の学校教育人種差別撤廃令が実施されて四周年を迎えるにあたり、現況を確認するためだ。

土曜日の朝、わたしたちはそろってユダヤ教会堂《シナゴーグ》を訪れた。お勤めのあいだ、ハンカチを何度か目にあてなくてはならなかった。というのも、となりにエスターおばさんがいるのを見ると、反対のとなりには祖母が、うしろには母と父がいそうな気がしてくるからだ。エスターおばさんが生きていてくれて再会できたのはとてもうれしい。だが、大叔母はいっしょに亡霊たちも連れてきたらしい。

打ち上げ当日とあって、ナサニエルは同行していない。オリオン《オライオン》27号の悲劇以来、夫はかならず打ち上げに立ち会うようにしている。試験中のロケットはいまもときどき爆発するが、それはデータとしてのちのちに活かせるからまだいい。

その晩、全員でミッション管制センターを訪ねたのは、打ち上げを見学するためだった。今回は有人宇宙船で、軌道プラットフォームをめざす。〝プラットフォーム〟といっても、それは駅のホーム《プラットフォーム》のように四角くて平坦な居住施設ではなく、ドーナツ形で自転する仕組みを持っており、弱い人工重力を発生させることができる。

この晩はあたたかく、頭上に広がる雲堤が発射台の放つナトリウム灯の光を照り返し、地表をオレンジ色に染めていた。屋上には防音板が立ててあるが、吹きぬけてくる風は、首のうしろにかいた汗を冷やしてくれる。あたたかい屋外というのにはいまだに慣れない。

ラウドスピーカーがわたしたちの会話をさえぎり、カウントダウンを流しだした。

国際航空宇宙機構《IAC》を訪れた見学者とラジオの聴取者に向け、状況を中継しているのは、当直の広報担当だ。

「発射まで《T-マイナス》四分一五秒。いま、試験管理者が打ち上げ機試験実行者に対し、発射準備開始を通達しました」

気候が温暖になってきたせいだろう、見学者は前よりも早く屋上へ打ち上げを見にくるようになっている。以前は寒さのせいで、たとえ真夏であっても、T-マイナス四分までは屋上に出さないようにしていたものだった。

「T-マイナス三分四五秒、カウントダウン継続中。ここ管制センターの主要メンバーと宇宙飛行士たちとのあいだでは、中断するかどうかの最終チェックが行なわれています。ただいま打ち上げ作業管理者が宇宙飛行士たちに伝えました――〝グッドラック、成功を祈る〟」

エスターおばさんが、どこからかカラフルな扇子を取りだし、ささやかな風で自分をあおぎだした。わたしは大叔母にほほえんだ。

「きれいな色の扇子ね」

エスターおばさんは、扇子でひしゃげた円を描きながら、自慢げな顔をした。

「ローズにもらったの。家を出るとき、わたしは自分のぶんをひっつかんでくるのを忘れたけれど、ローズはいつもハンドバッグに入れて持ち歩いていたのよ」

「T−マイナス三分二五秒、カウントダウン継続中。現時点で発射準備はオーケーです。これより一〇秒ないし一五秒後に、自動シークェンスへ移行します。現時点で発射準備はすべてオーケーです」

「ふうん、そう」レモネードを手に、正面玄関側のポーチにすわっていた記憶とともに、扇子であおいでいた祖母の姿が心の底からよみがえってきた。「きれいな扇子よね」

「ローズがスペインで買ったのよ！」

「T−マイナス二分四五秒、カウントダウン継続中。ここ管制センターの打ち上げチームは、われわれが〝安全許容限界《レッドライン》〟と呼ぶ値をモニターしています」

ハーシェルはトミーといっしょに、屋上の突きあたりにいき、手すりにもたれかかっている。下の階で、トミーはベンコスキーの息子のマックスと出会い――わたしがいっしょにアルミ箔のロケットを作ったあの子だ――あっという間に仲よくなった。

扇子の話がほんとうのことなのか、それとも記憶の錯誤によるものなのか、判然としないまま、わたしは大叔母にほほえみかけた。

「おばあちゃんは……おばあちゃんは、スペインにいったことがあるの？」

「ローズとあなたのおじいさんはね、ハネムーンでスペインにいったのよ」

祖父母がハネムーンにいっていないはずはないのに、まったく思いがおよばなかった。

祖父はわたしが生まれる前に亡くなったが、祖母は永遠の存在のように思えていたものだ。

「ぜんぜん知らなかった。じゃあ、エスターおばさんは――」

「T－マイナス一分二五秒、カウントダウン継続中。状況表示パネルは第三段ロケットの加圧が完了したことを示しています」

打ち上げを目前に控えて、事態は急速に進展している。エスターおばさんにはひとつも見せ場を見のがしてほしくなかった。夜間の打ち上げは荘厳なのだ。

「あそこに椅子があるわ」

エスターおばさんに手招きし、屋上に設置された折りたたみ椅子のほうへ連れていった。

「T－マイナス六〇秒、カウントダウン継続中。たったいま、ランディ・クリーリーから通信がありました。〝とてもスムーズなカウントダウン〟とのことです。ただいま五五秒を切りました。電源の切り替えを完了――現時点で打ち上げ機は内部電源を使っています。離昇まで四〇秒。第二段ロケット・タンク加圧完了。あと三五秒、カウントダウン継続中。いまも準備は良好です。あと三〇秒、カウントダウン継続中。宇宙飛行士たちから連絡が入りました。〝いい感じだ〟。T－マイナス二五秒」

エスターおばさんは、バラが咲いたように頬を赤く染め、子供のように熱心なようすで椅子にすわった。じっさい、いまの大叔母は子供と大差ない背丈になっている。わたしがよく会っていたときも小柄な女性だったが、賭けてもいい、〈巨大隕石〉以前とくらべて、ゆうに一〇センチは低くなっているだろう。

「あと二〇秒、カウントダウン継続中。T－マイナス一五秒、航法装置《ガイダンス・イズ・インターナル》を内部に切り替え。12、11、10、9、点火シークェンス・スタート……」

「……8、7、6……」

屋上にいる全員といっしょに、カウントダウンに唱和した。緊張で胃がぎゅっと縮まっている。

「……5、4、3……」

打ち上げのたびに、今回は失敗するかもしれないと気が気ではない。今回失敗すれば、大爆発の中、三人の宇宙飛行士が失われる瞬間を目撃することになる。

「……2、1、0。第一段の全エンジンが噴射されました……」

はるか遠く、ロケットの基部の下から、鮮烈な黄白色の炎が噴きだした。点火がうまくいった証拠だ。静寂の中、炎のクッションに乗り、ロケットが宙に浮かびあがっていく。

周囲の夜が真昼のように煌々《こうこう》と染めあげられた。

「離昇。離昇しました」

わたしのとなりで、エスターおばさんがふらりと立ちあがった。両手を胸の上で組んでいる。ロケットの放つ光がその双眸《そうぼう》に明るく反射するさまを見ていると、まるで魂の炎が外に噴きだし、ロケットを宇宙へ押しだそうとしているかのようだ。

そのとき——音が屋上にまで到達した。耳で聞こえるというよりも、肌で感じられる、ゴゴゴゴという轟き。強烈な音の荒浪が胸を打ちすえている。このすさまじい音に乗って昇っていくのは、いったいどんな気分だろう？　わたしは息を殺し、ロケットがあのまま昇りつづけますようにと祈った。すさまじい炎の柱に乗って、ロケットはしだいに速さを増しながら空の高みへ押しあげられていき——とうとう雲のとばりに呑みこまれた。雲に埋もれてくすんだ輝きはそのまま遠ざかっていき、ついに夜暗の彼方へと消えた。

エスターおばさんはわたしに向きなおり、しっかりとわたしの両手を握りしめた。

「ありがとうね」

「ありがとう？　どうして？」

「こんなにも荘厳なものだなんて、思いもよりませんでしたよ。あなたがどうして宇宙飛行士になりたいのかは知らなかったわ。それどころか、宇宙飛行士がどういうものかさえ知らなかった。でも、いまは……」エスターおばさんは雲をふりあおいだ。そこにはもう、ロケットが飛び去ったかすかな名残《なごり》も残っていなかった。「いきなさい。なにがなんでも、宇宙《そら》へ」

ハーシェル親子とエスターおばさんが去ってしまうと、計算で消耗する日々がもどってきた。というと、まるで計算を楽しんではいないみたいだが、じっさいには楽しんでいる。ただ、宇宙飛行士たりうる要件を満たすべく、試験の準備に一カ月を費やし、さらに五日間の苛酷な試験を経験してきたあとなので、あたりまえの日常にもどるのが少々つらかっただけだ。

いまも宇宙計画の推進には尽力している。しかしわたしは、宇宙に出たい。ヘレンが書類選考で落とされたという事実もまた、いらだちのタネになっていた。表面上はいつもの陽気な人柄にもどっているが、ヘレン、アイダ、イモジーンは、三人とも〈99s〉にこなくなっている。時間を見つけては、ジェット機の操縦時間を蓄積しているのだ。

この要件のほんとうにばかげた点は、宇宙飛行士はじっさいになにかを飛ばすわけではないという点に尽きる。たしかに、外宇宙へ出なくてはならない。とはいえ、チャック・イェーガーが宇宙船での飛行を〝缶詰の中のスパム〟と呼んだのには、それなりの理由がある。航法システムは、ほとんどが自動化されているのである。

月にいくなら、話はまた別だろう。しかし、そのさいの操縦でさえ、ジェット機の操縦とは似ても似つかない。

いっぽう、〈浮き足くん《バブルズ》〉が設計したシリウス《シリアス》・ロケットは、すでに打ち上げ試験の準備がととのっていた。世界じゅうの地上燃焼試験は、シリアス打ち上げに成功したのち、一変してしまうだろう。

わたしは軌道を記した紙を束ね、フォルダーにつっこんだ。

「すぐにもどるわ。ひとっぱしり、〈浮き足くん〉のところに置いてくる」

バシーラが口をとがらせ、デスクから顔をあげた。

「ねえ……あっちのほうからこさせなさいよ。あの可愛い顔、たまには見たい」

「だったら、デートに誘えばいいじゃないの」わたしは椅子を引いて立ちあがった。

バシーラは笑った。

「そこはほら、向こうから誘うのが筋ってもんでしょ」

「そのためには、〝計算者《コンピューター》は女性だ〟って、あの子が認識していないとね」

「〈計算の女王さま《コンピュートレス》〉におねがいするからには、そのくらいわかってるわよ」バシーラは鼻を鳴らし、計算用紙に目をおろした。「たのむからさ。きっとあの子、わたしらをどうあしらえばいいのか、わからないだけだと思うんだ」

「だからこそ、自分でデートに誘うべきでしょうに……」わたしはウィンクをし、ドアに向かいだした。「……いっそ、あなたがデートに誘ってほしがってるって、伝えといてあげようか？」

「あ、こら、やめろー！」

バシーラが丸めた紙をわたしに投げつけた。紙ははずれてマートルにあたった。計算室じゅうの人間がくすくす笑っている。

わたしも笑いながらエンジニアリング棟へ通じる廊下を歩きだした。〈浮き足くん〉がふだん詰めている技術実験室群は別棟にある。研究員たちがいつも爆発ばかり起こしているからだ。ありがたいのは、棟と棟をつなぐ、いわゆる〝アレチネズミ・チューブ〟——空中連絡路があることである。これがなかったら、報告書を返すだけのために、屋外の熱暑のもとに出なければならない。

空中連絡路にあがろうとして、階段吹き抜けのドアをあけた。

おりしも、下のほうのフロアから会話の断片が聞こえてきた。

「……だから、だいじょうぶだといってるだろう——もう黙れ」

その声は階段吹き抜けにこだました。聞いてすぐには、だれの声だか気づかなかった。こんなに気色ばんだステットスン・パーカーの声など聞いたことがなかったからである。IACの敷地に爆弾男が入りこんだときでさえ、あの男がこんな声を出したことはない。

階段の手すりから身を乗りだし、下を覗きこんだ。パーカーが階段の最下段にすわりこみ、左脚を前に伸ばしていた。ハリム・マルーフが腰に両手をあて、その前に立っている。わたしは声をかけた。

「なにか手伝いがいる？」

わたしの声に気づき、パーカーがはっと顔をあげ、上を見た。

「だいじょうぶだ、問題ない」

「ほんとうに？」ほったらかしにしていきたい気持ちはあったが、かなり深刻な表情をしていた。「ドクターを呼んできましょうか？」

「いらん！」その声は階段吹き抜けの最上部にまで届き、反響して降りてきた。パーカーは目をつむり、ゆっくりと息を吐きだした。「いいんだ。すまん。ドクターを呼ぶ必要はない」

「いや、呼んだほうがいいと思うね」マルーフは自分の首筋を揉みながら、苦言を呈した。

「ステットスン……それ、前よりも悪化してるぞ」

「それ以上、口をきくな」パーカーはマルーフに指を突きつけてから、ぎろりとわたしを見あげた。「きみもだ。この件についてはピーピー嘴《くちばし》をつっこむな」

重力に引かれるかのように、わたしはコンクリートの各段にヒールの音を響かせつつ、階段を降りていった。

「なにも問題がないなら、わたしが口を出すことなんてないでしょう？」

「ほんとうに、いちいち嘴をつっこんでくるのが好きなやつだな、ヨーク」

パーカーは手すりをつかみ、腕でからだを引きあげるようにして立ちあがった。左足は床についていない。

「なにがあったの？」

わたしは階段の途中で立ちどまった。手には相手と自分を隔てる盾のように、軌道計算フォルダーを握りしめている。

「なんでもない。階段ですべった。それだけのことだ」

パーカーは足を引きずり、階段から一歩離れた。そのとたん、左脚がかくんと折れた。

「おい、やめろ！」マルーフが急いでパーカーを支え、床にそっとすわらせた。

手を貸すため、わたしは階段を駆け降りた。

「だいじょうぶ？」

「ああ、なんともない」

「だって、立てないじゃないの！」

「そんなことは、百も承知だ！」パーカーは指で鼻梁《びりょう》を押さえ、ぎゅっと目をつむった。

つかのま、息をためる。ついで大きく息を吐き、鼻から手をおろした。「ヨーク。後生だ。

パイロット同士の、たっての願いをきいてくれ。このことはいっさい口外しないでほしい。いまのきみには、おれを地上勤務させるだけの力がある。たのむ。たのむから、地上勤務だけはさせないでくれ」

「それは……地上勤務を恐れる気持ちはいやというほどわかるけど」

「たのむ」

わたしはもう一歩、パーカーに歩みよった。パーカーがわたしに頭を下げる場面は何度となく夢想してきたものの、これは望む形ではない。わたしはパーカーの上手《うわて》をいきたい。それなのに、負傷したパーカーに勝つ？　冗談じゃないわ。

「なにがあったの？」

「わからん。しかし、航空医官のところへいけば問答無用で地上勤務にされてしまう」

当然そうなるだろう。片脚がこんなありさまではミッション自体を危うくしかねない。それをいうなら、そもそもなぜマルーフはもっと早くだれかに報告しなかったのだろう？いや、こんな状態になったのは、おそらく最近のことだ。そこで思いだしたのが、むかし両親から聞いた、ハーシェルがポリオにかかったときの状況だった。始まりは片脚に力が入らなくなったことだという。

「発熱は？」

「ポリオじゃない」

　わたしは面食らった。パーカーも同じ発想をたどったことが少々意外だったのだ。

「どうしてポリオじゃないと――」

「ポリオでどんな状態になるかは知っている。これでいいか？」そこで、わたしをぐっとにらみつけて、「だいたい、なぜいまだにぐずぐずしてる？　大喜びでブン屋のところへいって、この件をいいふらしそうなもんなのに」

　パーカーのうしろで、マルーフが小さく〝立ち去れ〟というしぐさをした。もっとも、追いはらうという感じではなかったが。マルーフはいった。

「おれは万事問題ないと思っているよ、ヨーク博士」

「そうでしょうとも」わたしは階段を昇りだしたが、最初の踊り場で足をとめた。たとえ地上勤務になったとしても、パーカーが宇宙飛行士の選考に口をはさめなくなるわけではない。「けっしてだれにもいわないわ。でもね、医師には診てもらうべきだと思うわよ。航空医官以外の医師にね」

　もうすこしで〝医師を紹介しようか〟といいかけた。だが、わたしはそこまで心の広い人間ではない。

打ち上げ時はいつも、ロケットが離昇するまで、計算者がすることはない。あらかじめ、代替打ち上げ可能時間帯《ローンチ・ウィンドウ》やランデブー軌道調整の計算をすませてあるからだ。かりに遅延が発生したとしても、クレマンスと発射責任者は、既知の情報に基づき、意思決定を下すだけでいい。

それでも計算者たちは、チームのほかの担当者たちとミッション管制センターに詰めている必要がある。だからヘレンはレナール・カルムーシュとチェスを指し、わたしはといえば、なんらかの異常事態が発生した場合にそなえ、いつ、どの時点で月周回ミッションを中断するのか、さまざまなタイミングでの計算結果を見なおして時間を過ごした。

〝エンジニアは問題を産む。計算者はそれを解決する〟という内輪のことわざについて？

たとえば……ナサニエルは計算室に対し、異常の起こりそうな時点をならべたリストをわたして、さまざまに異なる条件のもと、どうすれば宇宙飛行士を帰還させられるかを計算するように求めている。

具体的な例をあげれば……シリアスは五六〇万の部品と一〇〇万ちかいシステム、サブシステム、組立品で構成される。したがって、すべてに九九・九パーセントの信頼性があるとしても、部品だけでも五六〇〇の潜在的欠陥が潜んでいることになる。ゆえにこれは、〝宇宙船が月に向かう途中でなんらかの異常が発生するのかどうか〟という話ではない。

〝いつ、どんな異常が発生するのか〟という話だ。

しかも、その手の異常は、時速四万キロで飛行中の宇宙船のどこかで発生する。異常が発生してから対処のための計算をしている余裕はまったくない。そこで、異常が発生しても数分で対応できるよう、打ち上げ前に一カ月を費やして、さまざまな可能性を想定し、それぞれの状況でとるべき対策をあらかじめ計算しておく。

今夜の場合、エンジン点火までの待機時間は三時間。その間、異常の発生時の計算を見なおしておくのは楽しいひまつぶしだった。自分が変なことは承知している。もっとも、変なのはわたしだけではないけれど。

たとえばナサニエルは、自分のデスクの上に部厚い報告書のバインダーを広げ、鉛筆をかじりながら目を通している。〈浮き足くん《バブルズ》〉も目の前に似たようなバインダーを置き、一心不乱に目を通しているが——打ち上げるロケットが自分の赤ん坊のような存在であることを思えば、これは驚くにあたらない。

もちろん、全員が働いているわけではなかった。パーカーはクレマンスとともに、管制センター後部上方の観覧室にあがり、ジャーナリストたちと懇談している。きょうのパーカーは足を引きずってはいない。

あれはいったい、なんだったのだろう？　ポリオではない。それはたしかだ。母なら、あの症状を見れば一発で原因がわかっただろうが、わたしにはわからないし、身のまわりのだれかにきこうものなら、パーカーに問い合わせがいってしまう。ミルタウンの追加をもらいにドクターのところへいったとき、それとなく相談してみようか。

「またですか!?」カルムーシュがうめき声をあげ、椅子の背にもたれかかった。「いつの日か……わたしは誓います、いつの日か、かならずあなたに勝つでしょう」

ヘレンは腕組みをし、得意げに笑った。

「ただのチェックよ、まだ挽回のチャンスはあるわ」

カルムーシュはわざとらしく咳ばらいをし、身を乗りだしてチェスボードをにらんだ。

わたしはシャープペンシルをデスクに置いた。

「そんなに勝ちたいなら、どう、わたしと一局?」

カルムーシュはかぶりをふり、盤面をにらみつづけた。それから、ポーンに手を伸ばし、ちらとヘレンに目をやって、その手を引っこめた。フランス語でなにかをぶつぶついっている。ヘレンの家柄のことか、打つべき手のことだろう。どちらにしても、いらだっていることはまちがいない。

「――また負けそうなのか《エス・ケル・ヴ・バ・ドゥ・ヌーヴォー》」

ふいに、パーカーの声がいった。いつのまにか、わたしのうしろに立っていたのだ。

すわったまま、わたしはぎょっとした。ひそかに忍びよってきていたことは誓ってもいい。

「まあね《ウイ》。当然の帰結《イレ・ロルドル・ナチュレル》――だと思う《ジュ・パンス》」

カルムーシュはためいきをつき、チェスボードの側面を指先で軽くたたいた。

「当然とまではいかんだろう《イル・ニャ・リャン・ドゥ・ナチュレル》」そこでパーカーはわたしを見おろして、「ヨーク。クレマンスが用事だそうだ」

「わたしなんかを呼びつけるのに、わざわざあなたに何段も階段を降りてこさせたの？」

わたしはときどき、どうしようもなく馬鹿になる。パーカーに敵対する物言いは、いまは絶対にしてはいけないことなのに。わたしは椅子を引いた。ヘレンとカルムーシュがじっとこちらを見ていることには気づいていた。「ともあれ、ありがとう」

パーカーのあとにつづいてミッション管制センターを歩いていく。ナサニエルは部屋の向こう側で報告書に集中しており、こちらには気づいていない。

「なんの用事か、わかる？」

パーカーはドアをあけたが、わたしが通るあいだ、押さえていてはくれなかった。わたしはドアを受けとめて、パーカーのあとにつづき、階段吹き抜けに出た。パーカーがいちどに二段ずつ階段を駆けあがっていく。まるでなにかを誇示するかのように。

「体調はよくなったようね」

わたしはパーカーを追いかけ、階段を昇っていった。宇宙飛行士選考試験の準備として、体力作りをしておいたのが幸いした。スカートにハイヒールという格好でも、とくに息を乱すことなく階段を駆け昇れるからだ。

上のフロアに到達すると、パーカーはドアのそばに立ち、わたしを待っていた。まったくの無表情だった。ハンサムな男ではある。それは認めよう。パーカーもナサニエルも、ともにブロンドで、目の色は明るいブルーだが、夫が細身で骨ばっているのに対し、パーカーは映画スターばりの〝理想的な〟体格の持ち主だ。あごは四角く、割れている。わたしが追いつくと、パーカーはドアノブに手をかけた。そのとたん、その顔に、わたしが最高の友人であるかのような、晴れやかな笑みが浮かんだ。その変わり身の速さに、わたしは慄然《りつぜん》とした。

パーカーがドアをあける。今回は、わたしが通るあいだ、ドアを押さえてくれていた。こうしてドアを押さえるのも、この満面の笑みも、もちろん、観衆がいるからだ。観覧室の中は、大きくなった新型ロケットの打ち上げを見まもる宇宙飛行士たち、その妻たち、レポーターたちでいっぱいだったのである。

クレマンスがこちらに顔を向けた。いつものように、手にした葉巻から煙が立ち昇っている。

「おお、きたきた。紳士諸兄、彼女がエルマ・ヨーク――IACの計算者のひとりであり、シリアス・エンジンの性能を裏づける計算を主導した責任者です。そしてヨーク博士は、われわれの最新の宇宙飛行士のひとりでもあります」

部屋が急に暑くなった。いや、寒くなった。いや、暑くなった。いまのは聞きまちがいにちがいない。だって、こういうことは、当人に対して真っ先に、個人的に伝えるものでしょう？

いっせいにフラッシュが焚《た》かれた。まぶしい。息ができない。

宇宙飛行士。

部屋がぐるぐるまわりだす。まるで遠心力発生装置の椅子にすわらされているようだ。なんとか息を押しだした。周辺視野が暗くなっている。

宇宙飛行士。

3・14159265358 9……だれかがわたしの名を呼んだ。ここで気を失ったらどう思われるだろう？　パーカーにはそのほうが小気味いいだろう。

宇宙飛行士。

どうして前もって、個人的にいっておいてくれなかったのよ？　こんなふうに人を茫然自失に陥れることなんて、ふつうはしないでしょうに――当事者があわてふためく場面を見たいのでないかぎり……。

パーカー。これはパーカーが仕組んだことなんだわ。

だれかがふたたび、わたしの名を呼んだ。声のしたほうへ顔を向ける。観覧室は音と光でぼやけていた。空気が足りない。

(目をあけたままでいなさい。しゃべりつづけて)

これもまた、ひとつの試験よ。

「お集まりのみなさん……」わたしは重力に逆らい、両手をあげた。「みなさん、どうか、いちどきにしゃべらずに。とても聞きとれませんので」

だが、レポーターたちはわたしのことばを無視し、てんでに叫ぶばかりだ。

「宇宙へはいつ？」「ご主人はこのことをどうお考えに？」「宇宙飛行女士《アストロネット》になるのはどんな気分です？」

最後の問いかけを発したのは、太って頭の禿《は》げた男だった。タイをゆるめている。

「アストロネット？　まるでラインダンスで足をふりあげないといけないみたいな呼び名ですね」笑い声があがった。これがブースターとなって、どうにかほほえみを見つけだすことができた。「ですから、わたしのことはただ宇宙飛行士《アストロノート》とお呼びください」

ただ宇宙飛行士と？　はっ。わたしは見せ物の宇宙飛行士よ。この呼び名、マスコミは使わないだろうけど。

パーカーがいった。

「というよりも……きみはレディ・アストロノートだろう、『ミスター・ウィザード』でよく知られた」パーカーはとなりでにこやかに笑っている。「そのことはだれにも忘れてほしくないな」

「レディ・アストロノートは、ひとりだけなんですか？」

別のレポーターがクレマンスに質問した。

パーカーのクズ野郎。この呼称はずっとついてまわる。そしてつねに、女性が男性より一段落ちるというイメージを植えつける。

クレマンスが葉巻をふり、紫煙の飛行機雲を引きながら答えた。

「いや、そうではありません。ほかのメンバーについては、来週の記者会見でお披露目する予定です。きょうのところは、われらがレディ・アストロノートたちの才能と美しさの一端をプレビューとしてお見せしたかっただけで」

いまいましい。わたしは極上の笑みをたたえてみせた。それこそ歯が痛くなるほどに。

「では、わたしはそろそろ……この宇宙飛行士は、計算をしなくてはなりませんので」

「ああ、もちろんだとも」クレマンスはわたしに向きなおり、ドアのほうへ手をひとふりした。「シリアス・ロケットが待っている」

レポーターたちがいっせいに、もっと写真をと叫んだので、わたしはその場に立って、にこやかにほほえんでいざるをえなかった。左右にはパーカーとクレマンスが立っている。ふたりとも、カメラに向けているのは晴れやかな笑顔だ。写真に写るわたしたち三人は、とても仲のよい友人同士に見えるだろう。

ここでパーカーがドアをあけ、いかにも紳士然とした態度で、わたしのためにドアを押さえた。わたしは階段吹き抜けに歩み出た。パーカーもついてくる。背後でドアが閉じた。たちまち、パーカーの笑みがすっと消えた。

「さぞかし癪《しゃく》にさわるでしょうね」先に立って階段を降りながら、わたしはパーカーにいった。「わたしを地上勤務にさせてやるといった当人としては」

パーカーの笑い声が、階段の壁に反響しながら、うしろから降ってきた。

「かんべんしてくれ。クレマンスがきみを採用しなかったら広報上の悪夢になる。ほかの女性候補か？ 彼女たちは自力でその座を勝ちとった。きみはただの広告塔枠にすぎん」

ほんとうにいやなやつ。心臓が激しく動悸を打ちはじめている。まるで踊り場五つぶんの階段を降りてきたのではなく、駆け昇ってきた直後のようだ。わたしは勢いよくドアを開き、足どりも荒くミッション管制センターに入った。カツンカツンという憤懣《ふんまん》のこもったヒールの音を聞きつけて、何人かが顔をあげ、こちらを見た。

だが、レポーターたちはまだ上からわたしを見ている。さいわい、観覧室は背後にあり、わたしは背中を向けた状態だ。パーカーが階段吹き抜けでなにをいったにしても、わたしが宇宙飛行士になれたことに変わりはない。わたしは試験に受かったのだ。そして、神に感謝を――。わたしは宇宙へいけるのだ。広告塔枠？　なんとでもいうがいい。わたしはきっと、ここで鍛えられる最高の宇宙飛行士の卵になってみせる。

自分のデスクに帰りつくと、席をはずしたときとほとんど同じ構図が目の前にあった。ただし、カルムーシュはどうやら駒を動かしたらしい。椅子の上でがっくりとうなだれて、頭を左右にふっていたからだ。

「結局、負けたの？」

「ちがいます。ですが、彼女にまたしてもチェックを食らわされました。さっきとちがう形でです、すくなくとも」

ヘレンがチェスボードをしげしげと見た。

「すぐに引導をわたしたげてもいいんだけどさ」

「わたしを相手に指すという申し出、まだ有効よ」とわたしはいった。

それから、自分の椅子にすわり、スカートのしわを伸ばした。これは両手の汗をぬぐうためもある。

ヘレンが観覧室にあごをしゃくった。上からはレポーターたちがこぞってこちらを見おろしていた。

「なにがあったの？」

これから口にすることは朗報だ――パーカーと悶着《もんちゃく》があったとはいえ。だからわたしは、ほほえんだ。ほほえんだことで、心の中ですでにうねっていた喜びの波が見つかった。

「わたし――わたしね、やったの。宇宙飛行士になれたの」笑い声がひとりでにこぼれてきた。「わたし、宇宙飛行士になったのよ」

つかのま、ヘレンがあんぐりと口をあけ――ついで、椅子から飛びあがった。満面の笑みをたたえ、デスクをまわりこんできて、わたしの席までやってくると、ひしと抱きつきながら、

「わかってたのよ！」それから、からだを離し、伸びあがるようにして、エンジニア席に声をかけた。「ナサニエル！　あんたの奥さん、宇宙飛行士！」

管制センターの向こうのほうで、ナサニエルが勢いよく顔をあげた。

「え？」

いつのまにか、カルムーシュも立ちあがっていた。

「いましがた、クレマンスが合格と伝えたそうです。ヨーク博士は新宇宙飛行士のひとりになったと」

「やった！」ナサニエルは笑いながら飛びあがり、宙を殴りつけた。「やった！」

まわりじゅうで、エンジニアも航空医官も含め、だれもが歓声をあげはじめた。〈浮き足くん《バブルズ》〉、カルムーシュ、それとほかのだれかがわたしの椅子をつかみ、わたしをすわらせたまま、花嫁をかかげるみたいに高々と持ちあげた。わたしは笑い、涙を流し、また笑った。三人がわたしの椅子をかかえ、管制センターじゅうを練り歩きだす。

上の観覧室では、おびただしいフラッシュが焚かれている。椅子が床に降ろされると、こんどは連綿と、ハグと〝おめでとう！〟の嵐に見舞われた。

最後に、ナサニエルに抱きしめられた。ついで、わたしは抱きあげられ、くるくると回転させられ、つかのまの無重量状態を味わった。わたしは回転しながら、衆目の前でナサニエルにキスをした。軌道《てん》にも昇る心地とはこのことだろう。

ようやく下に降ろされたとき、ナサニエルは目に涙を光らせ、顔が上下に割れてしまうのではないかと心配になるほど大きな笑みを浮かべていた。

「きみが誇らしいよ！　ほんとうにもう、誇らしくてしかたがない！」

できることなら、宇宙飛行士になれたことは、こんなふうにして教えてもらいたかった

——見も知らぬレポーターたちがひしめく部屋の中などではなく、この部屋で、仲間たちとともに、夫の目の前で。

「さあ、もう、そのへんで、諸君！」クレマンスが戸口から怒鳴った。「ロケットを打ち上げねばならんのだ。部署にもどりたまえ」

　こらえようとしても、顔がひとりでににやけてしまう。クレマンスにもパーカーにも、そして上で見ているレポーターの集団にも、この笑みを消させることなどできはしない。わたしは宇宙飛行士だ。デスクにもどり、見なおしていた計算に取り組もうとした。が、なかなか数字が頭に入ってこなかった。どこまで見なおしたか、すぐにわからなくなってしまう。わたしは宇宙飛行士だ。

　と、デスクの向こうで、カルムーシュがいきなり立ちあがり、両手を高々とふりあげ、大声で叫んだ。

「ついに勝った《ラ・ヴィクトワール・エ・ラ・ミエンヌ》！」

　ヘレンがひざの上で両手を組んだ。

「おめでとう、レナール」

「勝ったの？」わたしはたずねた。

「ついにです！」カルムーシュが立ちあがり、両ひじと腰を奇天烈《きてれつ》な形で動かして、いままで見たなかでもっともばかげた勝利の踊りを踊った。「ついにです、勝ちました！」

「いい勝負だったわ」ヘレンが椅子を引き、立ちあがった。それから、カルムーシュに会釈して、「ちょっと失礼するわね」

わたしの友、チェスのチャンピオンはそう言い残し、レディース・ルームへ立ち去った。こうべをかかげ、肩をそびやかしてはいる。だが、わたしの合格の報とヘレンがチェスで負けたことに関係があると思うのは——うぬぼれだろうか。

わたしは宇宙飛行士になった。ヘレンはなれなかった。

こんな状況は、変えなくてはならない。

32

気温上昇するも
一九五一年の最高気温に及ばず

［シカゴ（イリノイ州）発　一九五七年六月二十五日］昨日午後十二時五十五分の気温は30・9度に達した。ミシガン湖岸の観光地〈海軍埠頭《ネイビー・ピア》〉において、各種の計測機器に囲まれ、汗みずくで報告した気象予報員によると、まもなく〈巨大隕石〉以来で、最高の気温に達するという。

まずはシリウス《シリアス》が問題なく飛行した旨を報告すべきだろう。〈浮き足くん《バブルズ》〉は有頂天になっている。ナサニエルも大喜びだ。これで月へのコストが著しく削減できるからである。

まだ月面に宇宙飛行士を送りこめてはいない。が、そうなるのも時間の問題だ。

　そして、ありがたいことに、わたしもそのひとりになれるという。

　わたしたちは夜明けちかくになり、国際航空宇宙機構《IAC》の建物をあとにした。胸にはまだ興奮が沸きたっている。わたしはナサニエルの腕に自分の腕をからませた。家に帰っても別の〝ロケット発射〟が成功するのが楽しみだった。そして、ほかの職員たちとともに駐車場を横切り、ＩＡＣの正門に歩いていくと――。

「あそこだ！」フラッシュの閃光《せんこう》。「ヨーク博士！」フラッシュ。「エルマ！」正門の外にはレポーターの集団が待ちかまえていた。「こっち見て、マム！」

　胃がぎゅっと縮みあがった。ナサニエルはわたしの手を引き、さっと正門に背を向けた。そうしてくれたのは幸いだった。そのときのわたしは、炎に魅かれる蛾《ガ》のように、ふらふらとレポーターの群れに向かいかけていたからだ。いや、むしろ断崖から飛びおりようとするレミングといったほうが適切だろうか。

　ナサニエルはわたしの手を握りしめ、ぐっと引きよせた。

「ＩＡＣに車を出させる。家まで送らせよう」

「こんなことになるなんて……予想もしなかった」

「予想はパーカーがしてしかるべきだったんだ。くそっ。パーカーやほかの宇宙飛行士たちの身に起こったことを思いだしてさえいれば、あらかじめ対策がとれたものを」

パーカーがわたしの不安のことを知っているとは思わない。じっさい、知らないはずだ。知っていれば断じて宇宙飛行士にしようとはしなかっただろうから。しかし、わたしに意趣返しをするなら、これ以上に効果的なタイミングはない。

結局、ＩＡＣに配属されている国連所属のドライバーのひとりがわたしたちを家まで送ってくれることになった。しかし、わたしたちが住むブロックに到着しても、ドライバーはアパートメントのほうへ車を進めようとはしなかった。

ナサニエルが窓に顔を近づけ、家を眺めやった。

「くそっ」

わたしはコートにくるまったまま、後部座席の暗闇の中で震えだした。ナサニエルは窓から顔を離し、わたしの背中に腕をまわして、二の腕をぐっとつかんだ。

「きょうはアラディンに泊まることにしよう。お祝いも兼ねて」

「アパートメントにも待ちかまえてるの？」

「ああ……」ナサニエルは腕をつかむ手にいっそう力をこめてくれたが、わたしの震えはとまらなかった。こんどは血行をよくしようとするときのように、わたしの腕を上下にさすりはじめた。「だれかにたのんで、アパートメントから着替えをとってこさせる」

「処方薬もおねがい」

薬を服んだからといって、レポーターたちがいなくなるわけではない。だが、あの連中の存在はある程度まで気にならなくなる。

「わかった。きょうの出勤時、なにを着ていきたい？」

服？　レポーターが壁を作ってわたしに取材をしようと待ちかまえているというのに、着ていく服のことを考えなくちゃならないの？　あるレベルでは、こうなることはわかっていた。〈アルテミス《アーテミス》7〉が発表されとき、同じ目に遭うのを見ているからだ。しかし、〈レディ・アストロノート〉と呼ばれて何カ月もたっていることもあり、いまさら自分に対する注目の度合いが変わることはないと思いこんでいたのである。

考えてみれば、大きなちがいがあった。わたしはもう宇宙飛行士志望者ではない。本物の宇宙飛行士だ。発表された史上初の女性宇宙飛行士である以上、レポーターたちが殺到してくるに決まっている。

わたしはナサニエルの肩に顔をうずめ、コートのウールで街灯の光を避けた。

「どうします？」車はアラディンに近づいたが、ドライバーはここでも車を停めようとはせず、前を通過しながら、ナサニエルにたずねた。「ほかに泊まれそうなホテルはありますか？」

わたしの頬にあたるナサニエルの胸が嘆息で大きく上下した。

「郊外へ向かってもらえるか。どこでもいい、レポーターが待ちかまえていないホテルを見つけたら、そこで降ろしてくれ」

州間高速《インターステイト》を降りた付近にあるホリデイ・インに落ちつくと、ナサニエルはクレマンスに電話をかけ、状況を説明した。レポーターたちがうろついているあいだはIACにこないようにと指示された。ミセス・ロジャーズ計算室長は、何度もおめでとうといいながら、わたしの異動を受け入れたという。

ほかの計算者に別れも告げられぬまま、所属が変わることになるなんて。

わたしは泣いた。ミルタウンを服み、夜具という巣穴に潜りこんだ。一錠めのミルタウンの効果が切れてくると、二錠めを服んだ。

ナサニエルはしばし、ホテルの部屋でわたしにつきそってくれていた。ドアの外には国連の警備員がすわっている。たぶん、警備員をつけたのは正しい選択だったのだろう。

というのも、午後になって部屋の電話が鳴ったからである。どうやって調べたのかは知らないが、レポーターたちはとうとう、わたしの居場所をつきとめたのだ。

わたしはまだ宇宙飛行士ではなかった。それは第一日めにおいて、はっきりと、明確に、歴然と明らかになった。

選ばれたのは七人の女性だった。最初のミーティングが行なわれたのはIACではない。カンザスシティでさえない。七人が飛行機で運ばれていった先は、〈巨大隕石〉落下直後、ナサニエルとわたしがはじめて大統領に会った、あの地下施設だった。

おそらく、わたしがレポーターたちに追いかけまわされた例から、七人を安全な場所に保護しておきたかったのだろう。わたしが会議室に入っていくと、見知った顔がいくつかあった。ベティとニコールも合格組で、となりあって会議テーブルにすわっていた。

ニコールが歓声をあげ、わたしに手招きした。

「すぐにでも報告したかったんだけれどね、あなたがレポーターの群れにつきまとわれているあいだは連絡のしようがなくて」

わたしは天をふりあおいでみせた。

「ひどい目に遭ったわ」ひどい目というよりも、悪夢だった。悪夢そのものだ。「ベティ。おめでとう」

ベティはうなずき、下唇を嚙んだ。ついで、ごくりとつばを呑んでから、顔をあげて、

「あなたもね」

ひとわたりあいさつがすむと、わたしはベティのとなりにすわり、ほかの女性たちに注意を向けた。当然、サビハ・ギョクチェンも合格していた。わざわざトルコからきてくれたことがうれしかった。サビハと飛ぶのはきっと楽しいだろう。

いっぽう、ヴィオレットは——つまり、ミセス・ルブルジョワは——前回、打ち上げ時に話をしたとき、飛行機の操縦レッスンを受けはじめたばかりだといっていたのに……。わたしはヴィオレットにほほえみかけ、テーブルごしに身を乗りだした。

「同じ家族から宇宙飛行士がふたり？　ご主人、さぞ鼻が高いでしょうね」

ヴィオレットは赤面し、手を横にふった。

「名誉なことではありますけれど、思いがけないことでもあります」

「気持ちはわかるわ」なにしろ、試験のときは、ヴィオレットを見かけてさえいないのだ。

わたしはことばを切り、室内を見まわして、待機しているほかのメンバーに目をやった。男性はひとりもいない。興味深いことだ。宇宙飛行士チームには、今回、男性も増員されたことがわかっている。その新メンバーたちは、ここではないどこかで訓練を受けさせられるのだろう。

このときわたしたちは、映画などで見るようにすぐに打ちとけて和気藹々《あいあい》とおしゃべりを楽しんだりはしなかった。服装は全員がパンツスーツだ。化粧とヘアスタイルも服装に合わせたものになっている。

アメリカ人が四人。フランス人がひとり。ブラジル人がひとり――彼女はジャシーラ・パス＝ヴィヴェイロスという――そしてトルコ人がひとり、あのサビハ・ギョクチェンだ。ぜんぶで七人いる。男性のみだった最初の宇宙飛行士《オリジナル・セブン》と同じ人数だった。

アイダに指摘されていなかったら、はたしてわたしはこの七人に黒人が含まれていないことに気づいただろうか。

おりしも、クレマンスとパーカー、そして見たことのない紳士がふたり、ぞろぞろと室内に入ってきた。パン！　と手を打って、クレマンスは切りだした。

「わが美女たち、おそろいのようだな。なにはともあれ、淑女諸君、おめでとうといわせてもらおう。諸君は宇宙飛行士の訓練生に選ばれた」

見たことがない男の片方、細身で艶のある白い額を持ち、規定どおりにクルーカットにした髪から耳の大きく突きでた男が、バインダーを配りはじめた。

「さて――われわれの最初の使命は記者会見に臨むことだ。こちらはミスター・ポミエ」

クレマンスはもうひとりの見知らぬ男を指し示した。男は五〇代なかばくらいで、この齢格好の男によく見る、スティール・グレイの髪をしていた。「彼は諸君のスタイリストだ。イベントのたびに、諸君が服装とヘアスタイルを選ぶ手伝いをする」

わたしはニコールと視線を交わしあったが、手をあげて〝なぜスタイリストが必要か〟とたずねることは、どちらもあえてしなかった。おそらく男性チームにもスタイリストがついているのだろう。そして、わたしたちにも同じことをしているだけだろう。波風を立てるなら――いずれきっとそうなるはずだが――もっと大きな問題でなくてはならない。

「いまミスター・スミスが各人に配っているのは記者会見用の資料だ。記者会見に臨むに先立って、これから質疑応答の予行演習を行なう」クレマンスがパーカーに顔を向けた。「すべての宇宙飛行士は、ここにいるパーカー大佐の監督下に入る。それはきみたち女性宇宙飛行士訓練生も変わらない。諸君の新しい役割になにが期待されているのか、それを理解する手助けは彼がしてくれる」

パーカーはトレードマークの、情熱的な微笑を浮かべてみせた。

「おはよう、諸君。足を踏み入れる会議室がすべてこのように華やかだといいのだがね」

そこで、わたしの視線をとらえて、「さて、きみたちのうち何人かは、自由にものがいえることに慣れていると思うが、ＩＡＣから出る情報のあつかいについては、以後は細心の注意を払ってもらわねばならない。セキュリティの観点からもだが、Ｌｉｆｅ《ライフ》誌と独占契約を結んでいるという事情もある。そうだね、ミス・ロールズ？」

ベティはうなずいた。テーブルを見つめるその頬は赤らんでいた。

「そのとおりです」

ベティのジャーナリスト魂に祝福《わざわい》あれ、ベティは自力で試験に通ったのではない。取引でこの立場を買ったのだ。

「宇宙計画のイメージをコントロールするためにも、マスコミ相手のすべてのやりとりは、IAC本部を通じて行なわれる」パーカーは人差し指を立ててみせた。「念のために補足しておくが、この〝マスコミ〟には娯楽目的の放送も含まれる」

パーカーはきびしい条件だと思っているらしいが、わたしにとっては、ちっともつらいことではなかった。

「ちょっと待って――」サビハの鋭い声が飛んだ。バインダーを開き、眉をひそめつつ、あるページを見ている。「ここに書いてある質問だけど。それに対するこの回答はなに？〝いいえ。わたしは宇宙飛行士ではありません〟」

わたしは自分のバインダーをつかみ、ぱらぱらとページをめくった。周囲でもページをめくる音、会議テーブルの硬い板の上で表紙を開く音がしだしている。なるほど、〝一般的な質問に対して是認される回答〟という見出しのページに、宇宙飛行士であるとはどういうことかについて、さまざまな質問が書かれていた。

「ありがとう、パーカー大佐。ここから先は、わたしが引き継ぎます」大きな耳の目だつミスター・スミスの声質と口調は、信仰復興の伝道師を連想させた。深く響くその声は、細身の体格にはずいぶんと不釣り合いだ。「すでにバインダーを開いているようですので、淑女のみなさん、その点はわたしから説明をしましょう。訓練生を宇宙飛行士と呼べば、民衆が混乱することは必至である、とわれわれは判断しました。それは航空学校に入ったばかりの人間をパイロットと呼ぶようなものだからです」

わたしは質問をした。われながら冷ややかな声だった。

「では、具体的にどの時点で、自分たちを宇宙飛行士と考えていいの？」

「八〇キロだ」パーカーは肩をすくめた。「地表から八〇キロの高度に到達した段階で、その人間は宇宙飛行士となる。それがＩＡＣとパリにある国際航空連盟《フェデラシオン・アエロノーティク・アンテルナシオナル》との取り決めで定められた定義だ。それまで、きみたちは宇宙飛行士候補生《アストロノート・キャンディデイト》でしかない。略してアスキャンだな」

これは承服せざるをえない。すべて的確で、適格で、完全に合法的だ。不合理だと文句をつける余地がない。ただし、このルールはもちろん、女性が宇宙飛行士チームに参加すると決まってから設けられたものにちがいない。

記者会見に臨むに先立って、わたしはステージ裏のカーテンの陰でナサニエルに両手を握ってもらい、立っていた。おたがいの手を隔てるものは冷や汗の膜だ。詰めかけた記者のざわめきが、カーテンごしに絶えざる低周波となって聞こえている。それはエンジン音のうなりのように、床板を通じても伝わってきていた。周囲には新しい宇宙飛行士たちが——失礼、新しいアスキャンたちが——よくわからないパターンで分散させられている。七人の女性候補は、新たに選ばれた三五人の男性候補にまぎれて、ほとんど存在感がない。どうしてわたしはこんなことにかかわってしまったんだろう？

向きあって立つナサニエルがたずねた。

「4753掛ける197は？」

「936341」

「割ることの243は？」

「3853・2551440329 22……小数点第何位までいえばいい？」

スタイリストから着るようにといわれた服は、からだにきつくフィットしたボディスだった。試着したときにはぴったりのように思えたが、いまはきつくて満足に息もできない。

「それだけいえればいいよ。では平方根は？　小数点第五位まで……五位まであるなら」

すくなくとも、ナーバスになっているのは、わたしだけではなさそうだった。

「62・07459」

サビハ・ギョクチェンは両手をふっていったりきたりしている。しきりに髪をいじっているのは、ふだんのポニーテールとちがい、スタイリスト指定のふっくらしたブッファン・スタイルが落ちつかないからだろう。

「地球低軌道に乗るさいの、重力ターンの最適な軌道修正角は?」

「重力ターン……どのロケットで、どのエンジン構成で? 最終高度はどれだけ?」

わたしの気をまぎらそうとしてくれているナサニエルに幸いあれ。

「シリウス《シリアス》級だな。エンジンは二段で。最終高度は――」

続きをナサニエルがいおうとしたとき、クレマンスがカーテンに歩いていき、その向こうのステージに出た。マスコミ関係者のどよめきは耳を聾《ろう》するほどだった。わたしは目を閉じ、つばを呑み、またつばを呑み、鼻で呼吸をし、舌の奥にこびりついた苦いものを呑みこんだ。いまはだめ。いまはだめ、いまはだめ、いまはだめ……。

ナサニエルが耳もとにささやいた。

「1、1、2、3、5、8、9――」

「まちがってるわ」わたしはナサニエルに抱きついた。「フィボナッチ数列は、当該数のひとつ前を加えた数の数列だから、正しくは、3、5、8、13……あ。もう、賢い人ね」

「きみの役にたつんなら、いくらでもまちがった数式をいえるよ」ナサニエルはわたしの手をぎゅっと握り、一歩あとずさって、わたしを見た。「これは肝に銘じておいてくれ。宇宙飛行士はT‐33を飛ばさなきゃならないんだぜ。最高だろう」

わたしは鼻を鳴らした。

「わたしを愛してるっていうために、あなたはここへきてるんだと思ってたけど」

「ああ。だけど、そんなのはわかりきったことだろう。しかし、T‐33だぞ？　ジェット機だぞ？　自分の立場はよくわかっているが――」

「エルマ！　出番よ」ニコールがわたしの手をとり、ステージへ引っぱっていきだした。

T‐33。宇宙飛行士候補生としては、T‐33ジェット練習機を飛ばせるようにならなくてはいけない。ステージへ歩いていきながら、頭の中にコックピットを思い描こうとした。だが、ステージに出たとたん、フラッシュの嵐に迎えられた。まるで稲妻のようだった。それでもなんとか歩調を崩さず、所定の位置まで歩いていくことができた。

コックピットのイメージは、ほかの女性候補たちとテーブルについた時点で消滅した。最前列でテーブルにつくのは女性陣だ。男性候補たちは二列になり、わたしたちのうしろに立っている。まるで額縁のようだった。だが、今回のもいままでこなしてきたインタビューみたいなものにすぎない。前のときと同じようにするだけだ。このときにそなえて、予行演習も重ねてきた。

（3・14159265358 9……。

T-33。てぃ・さん・じゅう・さん。宇宙飛行士。宇宙飛行士。宇宙飛行士。T-33）

最前列から質問が飛んだ。

「ヨーク博士？　ご主人はあなたの新しい仕事をどう思ってらっしゃいます？」

質問したのは、よれよれの灰色のスーツを着た男で、まわりには似たようなよれよれの灰色のスーツを着た男たちがすわっていた。これはもしかして、この手のレポーター連のユニフォームだろうか。ニコールがテーブルの下でわたしの脚を蹴った。

答えるのに時間をかけすぎたらしい。

「夫はとてもよく支えてくれています。じっさい、このステージにあがるまで、バックステージでそばについていてくれたくらいです」

クレマンスが、こんども似たような灰色のスーツを着た別のレポーターを指名した。

「どうしてみなさん、男に先駆けて月へいきたがるんです？」

マイクに身を乗りだしたのはニコールだった。

「べつに、殿方に先んじて月へいきたいわけではありません。ただ月へいきたいだけです、殿方がそうしたいのと同じように。女性は宇宙でもすぐれた働きができます。とはいえ、どのようなことであれ、男性に先んじたい気持ちなど毛頭ありません」

ニコールがいてくれて助かった。これは立派な模範回答だ。たしかにわたしには、ある男に先んじて月にいきたい気持ちがある。しかし基本的には、女性を月へいかせてほしいだけだ。

「宇宙ではなにを使って料理を?」

「科学を」深く考える間もなく、わたしの口が勝手に動いていた。会場が笑いに包まれた。「出てくるのは液体燃料《ケロシン》と液体酸素の、とても健康的なディナーですが」

こんどはベティがマイクに顔を近づけた。

「それに、重力がないので、スフレがしぼむこともありません」

このひとことはわたしのことばよりも大きな笑いを生み、あちこちで手帳に鉛筆を走らせる音が重なった。ここでクレマンスが、つぎのレポーターを指し示した。この時点で、わたしは質問者を特定するのをやめてしまった。どの質問も判で押したようにくだらないものばかりで——しかも、男性候補に向けられた質問はなかったからだ。

「宇宙での美容ケアはどのように?　ヘアスプレーは使えるんですか?」

サビハがかぶりをふった。

「宇宙では純酸素環境にいることが多いですから。ヘアスプレーはばかげています」

あらかじめ用意されていた質問リストはどうなったの?　なにひとつ質問されやしない。

これなら美人コンテスト出場者のコーチでも雇ったほうがよかったろうに。わたしたちが世界の平和にどのような貢献ができるのか、それをたずねる記者はひとりもいなかった。

わたしのうしろでは、男たちが手持ちぶさたのようすでからだを動かしている。ひとりが皮肉をつぶやくのが聞こえた。「ブラのサイズはいくつ？」

「――ＩＡＣとしては、宇宙計画に有色人種の男女を加える予定はありますか？」

この質問をしたのは、白人の男性のようだった。短く刈った髪は黒髪で、くせが強い。スーツはよれよれではなく、見た目にも覇気がある。

わたしは椅子の上で身をひねり、クレマンスを見た。クレマンスは顔に笑みをへばりつかせたまま、葉巻を持っているかのような手つきで手をあげた。が、途中でその手を横にふり、質問の根っこにある疑念を否定した。

「宇宙飛行士計画の門戸は開かれています。資質をそなえた人間であれば、だれでも受け入れますよ。ただし、ミッションの性質上、われわれの要求水準はきわめて高い。ここに居ならぶ淑女は、地球で有数のパイロット――最高の女性パイロットたちです。もちろん、新たな男性候補諸君も傑出した人材ぞろいであり、本日われわれが注目すべきは、ここにいるすぐれた男女双方でしょう。彼らに当てられたスポットライトをだいなしにしたくはありません」

「では、そこにおすわりの淑女たちにおたずねします」質問者はステージに顔を向けて、澄んだハシバミ色の目をわたしたちひとりひとりにすえた。「みなさんのなかに、宇宙で黒人女性と作業をすることに抵抗のある方はいらっしゃいますか？」

だれもがわずかに凍りついた。なにか裏がある質問のように思える。わたしはマイクに顔を近づけた。

「喜んでいっしょに働きます。優秀なパイロットの黒人女性を何人も知っていますし」

つぎに反応したのはベティだった。

「もちろん、わたしも抵抗はありません。要求水準を落とされるのでないかぎり」

怒りはいつもわたしの不安を払拭《ふっしょく》する。アイダの腕はベティよりも上だ。イモジーンもわたしよりうまく飛ばす。そしてヴィオレットは、このステージにいていい技倆《ぎりょう》の持ち主とは思えない。わたしはいった。

「要求水準を落とされなくてもだいじょうぶですよ」

「さて、淑女諸君……」クレマンスがマイクを持ち、コードを引きずって前に進み出た。「そろそろ質問リストに書いてある質問に移るとしよう。このなかで真っ先に宇宙に出るのはだれかな？」

あらかじめ指導されていたとおり、全員がさっと手をあげた。ニコールは両手をあげた。

かつてのパーカーと同じように。わたし？　手をあげはしたが、だれが最初かなんてどうでもいい。宇宙にいけさえすれば、わたしはそれでいいのだ。

33

月面に立つ
二名を選抜

IAC、月面に降り立つ
ふたりの氏名を発表

［カンザスシティ（カンザス州）発　一九五七年七月二日］本日、国際航空宇宙機構（IAC）は、月面に降り立つ最初の人間となるであろう、二名の宇宙飛行士の氏名を発表した。その二名とは、合衆国のステットスン・パーカー大佐と、フランスのジャン＝ポール・ルブルジョワ大佐――ともに宇宙計画への古くからの参画者である。本日はこのふたりに加え、スペインのエステバン・テラサス中尉が、アーテミス9号

カプセルのクルーとして発表された。同カプセルは来年四月に月面へ着陸し、地球に帰還する予定。

宇宙飛行士候補生のチームは二クラスに分けられた。男性全体で一クラス、女性だけで一クラスだ。最初に受けさせられた授業がそれなりに楽しかったことは認める。軌道力学——それは計算室でさんざん担当してきたことだからである。

ほかの女性たちの習熟度はさまざまだった。ヴィオレットは予想していたよりも吸収が速かった。ニコールは基本的に数学が苦手で、平方根をとるのを忘れたり、計算尺で小数点をずらすのを忘れたりしやすい。わたしはできるだけニコールを手伝ったが、数学で困ったことがないので、どこがわからないのか、どこをどう教えていいのかわからなかった。わたしはただ……ひとりでに計算ができてしまうのだ。

ベティは形ばかりに訓練を受けているだけで、本気で宇宙に出る望みはないと達観しているように思える。たぶん、出たいとも思っていないのだろう。

サビハは自分なりのやりかたで、たびたび壁にぶつかりながら、鉄の意志で軌道力学の講義を乗りきった。ジャシーラも乗りきりはしたが、この学問がお好きではないようで、しじゅうポルトガル語でつぶやいてばかりいた。ポルトガル語はわからないが、おそらく罵倒のことばにちがいない。

最初の宿題を提出したときには、小学四年にもどったような錯覚をおぼえた。なぜなら、わたしの提出ぶんを見た講師が、かぶりをふりふり、こういったのだ。

「エルマ……ヨーク博士に手伝ってもらったのか？」

教室が真っ赤になり、ついで、凍えそうなほど冷えこんだように感じられた。自分の吐気が白くなったのではないかと錯覚したほどだった。

「いいえ。手伝ってもらってなどいません」

「しかし、ここには……ただ答えだけが書いてあるじゃないか」そういって、講師はほほえんだ。陽光を受けて眼鏡がきらりと光った。「手伝ってもらうなとはいわないが、課題はすべて自力でやってほしいものだね」

四年生のときとまったく同じだった。ただし、今回は受け身のままではいない。教員室ですすり泣き、父が救いにきてくれるのを待ったりはしない。あの当時は幼すぎて、試験でズルなどしていないことを証明する単純な方法を知らなかったのだ。

「疑う気持ちはわかります。なんでもいいですから、質問してみてください。いまここで即座に答えてみせます」

講師はデスクに載った宿題の山を音高くたたいて、

「数式が解けるかどうか、きみひとりのために時間を割くわけにはいかんよ。つぎからは自分でやるように」

思わず歯ぎしりをした。ただ数式の答えを出せばすむことなのに、いちいち途中経過の式を書けというの？　上等よ。たっぷり時間をかけて詳細に式を書いてあげる。そのぶん、評価するのに時間がかかるだろうけどね。この会話がどんな結末につながるかはわかっていた。これまでに何度、同じようなことを経験してきたかわからない。そして、わたしはつねに、ＩＡＣ勤務のキャリアがなんらかの意味を持つと考える阿呆だった。

「わかりました」

これを聞きつけて、ニコールがわたしを見つめ、ほほえみを浮かべて手をあげた。

「先生、ちょっとよろしいかしら？」

「どうぞ、ニコール？」

「この数式、ほとんどエルマが書いたものですよ」

講師はためいきをついた。

「気持ちはわかるがね、ニコール。彼女が答えを書いたことは知っている。しかしわたしは、自分で問題を解いて答えを書いてほしいんだ」

ニコールは自分の胸に手をあて、大きく目を見開いた。

「ああ、なんということかしら……。わたしったら、なんてばかなことを。わたしはただ
――」

ニコールが講師相手に初演技を披露しだすのを見て、わたしは咳ばらいをした。

「先生、彼女がいおうとしているのは、わたしがＩＡＣの計算室にいて、ゆうべの宿題で出された数式の大半はわたしが考案したものだから、途中の式を書くまでもなく、答えを出せるということなんです。わたしが考案したのではない数式も、この四年間、毎日のように計算してきました」

講師は目をしばたたいた。

「なんと」そして、わたしの宿題を置き、一ページめをひとなでした。「そうか。しかし、そういう有用な情報は、もっと早くに知っておきたかったね」


眠けをもよおす軌道力学の授業の合間に、高度な飛行訓練も受けさせられた。しばしば三人ずつのグループを組まされて、シミュレーターや特殊装置のもとへ送りだされ、さまざまな訓練を受けさせられたのだ。そのなかにはむかし馴じみの装置もあった。たとえば、〈マヌケ落とし《ディルバート・ダンカー》〉である。これは水中に落ちた機体から脱出する訓練を行なう装置で、

婦人操縦士隊《WASP》時代、航空学校でやらされたものだった。

ところがこの訓練には、思いがけないひねりが加えられていた。ジャシーラ、ベティ、わたしの三人で〈ディルバート・ダンカー〉用の更衣室を訪ねてみると、水着が用意してあったのである。

それも、露出部分の多いブルーのビキニがだ。

わたしは更衣室で、わずかばかりの布きれをつまみあげ、眉をひそめた。

「前にこの訓練を受けたときにはフライトスーツを着せられたのに」

ジャシーラは肩をすくめ、ブラウスのボタンをはずしだした。

「アメリカ人がなにをしようと、いまさら驚きはしないわ」

「そんな目でわたしを見ないでよ」頭からセーターのようにブラウスをぬぎながら、ベティがいった。「だいたい、わたしがＷＡＳＰにいたころは、こんな高度な訓練を受けたことなんてなかったんだから」

ジャシーラとわたしは顔を見交わしあった。宇宙飛行士の応募条件には、高性能航空機で一〇〇〇時間以上の飛行経験が含まれている。ブラジルではどうか知らないが、ＷＡＳＰでこの種の訓練をスキップしたというのは、驚くべき怠慢ではないか。

かつてこの訓練を受けたことがあるかどうかはさておき、いまこの訓練を受けるにあたり、ビキニに着替えるのがいやなら、着てきた服で臨むしかない。やむなく、露出の多い布を身につけ、隠せるところはできるかぎり隠すように努めた。もしや、更衣室を出たところで、フライトスーツをわたされるなどということは……。

最初に着替えをすませたベティが、真っ先に更衣室の外へ出た。が、一歩出たとたんに立ちどまり、くるりと背を向けてもどってきた。

「エルマ？」

「なに？」

わたしはバスタオルを取り、腹に巻きつけようとした。慎みをたもつささやかな抵抗だ。

「レポーターたちがきてる」ベティの顔は緊張でこわばっていた。「わたしが呼んだんじゃないわよ」

わたしはうなずきながら、タオルを巻きつけることに意識を集中するふりをした。

「ありがとう、警告してくれて」

ハンドバッグに入れてきたミルタウンを服《の》めば、冷静さは確保できる——心の中でそうささやく声がした。しかし、これから受けるのは水中の訓練だ。ほんのすこしでも反射神経を鈍らせる危険は冒せない。

ベティは顔をしかめ、自分のハンドバッグに歩みより、リップスティックを取りだした。

「冗談じゃないわ。あいつら、〝独占〟の意味がわかってるの？」

あきれはてたという顔で、ジャシーラは長い黒髪をうしろに束ね、ポニーテールにした。

「これから水中に落《ダンク》とされるのよ。それも、何度も。なのに、口紅なんかつけるの？」

ベティは肩をすくめた。

「ビキニをつけさせられるからには、これがどういう性質の訓練かわかるでしょう。この訓練にはなんとしても合格したいの。軌道力学は合格しそうにないから」

わたしはもうすこしでドアから出るところまでいった。自分は物理学者であり、計算者であり、パイロットであって、ピンナップ・ガールではない。それでも……それでも……

母のあのことばが耳の中にこだました。〝人さまにどんな目で見られると思ってるの？〟

母はいつも、もうすこし〝おめかしなさい〟といっていた。女にとってのルールがどういうものかは知っている。

「まったくもう！」

わたしはハンドバッグに引き返し、乱暴にあけて中をあさった。自分のリップスティックを探すためだ。底のほうでピルケースが音を立てた。それを見て、しばしためらいをおぼえた。やっぱり使えない。この訓練には反射神経が要求される。記者会見は薬なしでもなんとか乗りきったではないか。それに、この訓練中、自分とレポーターたちのあいだは、ほぼつねに何万リットルもの水で隔てられている。

　ハンドバッグの片隅で、銀色のリップスティックの容器が光っていた。つるつるとすべりやすい容器を指先でつかむ。ふたをはずし、下側をひねって中身をせりださせ、濃い赤の口紅をぬった。『ミスター・ウィザード』のメイクアップ・レディたちは誇らしく思うだろう。

　ジャシーラはわたしを見つめ、かぶりをふった。

「あきれるわね。わたしの国は、こんなことのためにわたしを派遣したんじゃないのに」

「わたしだって、こんなことのためにここにいるわけじゃないわ」リップスティックのふたをし、背筋を伸ばす。「でも、これをつけたら仕事の妨げになるわけじゃないしね」

　ベティが鼻を鳴らした。

「リップスティックを塗ることは仕事そのものなのよ、わたしにとってはね」

「これが仕事って、あなた……」

「ほんとうなの」ベティは鏡で仕あがりをたしかめ、リップスティックをハンドバッグに放りこんだ。「わたしは書類選考に残れるだけの飛行時間を稼いでないのに、Ｌｉｆｅ《ライフ》がコネで候補にねじこんでくれたのよ。そこからあと？　あとはもうわたしの努力しだい。それでも、裏で糸を引いてる大悪魔みたいな連中の意にはそわざるをえないわ」

自分にそんな話が舞いこんできたとして、はたしてわたしは乗っただろうか？　ええ、乗ったでしょう。乗ったはずですとも。

「で、これからその大悪魔の前に出ていくわけ？

「はん！　外にきてる連中なんか、せいぜい小悪魔よ」ベティは腰をふって歩きながら、ドアへ進みだした。「Lｉｆｅが〝独占破り〟を耳にしたときの反応を見ているがいいわ。悪魔の化身がどんなものか、思い知ることになるから」

ベティのあとにつづいて外に出た。バスタオルを巻いておいたのは正解だった。わたしたち三人が〈ディルバート・ダンカー〉へ歩きだしたとたん、たちまち盛大にフラッシュが焚かれたのである。ベティのいうとおりだったと知り、わたしは早くも心が沈むのをおぼえた。

カメラの前でポーズをとる役目はベティにまかせ、わたしは本来の訓練に集中しよう。〈ディルバート・ダンカー〉はプールの深いほうの端に設置されている。専用スタンドの上端からプールの底にかけて、ななめのレールがセットされているのが見えた。レールの最上部に設置してあるのは、パイロット・シートをそなえた明るい赤色の金属ケージだ。ああ……あれで何時間、水上に不時着した機から脱出する訓練をやらされたことだろう。いまとなっては懐かしい。

ここで問題点に気がついた。ふつう、水中からの脱出訓練を行なうさいには、いきなり〈ダンカー〉からはじめるのではなく、プール内に障害物を置き、それを使った脱出訓練から難易度をあげていく。しかし、ここのプールには障害物が沈められていない。ということは、はなから〈ダンカー〉自体で訓練するつもりなのだ。いきなりでこれはむずかしかろう。つまりこれは、失敗するようにしむけられているにちがいない。

海軍の試験監督官たちがこちらを向き、わたしたちに目をすえた。より正確には、ベティに、というべきか。

監督官らを責めるのは酷というものだろう。しかし、あんなに腰を振って歩いて、よくビキニが脱げないものだ。生地の色はブルーだが、躍動的な腰の振りかたがもたらす熱で赤くなっているようにすら思える。

まもなくベティは海軍士官たちの前で立ちどまった。うしろにはジャシーラとわたしがつづき、三角形をなして立つ形になった。そこでベティが士官たちにいった。

「さあ……わたしを突き落としたい方はどなた？」

ベティはケージから救いだされる結果となった。いっておくが、これは最初から一発でクリアできるような訓練ではない。適正な手順を踏んだ訓練でさえむずかしいのである。

〈ダンカー〉はスタンドの上部から、傾斜角五〇度のレールにそって滑走し、冷水に投入され、水中で上下さかさまにひっくり返される。脱出するには、自力でハーネスをはずし、ケージの外に出なくてはならない。このとき目隠しをされているため、すべて手さぐりで行なう必要がある。

そんなわけだから、プール内に海軍のダイバーが待機しているのは当然のことだった。もっとも、ベティがプールから溺《おぼ》れたネコのように引きあげられるのを見たとき、すこし胸がすっとしたことは認めざるをえない。〈ダンカー〉が上へ引きもどされているあいだ、監督官たちはベティを毛布でくるみ、ベンチまで連れていってすわらせた。この時点で、小気味よいと思った自分が恥ずかしくなった。ベティががたがた震えていたからである。それで思いだしたのは、自分がはじめて〈ダンカー〉訓練を受けたときのことだった。

わたしは担当の海軍士官に顔を向けた。

「つぎはわたしが受けてもいい?」

士官は露骨にあきれた顔こそしなかったものの、それに近い表情になった。

「いいですとも、かまいませんよ。どうせ全員、沈んでもらうんだから」

こんな態度で臨む見せ物を〝訓練〟と呼ぶなんて……。うめき声をあげないように注意しながら、わたしは梯子《はしご》を昇り、〈ダンカー〉のケージの前に立った。ここまでくると、巻いているバスタオルをとらざるをえない。それとともに、母にたたきこまれた慎みの最後のひとかけらも投げ捨てた。

バスタオルを落とすと同時に、プールのまわりを取りまくレポーターたちがいっせいにフラッシュを焚いた。わたしは腰をかがめてケージに入った。そのとたん、大声で悲鳴をあげそうになった。

ケージは金属製だ。シートも金属でできている。プールの水は氷のように冷たい。その水に金属ケージはつかっていた。そしてわたしはビキニしか着ていない。

じっさい、悲鳴をあげたのは事実だった。なんとか小さな悲鳴くらいにとどめることはできたが、フライトスーツがほしいと思った理由はここにもある。

監督官がわたしの肩の上からハーネスをかけた。水に濡れた帆布のベルトが素肌にひんやりと冷たい。腰のベルトのバックルを締めながら、監督官はいった。

「いいですか、スイートハート。これからこのケージは水に突っこんで、上下さかさまにひっくり返ります。あなたがするべきことは、パニックを起こさず、ダイバーに引っぱりだされるまで、じっとしていることです」

「わたしのするべきことは、自力でハーネスをはずして、ケージの外に泳いで出ることだと思っていたんですが」

　バックルに両手を這わせたのは、その位置を憶えるためだ。

「そうです。本来はそうなんですがね」監督官はケージの上部を閉じ、立ちあがった。わたしは監督官のほうに身を乗りだした。

「目隠しは？」

　監督官はためらい、またしゃがみこんだ。

「前にもやったことがあるんですか？」

「WASPにいたので」もちろん、ベティもWASPにいたが、この訓練は受けていない。わたしは高性能航空機を飛ばしていたから受けている。「マスタングのほか、たいていの戦闘機を操縦して戦地へ輸送した経験があります。エリントン基地へも訓練にいかされました」

「なるほど」監督官は指先でケージの縁をとんとんとたたいてから、ぐっと顔を近づけてきた。「オーケー。よく聞いてください。この訓練では、女性がたに目隠しはしません。それらしいふりをしておけとだけいわれているんです。しかし――この訓練、本気でやりますか？」

　つかのま、監督官を見つめた。〝それらしいふりをしておけ〟。つまり、女性チームをだれも宇宙に出す気はないということだ。

わたしは必死の思いでことばを絞りだした。

「ビキニを着せられはしたけれど、わたしはちゃんとしたパイロットです。ええ、本気でやりますとも」

「見あげたものです」監督官は金属のフレームをこつんとたたき、ふたたび立ちあがると、コントロール・ブースに手を伸ばした。一拍おいて、また身をかがめたときには、漆黒《しっこく》のゴーグルを手に持っていた。「溺れないでくださいよ？」

「溺れるというのは、わたしの基本方針とは合わないの」

ゴーグルを受けとって、髪の上からバンドをかけ、目の上にあてた。目に見える世界が消えた。

両手で肩のハーネス、ケージの冷たい金属、腰のベルトのバックルの位置をたしかめる。それから両手で〝操縦桿〟をつかみ、こくりとうなずいた。

「準備よし」

訓練のポイントのひとつは、いつケージが滑落しだすかわからないことにある。大きく息を吸いこんで、そばに立つ監督官の衣ずれの音に耳をそばだてた。前方、下のほうで、水音がしている。

カチリ。

その音とともに、ケージが滑落しだした。

つぎの瞬間、からだを水面に打たれ、真冬の冷たさに包まれた。周囲のすべてが回転し、その動きによって、口の中に、鼻の中に、冷たい水が押しこんでくる。即座に、肺が空気を求めて叫びだした。

だが、パニックを起こしてはならない。わたしは歯を食いしばり、両手を左右の肩へと持っていった。あった。素肌にあたっているので、ごわごわした帆布のハーネスはすぐにわかる。着ているのがフライトスーツなら、すこし手間どっていただろう。

ハーネスにそって下へ手をすべらせていき、ベルトのバックルを探りあてた。腰のベルトはビキニのボトムのすぐ上あたりで腹をこすっている。バックルは氷のように冷たい。それを解除し、ベルトを左右に押しやった。

前回、この訓練を受けたときには、肩のハーネスをはずすのがいちばんの難所だったが、ビキニのおかげでなにも引っかかるものがなく、いけると思ったときには、もう脱けだせていた。両手を伸ばして、しっかりとケージの縁をつかむ。上下を確認するためだ。それからケージを蹴り、いったん下側へ泳いで〝不時着機〟を離れた。

想定される出火と油膜から逃れるためには、四五度の角度で浮上することになっている。四五度のあたりをつけるのは、目隠しをしているといっそうむずかしい。水面に出たのは、たぶんケージに近すぎる位置だったと思う。

水の重みが周囲から消えると、音が一挙によみがえってきた。

「――早くないか?」

「新記録じゃ?」

「エルマ! エルマ! こっち!」

空気をむさぼった。これほど空気のありがたみを感じたことはない。ゴーグルをはずし、ほほえみかけたが……そこはプールの壁だった。反対側に向きなおった。これは問題ない。どのみち、腕を広げ、三六〇度回転して、からだについているかもしれないオイルを落とす決まりになっているのだから。

プールの中で一回転したあとは、カメラマンの列に向きなおり、片手をふってみせた。新記録? それはちがう。たとえ時間的に最短だったとしても、この結果は一般的な〈ダンカー〉訓練の条件と変数が異なっていたからにすぎない。

しかし、それは科学だ。そして、わたしがIACに求められているものは、科学ではなかった。

34

宇宙で二時間、〝遊泳《ウォーク》〟予定
アーテミス4号の宇宙飛行士
カプセルから二十メートルも

［カンザスシティ（カンザス州）発　一九五七年十一月三日（UPI電）］　メキシコのクリスティアーノ・サンブラーノ大尉は、きたるアーテミス4号で〝宇宙遊泳〟の世界記録に挑み、二時間の船外活動を行なう。本日、国際航空宇宙機構が発表した。

シミュレーターの内部に何時間もすわっているうちに、ひざの上に載せたマニュアルの部厚いバインダーがかなり重く感じられるようになってきた。鼻梁をマッサージしながら目をつむり、正しいシークェンスをむりやり脳に詰めこもうと試みる。シミュレーターの内部は本物のアルテミス《アーテミス》宇宙カプセルを模したもので、戦闘機のコックピットと同じくらいこぢんまりとしていたが、コックピットならキャノピーがあるべき場所には壁と天井があり、そこに謎の頭字語を記したスイッチがずらりとならんでいた。こうしてシミュレーターにこもって予習しておけば、試験本番で有利に臨めると思ったのだが、いまのところ、ちっともうまくいっていない。

「そこから出てこない気かい？」ナサニエルの声がカプセルの下から聞こえてきた。

わたしはパッドの効いたシートの背あてに、どさりともたれかかった。

「B－Magって憶えたわ」

ナサニエルは笑いながら梯子《はしご》を昇ってきて、カプセルの横の小さなプラットフォームに立った。

「なんだい、それ？」

「航法姿勢指示器《フライト・ディレクター・アティテュード・インディケーター》はF・D・A・Iと略称されるでしょう？　同じ要領で、人体装着型姿勢《ボディ・マウンテッド・アティテュード》ジャイロの略はB・M・A・G。だから雑誌みたいに〝B《ビー》－Mag《マグ》〟として憶えたわけ」軌道力学もフライト訓練も、わたしにはすこしも苦ではない。しかし、頭字語を暗記するのは苦痛でしかたがなかった。「だいいち、どうして船長《コマンダー》がC・D・Rなのよ。口に出したら、かえって長くなるじゃないの」

「たしかにB《ビー》‐Mag《マグ》のほうがBMAG《ビーエムエージー》より速くいえるな」

「わたしがいう意味、わかるでしょ？」ひざの上のマニュアルをにらんだ——それがパーカーでもあるかのように。「どんな交信でもね、どれもこれも、ちゃんとした呼称では呼ばないのよ。頭字語ばっかり。〝LOI燃焼実行中、シム・スープはMTVCとともにFDAIの実行を停止した。LMPにBMAGの制御ミスあり、O2《オーツー》、測定限界以下に〟……もう、げんなり」

この場合、LOIは月周回軌道投入《ルナー・オービット・インサーション》の略、シム・スープはシミュレーション監督官《スーパーバイザー》の略、MTVCは手動推進ベクトル制御《マニュアル・スラスト・ベクトル・コントロール》の略、LMPは測定ポイント・リスト《リスト・オブ・メジャーメント・ポインツ》の略だ。

「月周回軌道投入のときに、手動で噴射した例なんかないぜ」

「そういうことといってるんじゃないんだってば、もう」にらむ対象を、バインダーからナサニエルに切り替えた。ナサニエルはいつしか、カプセルの開かれたハッチの外に立っており、この位置からだと、ハッチのフレームに囲まれているように見えた。わたしはまじまじとナサニエルの顔を凝視した。あごにひげ剃りの小さな傷ができていた。

「ＰＯＧＯにいたっては、なによ、これ。微小重力《パーシャル・グラヴィティ》シミュレーターの略よ。頭字語にさえなってないじゃない。女性候補のだれかがこんな名前をつけようものなら、宇宙飛行士候補全体で物笑いの種だわ。もっとも、すでにもう、そうなってるけどね。ああもう、いやんなる。先週、Ｔ－33の訓練が写真撮影会になってしまったこと、話したっけ？」

「ああ、聞いた。けど、それで気がすむなら、またくりかえしていいよ」

ナサニエルはせまいハッチの縁にひじをかけ、もたれかかった。

「ううん。ありがと」

とはいえ、いま思いだしても腹がたつ。とうとうＴ－33で飛行訓練をさせてもらえると思いきや、わたしたちがしたのは、コックピットにすわって鼻に白粉《おしろい》をはたくことだった。文字どおり、鼻に白粉をはたかされたのだ。すくなくとも、シミュレーター・カプセル内にすわっているあいだは、シミュレーションをやらせてもらえるし、なにかを学ぶこともできる。なのに……。わたしは手をあげ、ナサニエルの手を取ってひっくり返し、手の平にキスをした。

「ごめんね。ぐちになっちゃった」

「いくらでもどうぞ……そこから出てきて、ある報告書における数字の問題を解決するのに手を貸してくれるんなら、頭字語の演習問題をたくさん出してあげるよ」

パタン！　部厚いマニュアルを音高く閉じる。小さなカプセル内にその音が反響した。

「数字？　ええ、おねがい。おねがいよ、数字をいじらせて」

ナサニエルはカプセルに顔をつっこんできて、わたしの頬にキスをした。

「よしきた」わたしに手を伸ばし、マニュアルをわたすようにと合図しながら、「きみがいなくて、どんなにさびしかったことか」

「もう……ほんとうに、うれしいことばかりいってくれるわね」

立ちあがって身をよじり、カプセルから脱けだした。宇宙服を着た男性がこうも窮屈な空間に入りこめるという事実は、わたしの物理学の理解力を超えている。

ナサニエルがもたれかかっているのは小さなプラットフォームの手すりだ。その周囲でカプセルを包みこむ何本ものケーブルと支柱は、混沌としつつも芸術的なネットワークを構成している。この複雑なネットワークこそ、カプセルの人間にできるだけ現実そっくりのミッション・シミュレーションを経験させるものにほかならない。わたしはのびをした。背骨がバキバキ鳴った。壁の時計を見ると、午後八時過ぎ。またしても、カフェテリアで夕食をすますはめになりそうだった。

「なんの問題に取り組んでるの？」

「たいして複雑なものじゃない。すでにヘレンが計算してくれてるんだが、報告書を下院歳出委員会に提出する前に、データ整理がちゃんとできているかどうかを確認しておきたくてね」ナサニエルはマニュアルを脇にはさみ、そろそろと梯子を降りはじめた。「いま、ブラジルへの移動案がエンジニアリング部門にどう影響するかを調べてるんだ」

「それはもう、ゴーサインが出てるはずじゃなかったの？」

わたしはすべるように梯子を降り、最後の数段を飛びおりた。

ナサニエルはためいきをついた。

「出ていたんだよ。ところが、例のメイスン上院議員のやつが、国家安全保障について、いろいろと疑問を持ちだしてきやがってさ。合衆国の力を他国に譲りわたすような行為はうんたらかんたらで」

わたしは梯子を離れようとして、足をとめた。

「なにが起ころうとしているのか、あの男にはわからないのかしらね？　これは全地球的計画なのよ？　早々に地球を脱出しなければ、合衆国もなにもなくなっちゃうのに」

「信じてないんだよ、あいつはさ」

コンクリートの床に靴音を響かせて、ナサニエルはシミュレーター室を横切っていった。

わたしもそのあとからつづいた。足音はほとんどしない。宇宙飛行士チームに加わって以来、作業場ではスニーカーとズボンを着用するようにしているためだ。

「気温はどんどんあがっているのに。それがわからないのかしら？」

ナサニエルは照明スイッチの列のところで足をとめた。

「あがってはいるが、当面は、気温がふつうに感じられる均衡域《スイートスポット》にあるだろう。多少、季節にずれがあってもね」

あと五年かそこらもすれば、事態は深刻になりはじめる。しかし五年は、世間が〈巨大隕石〉のことを忘れるには充分に長い時間だ。

「要するに……宇宙計画を推進する資金が国内に投じられるかぎり、あのひとは問題視しないというわけね」

「そのとおり。しかし、ブラジルに移設したほうがいいに決まってる」ナサニエルは照明を消しながら、シミュレーター室のドアをあけて、わたしのために押さえていてくれた。

「そういえば――ブラジルの宇宙飛行士、うまくやってるかい？」

「ジャシーラ？　すごいわよ、あのひと。こないだなんて、シム・スープに使わさせられたGPCで、MISとの相性が悪いのに――」

ナサニエルが笑いながら、背後でドアを閉めた。

「毒されてるぞ」

「ほんとだ」GPCは汎用《ジェネラル・パーパス》コンピューター、MISは管理情報《マネージメント・インフォメーション》システムの略だ。わたしは廊下を見やり、だれもいないのをたしかめて、ナサニエルにキスをした。

「でも……頭字語の演習につきあってくれるんじゃなかったの？」

月曜朝のミーティングで、コーヒーとドーナツをテーブルに置き、席についた。席順はとくに決まっていないものの、習慣的に、みんないつも同じ席にすわるようになっている。マルーフとベンコスキーはミッションに出ているため、定席があいているが、新人の宇宙飛行士候補でそこにすわろうとする者はいない。

ジャシーラ、サビハ、ニコール、わたしは、テーブルの右側、ドアからいちばん遠い端についていた。たいていの場合、女性陣は男性集団と離れて、別個に固まることが多いが、ジャン＝ポールとヴィオレットのルブルジョワ夫妻は、当然のように、部屋のうしろ側でならんですわっている。ベティがすわっているのは、最前列の席――教官側のテーブルにつくパーカーの目の前だ。そのパーカーのとなりにはクレマンスがすわり、例によって、周囲に葉巻の煙をまとわりつかせていた。

部屋のいちばんうしろには、とりわけ重要なテーブルが別途用意されている。ドーナツとコーヒーが用意されたテーブルである。男性社会がこれほどの比重でドーナツとコーヒーで支えられているとは、この訓練を受けるようになってはじめて知った。

やおら、クレマンスが役割分担表を開いた。これがはじまると、わたしは戦々兢々《せんせんきょうきょう》とする。

「さて……クリーリーとルブルジョワ、きみたちはＩＬＣにいって、最新世代の宇宙服をチェックしてきてくれ。ＩＬＣは肩の接合部の問題を解決できたと考えているが、鵜呑《うの》みにはできないからな。じっさいに装着して、まる一日、ようすを見てもらいたい」

ＩＬＣというのは、宇宙服の製造を担《にな》っている国際ゴム《インターナショナル・ラテックス》・コーポレーションのことである。疑ってかかるのは気が進まないが、自衛のためにはやむをえない。宇宙飛行士が口をそろえていうのは、現行の宇宙服を着てＥＶＡに——船外活動《エクストラ・ヴィヒキュラー・アクティヴィティ》に出ると、終了時点では疲労がはなはだしいということだ。装着当初には動きづらい程度に思っても、終了時には耐えがたいほどになっているらしい。

「サンブラーノ、テラサス、きみたちには本来の予定どおり、今週もウェルズ、テイラー、サンダースンが受けるシミュレーションの立ち会いをたのむ。今回はＩＢＭが壊れないでくれることを祈るとしよう」

これにはわたしでさえ笑った。シミュレーションを管理するはずの計算機は処理の中断率が異常に高い。もしシミュレーションが現実であれば、宇宙飛行士チームの大半は、すでに命を奪われているだろう。

「ヴィオレット、ベティ、グリネイズ、グラッドストーン、きみたちは、今週は〝どさまわり〟だ」クレマンスはステープルで閉じた文書を二部、テーブルの上にすべらせてよこした。白羽の矢が当たらなかったことにほっとしながらも、わたしは文書を中継した。

〝どさまわり〟というのは広報目的のツアーを指す。「ハイライトは、あすのパブリック・スクール訪問と、水曜日、州間《インターステイト》高速70号の再開通でテープを切ることだな」

クレマンスはいったんことばを切り、語をついだ。

「ギョクチェン、ウォーギン、パス＝ヴィヴェイロス、コリンズ、オルドリン、アームストロング、きみたちはシカゴに飛んで、アドラー・プラネタリウムで一日を費やしてくれ。そろそろ六分儀の使いかたを憶えてもいいころだ」

そこでクレマンスは、わたしに顔を向け、ほほえんだ。いい徴候ではない。

「ヨーク。きみにはパーカーと組み、新型練習機T‐38の飛行訓練をしてもらう」

もうすこしで、持っていたコーヒーカップを落としそうになった。T‐38？　T‐33でさえ飛ばせてもらったことがないというのに、最新型で信じられないほどセクシーなあのT‐38で訓練飛行をやらせてもらえるの？　もうすこしで〝ほんとうに？〟といいそうになるのをこらえ、理性的に返事をした。

「わかりました」

ニコールにひじでこづかれた。

「いいわねえ。美味しいところは、みんなあなたが持ってっちゃう」

「だって……ボスの命令だもの」

波風を立てずに、唯々諾々《いいだくだく》といわれた仕事をこなすだけでは、クレマンスとパーカーの意志を変えられるとは思えない。しかし、せっかくの贈り物のあらを探してはならない。

わたしはずっとT‐38を飛ばしてみたかった――基本的に、開発された当初から。

「いっておくが、これはけっして楽しめる仕事ではないぞ」パーカーはテーブルから椅子を引いた。「では、仕事にかかろう、諸君。月がわれわれを待っている」


フライトスーツに着替え、パラシュートを背負い、木製のラックからヘルメットを取る。そこでようやく、エプロンに向かった。こんな格好を母が見たら卒倒しただろう。ズボンをはいているばかりか、パラシュートのハーネスを股間にしっかり固定しているのだから。文化によっては、ハーネスと結婚していると思われてもおかしくはない。

パーカーはすでに、機体の横にきていた。コックピットの縁からヘルメットが見える。それまで機付長《きづきちょう》と話をしていたが、わたしに気がつくと、うなずいて教官モードになった。

「飛行前点検は、機体に近づく時点ではじまっているぞ」

この点は、いままでに飛ばしてきたあらゆる機種についてもいえることだった。その部分は省ければよかったのにと思いながら、わたしはうなずいた。

「了解。オイル漏れなし、障害物なし、機体に異状なし」

美しい美しい機体。ジェット機。尖った先端からジェット・エンジンの排気ノズルにいたるまで、流れるようなラインのT‐38は、ひたすら美しい。IAC所属機はぴかぴかのクローム光沢が特徴で、垂直尾翼に青と白で描かれた鮮やかなIACのロゴがひときわ目を引く。

パーカーは腕組みをして見ている。操縦士用の濃いサングラス《エイヴィエイター・グラス》をかけているので、はたからは目が見えないが、わたしをにらんでいることは想像がついた。

「自分がパイロットだと思っていることは知っているがな、ジェット機はレシプロ機とは別物だぞ」

「イエッサー」笑顔で承服なさい、エルマ、にーっこり笑って、イエッサー。じっさい、まちがったことをいわれているわけではない。両者はたしかに別物だ。「長らく座学とシミュレーションをしてきて、いよいよ実機の訓練ね。早く飛ばしたくてしかたがないわ」

「そうか、わかった」パーカーは親指でぐいと機体を指し示した。「では、付近と機体の飛行前点検をすませて、真っ先にすることは?」

「航空日誌の確認。つづいて、キャノピーとシート固定の安全キャップ確認」

「すぐにやれ」パーカーはT‐38の翼にもたれかかり、せかすしぐさをした。

わたしは酸素供給ホースと調節弁の固定ストラップを点検し、そこでためらった。この機体の詳細を知らないからだ。

「ここまでで、見落としは？」

「異物の有無はかならず確認しろ」

パーカーはいちばん近い吸気口《インテイク》に向かった。見ると、左脚を軽く引きずっている。

「だいじょうぶ？」

「内部を十全に覗くには、かならずこうしてしゃがむ必要がある。それから――」そこで頭をあげ、翼端の位置でしゃがむように手ぶりで指示して、「しゃがむといえば、これもかならず実行しろ。翼端に目の高さを合わせて、機体側面を見るんだ。機体全体が見えるな？」

「ええ……」

なるほど、いわれたとおりにしてみると、翼と機体が重なり、ひとつの塊に見えた。

「適正な角度で見ているようだな。両翼は一体構造で、機体を横に貫いている」

「ほんとうに？　そんなこと――まあ！」翼および機体の下面と、エプロンとの隙間に、格納庫の下側が細く見えた。「すごいわね」

「よし。こちらの吸気口に異物はない。こちら側を点検したら、反対側の吸気口にまわり、やはり異物がないかを点検しろ」そういって、あとずさった。やっぱりだ。左脚をかばっている。「聞こえたのか?」

「了解」

できれば左脚の状態をたしかめておきたかった。からだに問題をかかえている教官は、自分の命に直結する。しかし、いまのところ、パーカーは誠実にふるまっていた。愛想がいいとまではいかないが、この男なりに誠実な態度をとっている。じっさいには——いえ、待って。ここは公正に見なくては。教官モードにあるとき、パーカーはいつも忍耐づよく、しばしば寛大な教師となる。わたしたちが対立してきたのは、命がかかっていない問題ばかりでだった。

左右の翼に異状がないこと、ジェット・エンジンの吸気口に異物がないことを確認するあいだ、パーカーは辛抱づよく見まもっていた。つぎは機にあがる番だ。T-38は複座になっている。その後席に乗りこんだわたしは——後席は本来、教官が乗るものだが、今回はわたしがうしろから操作を確認するのだという——コックピットで踊りだしたくなる気持ちを懸命に抑えた。これはそれほどに愛らしい機体なのである。

飛行前点検を一ステップずつこなしていく作業は、集中すべき焦点をもたらしてくれた。なにかミスをしないかと、パーカーに一挙手一投足を監視されていては、なおさらだ。

本音はここにあった。ミスで死ぬのはいやだが、もっといやなのは、パーカーの目の前でぶざまをさらすこと。わたしの優先順位はすこしおかしいのかもしれない。

なにはともあれ、ショルダー・ハーネスをかけ、ヘルメットをかぶった。ヘルメットは頭をすっぽりと包みこみ、外界の音を遮断した。ここで酸素供給ホースをつなぎ、カチリと音がするまでひねって固定してから、クリップでフライト・ハーネスにとめる。フェイスマスクはまだヘルメットからぶらさがったままにしておいた。これをつけるのは、機が空中に舞いあがり、酸素の供給がはじまってからだ。当面、キャノピーはまだあけたままにして、頭上に広がる銀色の高い空のもと、そよ風が吹きこんでくるのにまかせた。さまざまなにおいがする。灯油のようなジェット燃料のにおい、タール臭、ゴムの樹脂臭。

「よし」パーカーの声が耳もとに響いた。この時点で、パーカーは前席に乗りこんでいる。

「2番エンジン、点火準備よしか？」

「点火準備よし」

「危険エリア、オール・クリアか？」

左に顔を寄せ、機体後方を見た。背後には格納庫があるだけで、それも充分遠くにある。

オーケー、クリア。ショルダー・ハーネスが食いこむのをおぼえながら、こんどは右側から後方を見た。

「オール・クリア」

前席ではパーカーもまったく同じことをしている。わたしに見えるのは、前席にすわるパーカーのヘルメットだけだ。そのヘルメットがうなずいた。

「離陸シグナルを出す。両手上げ確認《ハンズ》、クリアか？」

ハンドサインの見本として、パーカーが両手を頭より高くあげ、左手を開き、その手の平に右手のこぶしをあてた。こうして合図しておけば、機付長が万が一にもあわてて飛びのき、なにかにぶつかったりせずにすむ。

「ハンズ、クリア」

たしかにクリアされてはいる。だが、鼓動はどんどん速くなっており、落ちつくためにゆっくりと呼吸する必要があった。ジェット機でもこれほど興奮するのなら、ロケットに乗ったときはどんなことになるのだろう。

T－38の機付員が駆け寄ってきた。点火の補助をするため、ホースでエンジンに空気を送りこむのだ。機内にいても、シューッという注入音がしだいに高まり、一定の大きさになるのが聞きとれた。

「2番エンジン始動。回転数一四パーセント。速度計準備。スロットル、アイドル位置に」

スロットル・レバーが前席のパーカーの動作と連動して動き、全閉からアイドル位置に切り替わった。パーカーが操縦を引きわたすまで、わたしのほうはなんの操作もしない。だが、自分の操作でエンジン出力の調整をしているという錯覚は楽しめる。すくなくとも、もうしばらくのあいだは。

パーカーは淡々と独白をつづけていた。わたしに手順を教えるためだ。

「燃料流量二〇〇〇ポンド毎分。滑油圧力計、圧力上昇中。排気ガス温度《EGT》上昇中」

上昇中なのはわたしの血圧もだった。パーカーはまさに、ジェット機の機内でわたしを昇圧《こうふん》させている。

「EGT、ピーク時七七〇度。エンジンまわりよし。油圧系よし。警告灯オフ。両エンジン、クロスオーバーよし」

パーカーはことばを切り、わずかにヘルメットを横にかたむけた。わたしの復唱を待っているのだろう。

飛行機を飛ばす行為が宗教のように思えるのは、この奇妙な過程にある。パイロットと管制塔、あるいは訓練飛行のパイロット同士の交信は、わたしたちの宗教における祈禱の唱導と唱和に似ているのだ。わたしはくりかえした。

「エンジンまわりよし。油圧系よし。警告灯オフ。両エンジン、クロスオーバーよし」

「左、クリアか?」

「クリア」もういちど左を確認してから、わたしはそう答えた。

「オーケー。給気を1番エンジンに切り替える。ハンズ、クリアか?」

パーカーがふたたび頭の上に両手をかかげ、左の手の平に右手のこぶしを押しつけてみせた。

「ハンズ、クリア」

機外で機付員が駆け足で動き、給気ホースを1番エンジンに取りつけた。わたしはあらためて、教官パーカーとクソ野郎パーカーとの、あまりの落差に驚愕せざるをえなかった。ここまでのパーカーの声は、すべて冷静で忍耐づよい。

「1番エンジン、始動準備よしか」

「準備よし」

パーカーの声に対し、わたしの声はすこしうわずっていたかもしれない。うわずらないようにしろといわれても、むりな相談だ。わたしたちの下でT‐38が息を吹きかえそうとしており、そのことがうれしくてしかたないのだから。1番エンジンについても同じ点検をくりかえした。そして、点検が終了するころには、わたしの声もパーカーのそれと同じくらい冷静になっていた。

「スロットル・ゲートを開く。オーケー……給気ホース、はずせ」パーカーは両手を頭の上に持っていった。「ハンズ、クリアか？」

「ハンズ、クリア」

すべての機器はクリアとなった。いくぶん驚いたことに、からだの震えはまったくない。神経という神経は振動しているといってもいいほど昂《たか》ぶっているが、それはわたしの手に表われてはいなかった。ジェット機のほうが群衆よりもずっと馴じみやすいし、はるかにはるかに魅力的だ。

地上クルーがエンジン後部から給気ホースをはずし、回収すると、パーカーは連禱を再開した。

「バッテリー・スイッチ動作確認よし。スタート良好」

つづいて、同様の連禱をくりかえし、滑走前点検《タクシング》と、航法装置点検を行なった。そして——ついにこのときがやってきた。

「つぎはキャノピーとシート固定の安全キャップを解除」

「キャノピーとシート固定の安全キャップ解除、よし」

派手なオレンジ色をしたプラスティックの安全キャップは、二本とも簡単に引き抜けた。

抜いたことを示すため、いったん頭の上にかかげてから、左ひざのそばにあるポケットにしまう。

「車輪止め、クリア」パーカーがいった。機外でクルーがハンドサインにしたがった。

タクシングがはじまった。

地上の航空機は華麗なしろものではない。機体が揺れるたびにショルダー・ハーネスが身に食いこむ。だが、それにかまわず、パーカーに倣《なら》い、タクシングのあいだ、航法系と通信系について、残りの点検を行なった。

「兵装、クリア」ここでパーカーが、前後のキャノピーを閉め、外からの風を断ち切った。なんという造りだろう。後席にいてさえ、この機の視界は広い。前席ではどれほど広いのだろう。

ここで管制塔から無線が入った。

「タロン11《ワンワン》、こちら管制塔。離陸を許可する」

パーカーのヘルメットがやや横を向いた。まるで肩ごしに、後席が見えるかのようだ。

「準備よしか？」

「離陸許可を確認、準備よし」

パーカーはうなずき、管制塔に応えた。

「タロン11。離陸許可を確認」

パーカーがスロットルを開いた。突如として、軍用機ならではの高推力が吐きだされた。全身に殴りつけられたような衝撃を受けるとともに、機体がはじけるように前進しだす。ここでパーカーがブレーキを解除し、アフターバーナーを焚いた。

ひときわかんだかくエンジン音をほとばしらせ、ジェット機が驀進《ばくしん》していく。わたしの背中は強烈にシートへ押しつけられている。レシプロ機とは段ちがいの加速だ。レシプロ機のGはおだやかなものだが、雷鳴のような轟音をともなうジェット機のGはすさまじく、わたしの背中はシートに深くめりこんだ。

つぎの瞬間、機はなめらかに離陸した。離れていく滑走路を見ながら、思わず手を打って喜びそうになった。だが、これは訓練飛行であり、遊覧飛行ではない。である以上は、喜びを表に出してはならない。

多数の計器に目を配りながら、外の世界に目をやる。空気が液体になったかのように、周囲を流れていく。重さと軽さを同時に感じるのだから、不思議なものだ。離陸のために必要な高加速でからだがシートに押しつけられ、重さを感じると同時に、機体が空気をつかんで浮かびあがる軽さも感じられる。

神よ。これはほんとうに美しい飛行機です。この機体にいだいた愛情は、偶像崇拝を禁じるユダヤ教の禁忌を破ってしまいそうなほど深い。

「ヨーク」パーカーが南へバンクし、わたしのからだをいっそう強くシートに押しつけた。

「はい?」操縦桿を握らせてくれるつもりはないだろう。いまはまだ。

「おれは……問題をかかえている。きみの好意にすがりたい」

「なんですって?」

「聞こえなかったのか」一瞬、クソ野郎がもどってきたが、そこでパーカーはためいきをついた。そこにはパイロット同士のよしみに訴える、腹を割っての思いがにじんでいた。

「ひとつ……考えてみてくれ。おれの脚の状態について知っているのは、きみとマルーフだけだ」

「わたしは……」この話、どんな方向に向かうのだろうか。「だれにもいってないわよ」

「知っている」ふたたび、ためいき。「すまん」

「いったいなにを……」このやりとりには、ただただ混乱させられるばかりだった。地上ではいえないことなのだろうか? それをいうなら、どうしてマルーフは左脚の件を報告していない? 「事情をきいてもいい?」

キャノピーの上から雲が降りてくるように見えた。さっきまでののっぺりした銀灰色の広がりの中に無数の凹凸が識別できる。コットンでできた胸壁が幾重にも重畳《ちょうじょう》しているかのようだ。パーカーはそのただなかへ機体を突っこませた。雲を切り裂いて上昇するにつれ、ふわふわと白い羽毛のような靄《もや》がキャノピーの周囲をかすめていく。

つぎの瞬間、機は雲の上層部を突き破り、上に飛びだした。雲海の上には抜けるような青空《ゴッド》が広がっていた。

「すごい……」

このひとことには、けっして神を冒瀆《ぼうとく》するつもりなどない。澄んだ青空を見るのは何年ぶりだろう……。胸が痛む。目に滲《し》みる。なんという鮮烈なブルーだろうか。長いあいだ、ずっと雲のとばりに閉ざされていた太陽が、いまは強烈な陽射しで雲海を照りつけている。色の濃いバイザーをつけていてさえ、あまりのまばゆさに涙が出た。

「ああ……」パーカーはまたもや嘆息した。「この眺めか？　たしかに瞠目《どうもく》すべき光景だ。しかし、宇宙はもっとな……。じつは、医者に会いにいかねばならん。おれの左脚には、ちくちくと針で刺されているような痛みが走る。ランダムなタイミングで、まったく動かなくなることもある。すこしでも異常があると疑われただけで地上勤務にさせられるというのに、このありさまだ」

「だったら、航空医官ではない医者のところへいけば？」

このときパーカーは、わたしがいままで当人の口から出るのを聞いたなかで、もっとも辛辣《しんらつ》な笑い声をあげた。

「おれがそれを試みなかったとでも思うのか。しかし、おれははじめて宇宙に出た男だ。どこへいこうと、かならずレポーターどもがついてくる。人目を忍ぼうとしてもむだだ。息子たちとキャッチボールをしてやることもできん。それどころか、会いにいくことさえできんのだ、おれの――」

パーカーはそこから先をいいよどんだ。あとには酸素が補給されるシューッという音、わたし自身の呼吸音、機体を打ちすえる風切り音だけが残った。

「だれに会いにいけないの？」

「……おれの医師にな」これは絶対、さっきいいかけたこととはちがう。「そこで相談だ。T‐38の飛行訓練では合格を出してやる。そのかわり、この飛行中、おれが医師を訪ねる目くらましをしてくれないか」

時間を稼ぐために、わたしは質問をした。

「具体的に、どうやってそんなことをするの？　つまり……まだわたしの単独飛行を許可する意図はないのでしょう？」

「ない。しかし、話のついているクリニックがある。手順としては、ふたりしてT‐38に乗っていって、その付近に着陸する。おれが医師に診てもらう。もどってきて、また飛びたつ。そして飛行訓練をつづける」

「見返りは、T‐38の合格だけ？　ロケットの席までは予約できないの？」

「むりだな」パーカーのヘルメットが、またもや後席をふりかえろうとするかのように、横に動いた。「宇宙カプセル搭乗者の選考については、おれにも発言権があるが、最終決定権はない。もし決定権があったなら、これは正直にいっておくが、宇宙計画に女を参加させたりはしなかった――いまはまだ」

「わたしのほうがあなたよりも飛行時間は長いのよ。知っているはずね？」

「知っている。メッサーシュミット撃墜の真相もだ。標的への攻撃練習をしていたことも、その他いろいろ、きみたちWASPがしていたことも把握している。しかし、そのうちのどれひとつとして、テスト・パイロットの資格を満たすものではない。ましてや、宇宙に出る要件はまったく満たしていない」

「それはやってみなくちゃわからないでしょう。それに、片脚がいうことをきかなくてもできることが、それほどむずかしいものかしら？」

　パーカーがいきなり、機を横方向に回転《ローリング》させた。あたかも自分の技能のたしかさを見せつけて、論旨の正しさを説明しようとするかのように。

　わたしは笑った。正確には、くすくす笑いだが。

「ごめんなさい――でも、待って。いまのはね、あなたのことを笑ったわけではないのよ。いまのは――この機体の運動性能がすばらしすぎて、思わずうれしくなっただけ」

「じっさい、すばらしい機だ」パーカーはT－38を水平にもどした。一時的に無重量状態になり、ふたりともシートから浮かびあがりそうになった。「引き受けてくれるな？」

「それはそれとして、わたしのことはきらいなんでしょう？」

「ああ」またもや、嘆息。パーカーの口から出るにしては、妙な気配のにじんだためいきだった。まるで、自分のエゴを多少は開放してからでないと、それ以上はしゃべりつづけられないかのようだ。「しかし、きみが約束を守る人間であることは承知している。志操堅固であることも」

「その堅固な志操から、あなたのことを報告しかねない危惧《きぐ》はないわけ？」

「ある」

「あなたがわたしに頼んでいるのは、人命と宇宙計画の存続を危険にさらせということよ。問題はそれ」

「自分が宇宙に出ないようには心がけてきた。しかし、ミッションを自粛するのと地上勤務を強制されるのとでは、まったく意味合いがちがう」

「そしていま、IACはあなたを月面に立たせたがっている」パーカーの申し出が魅力的なのは、T‐38の訓練を合格にするという条件そのものではない。ついにパーカーがわたしに敵対的態度をとらなくなるということだ。たとえ心の中では憤懣やるかたないにせよ。じっさいのところはわからない。おそらく、宇宙計画に加わる前であれば、取引に応じることもできただろう。だが……いまは？　いまはもう、宇宙飛行士たる者、健康体でなくては勤まらないことを知っている。共謀罪でつかまればどうなるかはいうまでもない。

「これからも、だれにもいわないわ。でも……悪いけれど、あなたが隠しごとをする手伝いはできないわね」

たれこめた静寂のもと、酸素が供給されるシューッという音だけが聞こえた。

「そうか……正直者だな。その点は認めよう。しかし、そういうことなら、やむをえん」パーカーはいったんうつむき、それから意を決したようにこうべをあげた。「これを持ちだしたくはなかったが……おれも知っているんだ——きみの精神安定剤《ミルタウン》のことをな」

35

ハリケーンのデータを収集

三機の国連機で詳細な調査データを

〔パリ発　一九五七年十一月三日〕国際連合は来夏から来秋にかけ、ハリケーンの特別調査のため、三機の航空機を用いてデータ収集にあたる。本日、当局が発表した。国際連合が調査に用いるのは、合衆国空軍から貸与される二機のB‐50スーパーフォートトレス、および一機のB‐47ストラトジェット。この三機は、一九五二年の〈巨大隕石〉落下以降、気候パターンがどのように変化してきたかを理解する研究の一環として、大西洋、カリブ海、メキシコ湾上空を飛行することになっている。

脅迫されたことを、さて、夫にどう話したものだろう。夕食のときに話す？

「ねえ、あなた、きょうね、おもしろいことになったのよ。サラダ、とってくれる？」

でなければ、ベッドの中で、セックスに夢中になっているときに、さりげなく？

あるいは、歯をみがいているとき、口をゆすいだ水といっしょに吐きだしてしまう？

「パーカーに脅迫されたわ」

ナサニエルは口からデンタルフロスを引き抜き、わたしに顔を向けた。

「なんだって？」

「精神安定剤《ミルタウン》のことを知っていてね。黙っているかわりに、あることをしろというの」

「なんだって！」

同じことばだが、意味はまったくちがう。両手でこぶしをぐっと握りしめたため、デンタルフロスが指に食いこみ、その前後が真っ白になった。

わたしはごくりとつばを呑んだ。口に残る歯みがきのミント味で胃がむかついた。大きく息を吸いこむ。空気はミントの風味を含み、冷たいのに熱く感じられた。胸に宿る不安の残滓《ざんし》で、思わずミルタウンに手を伸ばしそうになったが、いまはいけない。ああもう、パーカーのクソ野郎。

「さすがに、だれにもいえなくて」

だからこそ、仕事場では夫にも話さなかったのだ。もしも話していたら、ナサニエルは頭に血が昇って、クレマンスのオフィスに怒鳴りこみ、パーカーが妻を脅迫したとぶちまけていただろう。

「クレマンスには知らせておかなきゃだめだ」

デンタルフロスが食いこんだ指先は、すでに紫色になりだしている。

歯ブラシをホルダーに挿して、わたしはためいきをついた。

「とにかく、すわりましょう」

ナサニエルは下を見おろし、指に食いこんだフロスを見て目をしばたたいた。フロスをほどき、指を曲げ伸ばししてから、ゴミ箱に放りこむ。

「わかった」

ソファにすわるころには、わたしの腕はわなわなと震え、背中は冷や汗で濡れていた。ごくりとつばを呑み、両手を見つめる。その手から力を抜いて、淑女然とひざにそろえた。母はきっと、誇りに思ったことだろう。

「だれかに脅迫の件を話したら、クレマンスにわたしのミルタウンのこと、不安のこと、嘔吐のことを知られてしまうわ。そうなったらクレマンスはどう思うかしら？　わたしが宇宙に出るにふさわしい人間と考える？　それ以前に、宇宙計画に携わらせていていいと考える？　ただでさえ、わたしのことを広告塔としか見ていないのよ？」

「だれがそんなことをいった？」ソファをきしませて、ナサニエルはわたしのほうへ身を乗りだした。「パーカーか？」

うなずいた。

ナサニエルはいったんソファを離れ、折りたたみベッド《マーフィー》にいき、すぐにもどってきた。コーヒーテーブルの前で立ちどまり、脚を広げ、両手を腰にあてる。

「くわしく話してくれ」

「いっさい口外しないと約束してくれるんならね」手の甲の腱にぐっと力が入ったものの、なんとかこぶしを握らずにすんだ。「それに、なにもしないと約束してくれるんなら」

ナサニエルはからだをこわばらせたまま、窓に顔を向け、カンザスシティの街の灯を眺めやった。

「なにかする前に、きみと話しあうことは約束する。しかし、なにもしないことは約束できない。そんな約束をしても守れそうにないからだ」

わたしは震える筋肉のひとつに親指をこすりつけた。なぜそんなことをしたのかはよくわからない。なぜなら、わたしのからだは緊張で全体が震えていたからである。

「パーカーは左脚に問題をかかえてるの。ちくちくと針で刺されるように痛むといっていたわ。何カ月か前、たまたま階段吹き抜けで、立てなくなっているところに遭遇してね。そのとき、口外するなとたのまれたのよ。そのあとで見たら、ふつうに歩いているようだったから、一時的なものだと思ったんだけれど」

それに、脚が悪い徴候を〝最初に発見する〟のは、ほかのだれかであってくれたほうが安全だという思いもあった。口をつぐんでいた裏には、慎重さと同情もあったが、いちばんの理由は、やはり怖かったのだ。

もういちど大きく息を吸ってから、ナサニエルにきょうのフライトのことを話した。最初は要請だったものが、強要にかわったことも。

「しかも、クリニックの中にまで連れていかれたのよ。目の届かないところに残していきたくなかったんでしょうね」

「診察室の中までもか？」ナサニエルの声に険が宿った。

「ちがう、ちがう——ロビーまでよ」クリニックの受付には電話があって、もうすこしでナサニエルに連絡しかけた。さいわい、連絡はしなかったものの。「診察室から出てきたパーカーは蒼白《そうはく》になっていたわ。そのあと、トイレに駆けこんで吐いたのよ、あのひと」

小さなクリニックの困ったところは、壁が薄いことである。嘔吐の音には馴じみがあるので、ドアの外からでも吐いていることがわかる。

「五分ほどして、パーカーが出てきたの。まだ顔色は悪かったけど、蒼白というほどではなくなっていたわね。それに、エイヴィエイターをかけていたわ」

屋内で色の濃いサングラスをかける理由は想像がつく。わたしの場合、嘔吐したあとは決まって目が血走るのだ。

ナサニエルはうめいた。

「とすると、予想外に重症だったんだな。なんの病気かきいたかい?」

わたしはかぶりをふって、

「きかなかった。万事問題ないという態度を装わせておくことにしたから」

「あの男にはもったいないくらい親切な対応だな」

わたしはかぶりをふった。

「病状をきいたら、パーカーが気の毒になるかもしれないでしょ。それがいやだったの」

「ほかには?」

「帰りはT‐38を操縦させてもらったわ。それなりのご褒美のつもりだったんでしょう」

飛ばしているあいだに、わたしの指は氷のようになっていた。汗をだらだらかきながらも、同時に寒くてたまらないというのは、いったいどういった状態なのだろう。「以上が……ことの顚末。ＩＡＣに帰りついてからは、なにごともなかったかのように常態にもどったわ」

ナサニエルはふたたびうめくと、いったりきたりを再開した。わたしの夫は背が高い。そして、このアパートメントはあまり歩きまわるスペースがない。マーフィー・ベッドを広げてしまうと、いっそう歩く余地がなくなる。とうとう夫は窓の前で立ちどまり、表を眺めやった。

「問題を……問題を表面化することはできる。ロケットがシリウス《シリアス》に切り替われば、離昇時にかかるＧはジュピターよりも強烈になるんだ。すべての宇宙飛行士が健康体であることが要求される」

「そこまでは向こうも読んでいるでしょう」

「宇宙計画をだいなしにされたくはない。関与している全員を失望させたくはない。あの男のエゴのせいで」

それをいうなら、わたしのエゴのせいもあった。ナサニエルはあえて口にしなかったが、わたしたちはついにこの問題と正面から向きあわねばならなくなったのだ。わたしとしては、不安をかかえていることをだれにも知られたくない。そこにはたしかに、知られれば宇宙に出してもらえなくなるという恐怖もあるが、もうひとつ大きな理由は、子供のころから刷りこまれてきた不安――〝人さまにどんな目で見られると思ってるの？〟だ。そしてその下には、人さまに白い目で見られたくはないという思いがあった。

「原因がはっきりするまで、パーカーはミッション参加を自粛してはきたわ」

「しかし、月着陸は目前に迫っている」街の灯を受けて、ナサニエルの頭髪は光冠《コロナ》のように頭を縁どり、輝いて見えていた。「あの男が月着陸すら自粛すると、ほんとうに思うのかい？」

わたしはかぶりをふった。

「一日じゅう、それをずっと考えていたの。精神安定剤に頼るのは、もうやめなくては。せめてそれだけはなんとかしないとね。医師にかかるのもやめにするわ。薬が最後に処方された時点からパーカーがわたしのことを公表するまで、時間は長いほどいいから。でも、パーカーは……すぐには公表しないでしょう。なぜなら、もし公表してしまえば、わたしが沈黙を守る理由がなくなるからよ」

ナサニエルはきっとわたしを見た。

「それはきわめて悪い考えとしか思えない」

「じゃあ、ほかにどうしようがあるというの？」わたしは両手を広げた。が、その手が震えていたので、ひざの上にもどした。「パーカーは薬のことを知っているのよ。どうやって知ったかは知らないけれど、知っているのよ」

うめき声とともに、ナサニエルはまたしても歩きまわりだした。

「あのドライバーだ――あの朝、いく先々でレポーターに待ち伏せされて、ホテルに泊まっただろう。あのときドライバーに服を取りにいかせた。ついでにきみの処方薬も」

となると、知っているのはパーカーだけではない。もういまにも――もういまにも薬のことがみんなに知れわたり、わたしは宇宙計画から追放され、メディアに書きたてられて――。

暗澹《あんたん》たる未来を考えるうちに、胃がひくつき、よじれた。よろよろと立ちあがり、嘔吐する前にかろうじてバスルームに駆けこめた。バスルームのタイルにうずくまり、便器の縁をつかんでえずく。ナサニエルがうしろにやってきて、わたしの肩をそうっとつかみ、きょう一日でたまりにたまった不安を吐きだすあいだ、ずっとついていてくれた。

こんな自分に腹がたつ。こんなささやかなプレッシャーもはねのけられないわたしを見たら、とうさんはがっかりするだろう。結局のところ、わたしは宇宙計画に参加するべきではないのかもしれない。わたしは愚かで弱い。いくら仕事に励んでいても、それは関係ない。この病気はつねに、わたしの一部として心に根を張っている。

ナサニエルがバスルームのシンクでタンブラーに水を満たし、わたしに差しだした。

「だれにもきみを傷つけさせたりはしない。絶対に」

「でも、どうやったらパーカーをとめられるの？」

しゃべるだけでのどが痛かったが、わたしは水を受けとり、飲んだ。

「さあて、どうしたものか……」ナサニエルはわたしの髪をなでつけ、背中をさすった。

「いずれにしても、ことの全貌がまだ見えてないうちはな」

「わたしには、一部ですら見えていないわ」

わたしは姿勢を変えてバスルームの床にすわり、バスタブの側面にもたれかかった。

ナサニエルは立ちあがり、薬のキャビネットを開いた。

「だめよ」タンブラーをつかむ手に、思わず力が入った。

ナサニエルはわたしを無視し、ミルタウンの瓶を取りだして、わたしの前にしゃがんだ。

「エルマ……これでいいのか？　嘔吐して、みじめな気分のままでいいのか？　パーカーがきみにどんなことをするにしても、こんな状態でいいのか？」

「わたしには――」のどの痛みで声がかすれた。「――わからない」

「だったら、ぼくの視点から見た状況をいわせてくれ」

ナサニエルはわたしのとなりにからだを押しこみ、ならんでバスタブにもたれかかった。

腕をわたしの肩にまわして、そばに引きよせる。反対の手には薬の瓶を持っている。

「いいわ」

「服《の》んだほうがいい。これを服むべきだ。前の——前のきみのあんなようすを見たときは、どれほど動転したことか……」薬瓶を振った。瓶の中で、錠剤がジャラジャラと躍った。「これを使うようになる前は……きみが嘔吐したとき、音が聞こえた。きみの食欲もめっきり落ちていた。いっしょにベッドに入りはしたものの、きみはいつも寝つけずにいた。それなのに、食欲不振も不眠もとくに訴えようとはしない。てっきりそれは妊娠したためだと思っていたんだ……あの日までは——あの日、ぼくのオフィスで、あんなことになるまでは。あのときはもう、心配で心配で、どうにかなってしまいそうだったよ。そして、現状はどうだ？　パーカーのやつが意図してきみにそんな思いをさせているのかと思うと——自分勝手な目的のためにきみを利用して怯えさせているのかと思うと——ぶん殴ってやりたい」

最後のひとことはあまりにも淡々と口にされたので、わたしののどから、思いがけなく笑い声が漏れた。手の甲で涙をぬぐい、顔をあげてナサニエルを見る。しかし、その目は固く閉じられていて、眉間には深いしわが刻まれていた。

「いまの……いまの、冗談でしょう？」

ナサニエルは自分を抑えながら、長々と息を吐きだした。

「ちがうよ」手にした瓶をまわしながら、ナサニエルはかぶりをふった。「いままでこれほど強烈な暴力衝動をおぼえたことはない。ぼくがその場にいたら、問答無用であいつをぶん殴っていたと思う。殴っていたら、そのあとでズタボロにされていただろうけどね」

瓶を一回転させるたびに、中の小さな白い錠剤がザラザラと音を立てて位置を変えた。その小さな音はほのめかしている——それを服めば安らぎの雲に包まれると。

「どうしていいか、わたしにはわからない」

「服めばプレッシャーがすこしは軽くなる。そうは思わないかい？」

ためいきをつきながら、わたしはひざをかかえ、ナサニエルにもたれかかった。ナサニエルはわたしをいっそうそばに抱きよせ、頭のてっぺんに唇をあてた。

「ぼくはこう思う。いまは心の健康をたもつべきだ。そうすれば、パーカーに対抗できる。ぼくたちふたりでね。方法まではわからないが、ふたりで力を合わせれば、きっとなんとかなるさ」

「どうしてそういいきれるの？」

「だって、ふたりして、世界の終わりを乗りきったじゃないか」ナサニエルはふたたび、わたしの頭にキスをした。「そしてきみは、ぼくのレディ・アストロノートだ」

メイドのあとにつづき、ニコールの屋敷の、周囲より低く掘り下げたリビングルームに入った。すでに〈99s〉のメンバーのほとんどが集まっていて、オードブルに舌つづみを打ち、カクテルを楽しんでいる。ジャシーラとサビハも加わっているが、ベティとヴィオレットの姿はない。

「ごめんね、遅れちゃった。エスターおばさんが電話してきて、なかなか切りづらくて」

「やっときたわね」ニコールがすわっていたソファの肘掛けから立ちあがった。イモジーンは同じソファにすわり、フライト・マニュアルをにらんでいる。「マーティーニは？」

「おねがい」

上院議員夫人の知遇を得ていることの利点は、ウォーギン家ではアルコールがなくなる心配がないことだ。ハンドバッグにミルタウンを忍ばせるのはもうやめたが、まだ完全に決別したわけではない。不安を払ってくれる手段があることは心強くもある。

そのとき、ヘレンがはずむような足どりでリビングルームを横切ってきて、わたしに抱きついた。手には勉強に使っていたマニュアルを持っている。

「さびしかったわよぉ」

「わたしもよ。ときどき、いっしょに夕食でもどう？」みんなのいう〝出世〟のあとで、計算室の前を通ったことが二回ある。しかし、二回とも気まずい思いをしただけだった。数字をいじる世界にもどりたい気持ちはずっとあるものの、それをやるとなると、みんなに迷惑をかけてしまう。「それ、なに読んでるの?」

ヘレンは肩をすくめた。

「ただの軌道飛行経路の計算マニュアル。ごくごく基本的な内容よ」

「ヘレンにとってはね!」ニコールが笑いながら、わたしにマーティーニを差しだした。「なかには頭をかかえている人もいるのよ」

「だから得意なことを教えあおうと決めたんでしょ。ニコールはわたしにシミュレーターの操作法を教える。わたしはニコールに軌道計算を教える」

グラスをかかげて、わたしはいった。

「わたしとしては、頭の中の頭字語をだれかにすっきりと整理してほしいところだわね。そうしたら、心から感謝するのに」

マーティーニの主体をなす、きりっと冷たいジンは、風味づけに使われた杜松実《ジューニパー・ベリー》の香りとともに、口の中を刺激してくれた。わたしは目をつむり、ほっと安堵の吐息をついた。ほんのわずかながら、肩の力が抜けた気がした。どんなにかこの友人たちに会いたかったことだろう。ニコールが勉強会を立ちあげてくれたのは幸いだった。目をあけると、ヘレンたちはすでにソファへもどっていたので、カクテルと自分が持ってきた本を携え、そちらへ向かった。

足を振って靴をぬぎ、ソファのまんなかにすわって脚をあげ、横ずわりになって、「パールはきてないの？」とたずねる。

ヘレンがかぶりをふり、顔をしかめた。

「宇宙飛行士試験の準備をする意味があるとは思えないんだってさ」

「いつかの時点で、もっと大きく門戸を開かなきゃいけないのにね、本格的に宇宙移民を推し進めるときがきたら」

わたしをはさんでヘレンとは反対側にすわっているニコールが、こくりとうなずいた。

「夫もねえ、そこは強く推進しようとしてるんだけれど」

「待って――」わたしは目をしばたたいた。なにか重要なことを聞き漏らしている気がする。「まさか、いまだに宇宙の軍事利用をしたがっているやからがいるの？」

ニコールはためいきをつき、すわったまま横ににじってきて、わたしに面と向かった。

「あなたが軍事行動をきらっているのは知っているけれど、でもね――」

「だって、無意味じゃないの。人類はこの惑星から脱出しなきゃならないのよ。たしかに、温室効果が手に負えなくなるのを先延ばしにすることはできるかもしれない。ここはあえて、かもしれないといっておくわ。けれど、温室効果が歴然と表われるころには、地球外にコロニーを建設しようにも、もはや手遅れ。いますぐにやらなくては間にあわないの。まだリソースと時間があるうちに」

「天使に説法よ」ニコールは持っている教科書のページをなでつけ、自分のマーティーニに手を伸ばし、ひとくちすすった。部屋にいる全員が——わたしだけではない——じっとニコールを見つめ、その先をどうつづけるのだろうと待っている。ニコールは口を開いた。「でもね。議会には——じっさい、国連の中にも——軍事的脅威の問題にしか反応しない手合いがいるの。だから、宇宙ミッションに軍を関与させることは、予算獲得と計画推進の両面で有用なのよ。夫が取り組んでいるのは、それ」

「そんな……どうして人間がそこまで愚かになれるの？」

ニコールは肩をすくめ、ブラウスの第一ボタンをはずした。

「ホルモンのせいでしょうね。男たちが男性ホルモンに導かれるままに行動するようなら、わたしとしては、自分の役割を果たすのにやぶさかではないわ」

アイダがグラスをかかげた。

「同感だね、同感！」

「……淑女のみなさん、今宵のごきげんはいかがかな？」

気の毒にも、ウォーギン上院議員がリビングルームに入ってきたのは、そんな最悪のタイミングだった。部屋にひしめく女性の集団からいっせいに笑われることには、上院議員は慣れていないにちがいない。それでも当人は、たいして気にしていないようだった。

「このMITTSって、だれか意味がわかる?」

リビングルームの床にうつぶせで寝そべり、両脚を曲げた格好でバインダーを読んでいたジャシーラが、顔をあげて問いかけた。

「ええと……」わたしにいえるのはそれだけだった。

「可搬式《モバイル》IGOR援用追跡望遠鏡《トラッキング・テレスコープ》システム」

答えたのはアイダだった。開いている本から顔をあげようともしていない。読みながら、本の縁を鉛筆でこんこんとたたいている。

「作った人は正気? 頭字語の中に頭字語って」わたしは首をかしげてから、天井をふりあおいだ。「IGORがなにかを思いだそうとしてるんだけど、出てこないわ」

「照射型地上光学記録装置《インターセプト・グラウンド・オプティカル・レコーダー》」

どうしてアイダほどの人材が宇宙飛行士チームに入っていないのだろう。これだけ知識があるのに、肌の色ひとつでチームに採用されないなんて。

「あなたは宇宙計画にいるべき人よねえ」

アイダは鼻を鳴らした、顔をあげようとはしない。鉛筆でページをたたくリズムが速くなった。わたしはつづけた。

「募集要綱自体が、あってなきがごとしだもの。ヴィオレットとベティのためにルールをねじまげられるんなら――」

「エルマ……」ニコールがかぶりをふった。

「だって、そうでしょう？」この数カ月、たまりにたまったいらだちが表に噴き出てきた。

「ヴィオレットが書類選考を受けた時点で、こなしていた単独飛行時間は一〇〇時間にも満たなかったのよ？」

アイダが本を置いた。

「なにそれ、はじめて聞いた」

「でしょ？　キング博士に弾薬を補給したいでしょう？　ヴィオレット・ルブルジョワの飛行記録を調べるよう進言するといいわ。ベティ・ロールズについてもね。ヴィオレットが受かったのは、当人がフランス人で、夫が宇宙飛行士のひとりだから。既婚カップルで宇宙に出たら、それは大衆受けするでしょうよ」

ニコールがぱたんと本を閉じた。

「あなたはまちがってはいない。けれど、正しくもない」

「これは差別よ、純然たる、明白な差別」事実、そのとおりだ。「ベティが受かったのは、ＩＡＣが彼女を通じて広報活動をコントロールしたいから。たったそれだけの理由。そのお膳立てはＬｉｆｅ《ライフ》誌がととのえたわ。あのふたりの席には最適任の候補がすわるべきなのに」

「あなた、わたしが最適任の人材だから採用されたとでも思うの？　自分もそうだと？」

ニコールはふたたび、左右に首をふった。その目にはいらだちがうかがえた。「たしかに、わたしは優秀よ。ちゃんと資質をそなえてもいるわ。けれどね、夫は上院議員でもあり、創立当初からＩＡＣを支援してきた人物でもあるのよ。ジャシーラは美人コンテストの優勝者だったし――」

「でも、工学の修士号を持ってる」

ニコールが話を持っていこうとしている先が気にいらなかった。ニコールは女性候補にとってほんとうに必要な資質をないがしろにしようとしている。それに……それに、ニコールにこんなことをいわれるのはいやだ。

　このとき、床に寝そべっていたジャシーラが起きあがり、脚を組んですわった。

「そのとおりではあるけれどね。パイロット・ライセンスを持っていて、なおかつ工学の学位を持っているブラジル人の女は、べつにわたしひとりじゃないわよ。応募した人数が四人とすくなかったのは事実だけれど、そのなかでいちばん飛行時間が長いのはわたしじゃないわ」

「そしてわたしは、『ミスター・ウィザード』の〈レディ・アストロノート〉……」

「IACが強調したいのは、各候補が持つストーリーなのよ」ニコールは肩をすくめて、マーティーニをすすった。「そういう基本方針なの。ストーリー性」

「それじゃあ、IACが吹聴したいストーリーには、黒人は含まれないというの？」そういってから、しまったと思った。方程式にヘレンを組みこむのを忘れている。「それに、台湾人も？　前面に出すのは白人だけ？」

アイダが肩をすくめ、大きな音を立てて本を閉じた。

「むかしっから、同じストーリーだよ。新しい章が加わっただけで」立ちあがり、のびをした。「今夜はもう、このくらいにしとこうか」

あちこちであくびと同意のコーラスがあがり、パーティーはお開きになった。わたしは帽子をかぶり、手袋をはめた。まだまだ状況の不公正さを訴えたいところではあったが、それはできない。アイダがいとも鮮やかに、この話題に終止符を打ってしまったからだ。

それに、ほかにも頭を悩ます問題がある。自分の怒りの源のうち、どこまでが黒人差別への抵抗にあり、どこまでがヴィオレットとベティをうとましく思う気持ちにあるのか、よくわかっていないという点だ。

36

キング博士、ＩＡＣを告発
差別待遇を糾弾

ザ・ナショナル・タイムズ特電

［カンザスシティ（カンザス州）発　一九五七年十一月二十二日］　いわゆる〝レディ・アストロノート〟のうち、二名が宇宙計画に不適格との主張がなされるなかで、南部の黒人牧師が差別待遇の廉《かど》で国際航空宇宙機構（ＩＡＣ）を告発した。国際連合政府組織委員会は急遽《きゅうきょ》、特別聴聞会を召集して、この告発の是非を検討するという。ノーマン・クレマンス本部長によれば、くだんの女性ふたりは、初期の宇宙飛行士のように厳格な条件に縛られることなく、宇宙計画の〝ミッション・スペシャリスト〟を育成できるかどうかを見きわめる試験的プログラムの一環であり、宇宙コロニーを

確立するためには、そのようなアプローチも必要かもしれないと語る。

MASTIFは楽しみであると同時に、苦行でもある。これもまた頭字語だからということもあるが、そこには別の理由もあった。多軸宇宙適応度慣性試験装置《マルティ＝アクシス・スペース＝テスト・イナーシャ・ファシリティー》、またの名をジンバル装置は、マッド・サイエンティストが設計したような巨大な回転機構なのである。

この表現にはどこにも誇張がない。態様をそのまま言い表わしている。じっさい、どこかの地下室にでも置けば、これは拷問器具と呼んでも通用するだろう。

ニコールはいま、その中心にある椅子にストラップで固定されていた。硬いプラスティックの椅子はアルテミス《アーテミス》・カプセルの宇宙飛行士用シートを複製したもので、実機と異なるのは、頭部もストラップで固定されることだ。

椅子の周囲はアルミニウムのパイプ枠が取りかこみ、これが三軸のジンバルを構成している。いま〝アルミニウムのパイプ枠〟といったが、じっさいには、これは〝ケージ〟と呼ぶほうが適切だろう。各ケージはひとつひとつが独立して動き、左右横転の横倒し方向、前転後転の縦方向、左まわり右まわりの水平方向に椅子を回転させる。

ちょうどいま、ニコールはゆっくりとした一五回転／毎分《rpm》で椅子ごと回転させられていた。この回転速度は三〇ｒｐｍまであげられる。理論上は、宇宙ミッションで遭遇しうるのと同じ回転をもたらせるはずだが、もしも宇宙でそんなにもめまぐるしく回転する事態になれば、なにかがひどく、決定的におかしくなっているということだ。

わたしは制御室内の壁にもたれかかり、ジャシーラとベティとともに順番を待っていた。試験を行なうのは本物の科学者だが、試験の評価はほかの宇宙飛行士が行なうことになっている。パーカーがストップウォッチを手に、観察窓の前に立っているのはそのためだ。

ベティはパーカーのとなりに立ち、リラックスしているように見えるふりを装っていた。しかし、かなり濃い化粧をしてはいても、目の下の隈は隠しきれていない。ウォータークーラー端《ばた》会議から推測するに、差別の告発に対する国連の聴聞会は、そうとうきびしいものだったらしい。わたしもさすがに、ベティに対して罪悪感をおぼえずにはいられなかった。

ニコールが窒素ガスを噴射させ、回転を打ち消そうとしだした。まずは縦の回転を抑制しようとしているようだ。ガスが噴射された。もういちど。

ＭＡＳＴＩＦの横には、一列にずらりとカメラがならび、盛んにシャッターを切る音が響いている。ミルタウンは家に置いてきた。この試験では、反射神経が落ちる危険は冒せないからだ。まだ椅子にすわらされもしないうちに、わたしの胃はでんぐりがえっていた。

すくなくともここでは、レポーターがフラッシュを焚くことは禁じられている。連続してまぶしい閃光を浴びれば、宇宙空間で見当識を失ったさいの、格好の練習になるという発想もあるだろうが、それは認められていない。

右手がひとりでに小さく動いた。ニコールの動きから、前後転を抑制するのに必要なガスの噴射量とタイミングを見きわめ、自分の番にそなえているのだ。

ジャシーラが襟首にかかった髪をかきあげ、パーカーにいった。

「ヘイ、ボス、これは宇宙での動きにどのくらい似てるの？」

「あまり似ていない」といって、パーカーは肩をすくめた。

「だったら、なんでこんな訓練を？」

パーカーはかぶりをふり、ストップウォッチと観察窓に集中した。

「きばれ、ウォーギン……こんどはやれるはずだ」

しばらくして縦回転が収まると、ニコールは横転への対処を開始した。これはなかなかむずかしい。まだ水平回転が残っているからだ。しかし、回を重ねるたびに、ニコールの対処は速くなってきていた。

ガスを小刻みに噴射して、横転も着実に抑えこんでいく。

「いいぞ……あれを見たか？　二連射したところを？」

わたしはニコールのようすを見ながら、首をかしげて噴射音に耳をすました。

「ゆっくりと制動をかけるより、あのほうがいいの？」

「どれくらいの力で回転させられているのかを見きわめるのにか？　そうだ」パーカーが左足を浮かし、左の足首をすこしまわした。「ゆっくりと制動をかけた場合の問題点はな、回転速度が落ちたかどうか不明のまま、気づかないうちに貴重な燃料を浪費してしまうことにある」

もう二度、ジンバルで窒素ガスが噴射され、シューッという音とともに、横転は完全に収まった。

パーカーが左脚を降ろし、体重を支えられるかどうか試そうとするかのように、重心を移すのが見えた。わたしは咳ばらいをし、一歩パーカーに歩みよった。

「T－38の訓練時間、もっと増やすべきかしら」

パーカーはもうすこしで観察窓から目をそらしそうになったが、危ういところでこらえ、なおも水平方向にくるくる回転するニコールを見つめつづけた。

「その必要はない」

クリニックへの飛行のあと、パーカーがあそこへの再訪を依頼してきたのは、一度だけだった。この男とはそれ以外にも訓練飛行を行なっており、こちらはいまにもミルタウンの告げ口をされはしないかと戦々兢々《せんせんきょうきょう》としているが、いまのところ、パーカーはいつものように、横柄な態度をとるだけにとどめている。ただし、教官を務めるときには不遜《ふそん》な態度が完全に消えて、わたしでさえ好感をいだきそうになる。

「どうしてあんな訓練をしなくてはならないの？」ベティがパーカーの腕に手をかけた。気持ちが悪いほど親しげなしぐさだった。「ジンバルの訓練が宇宙で役にたたないなら、なんの意味が？」

「役にたたないことは事実だがな、スイートハート。しかし、地球で経験するたいていのことよりは、あれで宇宙らしさを経験できるんだ」パーカーはストップウォッチをとめた。「ようし。ヨーク、準備をしろ。きょうはもう、ウォーギンは充分長くやった」

心臓のギアが一段はねあがった。これは興奮のせいだと自分に言い聞かせる――それは半分、事実だからだ。ジンバル装置は楽しい。いやなのは、装置のところへいくとなると、レポーターたちの目とカメラにさらされなければならないことのほうだった。

パーカーがドアへ歩いていき、技術者の肩に手をかけた。

「よくやってくれた。ウォーギンの記録をわたしてもらえるか？」

「了解です」

技術者は背筋を伸ばした。パーカーに手を触れられたことで、元気を注入されたかのような動きだった。

「ちょっといいかしら」ベティが腰に手をあて、パーカーにいった。「女性チームでここにくるのは三回めだけど、わたしは一回も訓練を受けさせてもらってないわよ」

パーカーは肩ごしに、ちらりとベティを見た。

「おれが給与をもらっているのは、時間をむだにするためでも、政府のリソースを浪費するためでもない。きみはただめかしこんで、ささやかな記事だけ書いていればいいんだ」

それだけいって、ドアをあけ、さっさと制御室を出ていった。

教官の立場のパーカーはそう悪くない——そう思ったとたんに、これである。たしかに、パーカーのいまのことばに対して異論はない。それは事実だ。しかし、こんなこと、当人に向かって声高にいうものじゃないでしょうに。

いいえ、待って……人のことはいえない。前にわたしは、ベティについて、いまのと同じくらい手きびしいことをいった。だからベティは、聴聞会で証言せざるをえないはめになったのではないか。わたしはためいきをつき、ベティに向きなおった。ベティの頬は怒りで赤く染まっている。そこでベティは、レポーター用の手帳を取りだした。

「だいじょうぶ?」わたしは声をかけた。

「当然よ！」ベティは晴れやかにほほえみ、手帳になにかを書きつけた。「べつに訓練を受けたいんじゃなくて、訓練がどんなものかを知りたくてああいっただけだから。自分で体験するよりも横から見ているほうが、記事はうまく書けるわ。そうでしょう？」

「まあ、そうなのかも」

「さっさといったほうがいいわよ。でないとパーカーにケツをたたかれるから」

わたしはベンチからヘルメットを取り、ドアへ急いだ。制御室の外に出ると、技術者のひとりがニコールに手を貸して、ジンバルのケージから出るのを手伝っていた。パーカーはそのそばに立ち、ニコールと話をしている。その手ぶりからして、ニコールが行なった縦回転の制御に関するコツを教えているようだ。たびたび衝突してきた身としては、パーカーの教官としての忍耐づよさにはいつも面食らわされる。

わたしはレポーターたちの手前で意図的に足をとめ、ヘルメットをかぶった。これまで、宇宙飛行士スキルの各種訓練を受けるさいには、レポーターたちへの忌避感をできるだけ鈍くするよう心がけてきた。きょうも同様だ。あからさまにポーズをとっているようには見えないように気をつけながら、ポーズをとることに集中する。それにしても、宇宙飛行士がモデルのまねごとをしなければならないなんて、だれが思っただろう。

「エルマ！　きょうでいちばんエキサイティングだったことは？」

こういう質問をされると、毎回、〝爪をケアしてもらったこと〟などと答えたくなる。もっとも、それをいえば、そのまま記事になってしまうので、今回はこう答えた。

「きょうは最終ドッキング操作のシムを行なって、過度に敏感な中立帯における、RHC入力の微調整を行ないました」

RHCとは回転式手動《ローテーショナル・ハンド》コントローラーのことだ。頭字語を憶えておくと、記者を煙に巻くうえで役にたつこともある。

パシャパシャというカメラのシャッター音、ウィーンというフィルムの自動巻きの音を浴びながら、ヘルメットのストラップを締めた。これでいい。レポーターは脅威ではない。彼らが求めるものはわかっている。相手が求めるものを先読みし、それに応えてやること。これこそは、自分の不安全般に対処する最適解だ。もっとも、それを第一に考慮して行動するなら、いま着ているフライトスーツは、もうすこしぴったりからだの線が出るように仕立てておくべきだっただろう――ちょうどニコールがそうしているように。お仕着せのフライトスーツは、本来ならウエストが少々だぶつきぎみのはずだが、ジンバル装置からこちらへ歩いてくるニコールの腰は、きゅっと絞りこまれすぎている気がする。

レポーターたちにほほえみながら、パーカーがそのあとからついてきた。きょうはそれほどひどく足を引きずってはいない。ほんのすこし左脚をかばっている程度で、それも、気をつけて見ていなければわからない程度だ。

「パーカー大佐！　レディたちの訓練はどうです？」

「さすがに出身国の威信をかけてきているだけのことはある」いつもの張りついたような笑顔を記者に向けて、パーカーは答えた。「われわれはみんな、彼女たちを誇りに思っているよ」

わたしはジンバル装置に向かった。頭にあるのは、前回の訓練よりタイムを縮められるかどうかだ。

「――あなたが月面着陸からはずされそうだといううわさ、ほんとうですか？」

突如として、室内がしーんと静まり返った。発動機のうなりでさえ、途中でぴたりと止まったように感じられた。パーカーは蒼《あお》ざめたが、笑顔を絶やさず、こう答えた。

「どこから聞きつけたのか気になるところだが、答えはイエスだよ」

わたしはだれにもいっていない。なんてことだろう。ナサニエルがなにかしたの？

室内がいきなり常態に復帰した。レポーターの全員がパーカーに質問を投げかけている。だが、ここでパーカーは両手をかかげてみせた。すると、まるで奇跡のように、レポーターたちは静まった。

「戦傷の後遺症が出てきてしまってね。ＩＡＣと相談のうえ、対策を講じたほうがいいという結論に達したんだ」ふたたび、にっこりと笑ってみせた。「これはもうよくおわかりと思うが、だれが代わりを務めるか、わたしは推測できる立場にない。さて、よかったら、そろそろ訓練を続行させてもらえるかな。ヨーク。椅子につきたまえ」

パーカーはそういうと、全員の前から姿を消した。制御室にもどるかわりに、訓練室を出ていったのだ。

わたしは他言していない。なんてことだろう。わたしはレポーターにリークしたりなどしていない。しかし、そういいつのったところで、パーカーは絶対に信じまい。

訓練者をストラップで固定するため、椅子のそばに立っている技術者にほほえみかけて、わたしは小さく肩をすくめてみせた。

「急にお手洗いにいきたくなっちゃった。すぐにもどってくるわ」

小走りに訓練室を横切り、パーカーが出ていったドアをあける。ドアが大きく開いたとたん、こちらに背中を向けていたパーカーがびくっと動き、右肩をあずけていた壁を離れ、背筋を伸ばすのが見えた。いままで壁に寄りかかってからだを支えていたものの、ドアが勢いよく開く音を聞きつけて、あわてて姿勢を正したようないだった。肩ごしにふりかえり、こちらに気さくな笑みを浮かべてみせた。

が、わたしだと気がつくと、その笑みはすっと消え、無表情になった。

「椅子につけといっただろう」

「わたしは口外していないわよ」

もちろん、ひとりだけ例外がいる。ナサニエルだ。しかしナサニエルは、なにか行動を起こす場合、かならず事前に相談すると約束してくれた。

パーカーが無表情のまま、床に視線を落とした。

「自分で打ち明けたんだ」

パーカーまで三メートルほどの距離があったが、歩いていく途中で、わたしはぴたりと凍りついた。

「自分で――？」

「頸《くび》に骨棘《こつきょく》ができていた。テスト・パイロット時代に、脱出装置で何度か飛びだしたのが原因らしい。これが脊髄《せきずい》を圧迫しているそうだ」肩をすくめた。たいしたことではないといわんばかりのしぐさだった。「きみがおれのことをどう思っているのかは知っている。しかし、信じようと信じまいと、おれは自分よりも宇宙計画のほうに重きを置く。たとえ自分の居場所を失ってでも、宇宙計画を存続させることが大事なんだ。おれが宇宙飛行士にいすわっていれば、宇宙計画は危機に瀕する」

「わたしは――」こういうとき、なんといえばいいのだろう。「だいじょうぶ？」

「手術を受ける。あしたな」

「なにか……なにか、してあげられることはある？」

「ある。あのやくたいもない椅子に引き返すことだ。さっき指示したように」パーカーはこうべをかかげて、一歩こちらに歩みよった。「それからな。おれを気づかうふりはよせ。それはおたがいを侮辱する行為だぞ」

「まったくもう……どんなときにでも憎まれ口は健在ね」

パーカーは片頰をよどませ、にやりと笑った。

「いけ。おれがもどってくるまでに、あのしろものをねじふせておいてほしいものだ」

「了解《イエッサー》」

つかのま、パーカーはとても人間らしく思えた。自分が相手をしているのがだれなのか、つい忘れてしまうほどに。

「それと、これははっきりさせておく。これからも頭を低くして、いわれたことには粛々としたがえ。宇宙計画への脅威にならないかぎり、おれの口はずっと閉ざされたままだ」もう一歩、わたしに歩みよった。「きみは自力でそれだけのことを勝ちとった。しかし、宇宙計画にとって危険要素になったと見れば、即座につまみだす。いいな？」

ごくりとつばを呑みこんで、わたしはうなずいた。ミルタウンを家に置いてこなければよかったと思ったのだから、皮肉な話だ。

その後、パーカーが骨棘切除手術を受けることになったとのうわさが流れた。でないと、からだが麻痺する恐れがあるという話だった。〝おれは自分よりも宇宙計画に重きを置く〟という発言をだいなしにしないためにも、手術を受けてもらわないと困る。もちろん、うわさはうわさでしかない。なにしろ、パーカーが異星人に探測装置を埋めこまれたという説まで飛びだしたのだから。

月曜朝のスタッフ・ミーティングは、例によって、クレマンスとその葉巻の煙からはじまった。

「さて。真っ先に諸君全員に知らせておくべきことは、パーカー大佐の手術が成功裡に終わったということだ。合併症もないとのことで、一カ月かそこらもすれば、帰ってきた彼に会える」

認めざるをえないことだが、最初にわたしがいだいたのは、強い安堵だった。なにしろ、一カ月はパーカーがいないのだ。そのぶんだけ、わたしが最後にかかりつけの医師を訪ねてからの期間がのびるし、それだけ日にちがあけば、たとえパーカーがミルタウンのことを告げ口したとしても、もうたいした問題にはならないだろう。万一にそなえて、いまもわたしがミルタウンを家に置いていることは、だれひとり知らないはずだから。

「なんだ？　パーカーは手術を受けたのか？」ルブルジョワが驚いて両の眉を吊りあげた。

「病気、としか聞いていなかったが」

クレマンスはうなずき、葉巻の煙を吐きだした。

「すこし前に予約を入れていたが、諸君の気を散らしたくないから、だれにもいわないでくれとのことでな。あれはいい男だよ」

思わず、あきれ顔をしそうになった。いい男？　それはどこの並行世界の話？

「では、彼の代わりに、だれが？」つねにジャーナリスト魂を忘れないベティが質問した。

「つまり、月面へということだけれど？」

「パーカーの控えの要員はマルーフだった。したがって、彼が表に立つことになる」クレマンスは予定表を手元に引きよせた。「それによって、本日の予定は少々前倒しになるが……つぎのフライトで〈ルネッタ〉宇宙ステーションへいく予定だったマルーフは今回は見送り、月面着陸ミッションの訓練に専念してもらう。ベンコスキーとテラサスはすでにステーションに滞在中だ。以上の状況に鑑《かんが》みて、もっと宇宙に出る人員《マンパワー》が必要との結論に達した」

マンパワー。当然だ。登用できる男性《マン》候補はまだまだいるのだから、ここにすわっている女性たち――資質に富んではいても、それでも女性の候補たちを登用する理由がどこにあろう。

「ここではっきりと言明しておこう。これから発表するのは、PR目的の決定ではない。国連の聴聞会とも関係ない。われわれはつねに、事態の進展を見ながら宇宙計画を拡張しようと邁進してきた。今回のパーカー大佐の故障は、そのタイムテーブルをすこし早めただけにすぎない」

それはそうだろう。わたしはちらりとニコール*を見た。あの口の歪めかたからすると、少々ご不興らしい。

「正規の宇宙飛行士を増員し、水準にまで持っていくには、すこし時間を要する。それについては、諸君の忍耐と助力をおねがいしたい。そのいっぽうで……そろそろ女性候補のひとりを登用すべきころあいだと思う」

サビハがすわっている椅子を前にすべらせ、食いいるようにしてクレマンスを見つめた。この部屋にいる女性候補全員の頭の上に、コミックスの〝ふきだし〟のごとく、まったく同じ思いが浮かぶのが見えた気がした。

〝わたしよ、わたしにしなさい、わたしに決めなさい〟

わたしは母にしつけられたとおり、両手をひざの上にのせ、冷静にすわっていた。もちろん、表面上はだ。シャツの下では、心臓がどきどき飛びはね、暗喩《あんゆ》の両手をふりまわしている。

（わたしを選んで、わたしを選んで……）

「パーカーが推薦し、わたしもそれを是認した。宇宙へはジャシーラ・パス＝ヴィヴェイロスを送りだす」クレマンスは葉巻を下におろした。「おめでとう」

ついに！　ついに女性の宇宙進出が決まった。ミッション割り当てはプロフェッショナルなできごとであり、淡々と行なわれるのがつねだが、男性陣でさえ、ジャシーラの起用には興奮しているようだった。わたしはジャシーラにおめでとうをいった。笑み崩れるあまり、顔の筋肉が痛い。

　この喜びは掛け値なしに本物だ。

　ただし……そこに複雑な思いがなかったといえばうそになる。ジャシーラは宇宙に出て当然の資質をそなえている。ジャシーラが宇宙に出る最初の女性になることには興奮を禁じえない。これがベティやヴィオレットでなくてよかったと思う気持ちもある。なにしろ、このふたりは広報目的で選ばれただけなのだから。それにくらべて、ジャシーラは本物のパイロットだ。不思議なことに、わたしは自分が選ばれなかったことに安堵してもいた。なぜなら、宇宙に出る最初の女性は、徹底した〝身体検査〟を受けさせられるからであり、それで心が折れてしまいかねない心配があったからだ。ミルタウンに頼れないとあってはなおさらだった。

しかし、こういったさまざまな思いの下で、ひときわ重く心にわだかまっていたのは、恐怖だった。というのも、わたしの脳の一部は危惧していたのである——じつはパーカーが、わたしに地上勤務しかさせないよう手配していることを。

37

女性、宇宙へ進出

ロバート・ラインホールド

［カンザスシティ（カンザス州）発　一九五七年十二月十六日］来週には――万事うまくいけば――宇宙史に新たなマイルストーンが刻まれる。ジャシーラ・パス＝ヴィヴェイロスが宇宙に六日間滞在して、初の女性宇宙飛行士となるのだ。三十二歳の美女をふたりの男性クルーとともに宇宙へ送りだすことの是非は、長らく議論されてきた問題だったが、国際航空宇宙機構はとうとうこの決断に踏みきった。ここまで決定が長びいた裏には、女性が身体的・心理的負担に耐える能力で劣り、宇宙飛行のような試練には耐えられないとする、視点によってはまごうかたなき偏見もかかわっている。

宇宙船通信担当《CAPCOM》デスクについたわたしは、パーカーがいつもテニスボールを宙に投げあげていた理由をやっと理解した。念のためにいっておくと、わたしは正規のCAPCOM《キャプコム》ではない。その栄誉に浴したのはクリーリーだ。ベンコスキーとマルーフが宇宙遊泳をおえようとするのにさいして、わたしはクリーリーの補佐役を務めているにすぎない。

そのクリーリーは、手元の紙にいたずら書きをするのにいそしみ、つぎからつぎへと、連綿と円を描きつづけていた。ところが――そこで急に、多数の円を消去するようにぎざぎざの線を引いた。ヘッドセットからの声に反応したのだ。

「なんだって？」

椅子の上で背筋を伸ばし、マイクのスイッチを入れると同時に、宇宙カプセルからの通信がスピーカーにも流れるように切り替え、カプセルに問いかけた。

「問題の性質は？」

ベンコスキーのノイズまじりの声が室内に流れ出た。管制センター内でひそひそと交わされていた会話がぴたりととまった。

「ハッチが閉じない」

室内の全員が即座に動きだした。ナサニエルがヘッドセットと受話器を同時につかむ。わたしもすばやく椅子をうしろに回転させ、CAPCOM席のすぐうしろに設けられた書棚に手を伸ばした。部厚いフォルダーは、各種ハッチとその開閉に関する膨大な量の資料をまとめたものだ。

「了解。不具合の詳細をたのむ」

クリーリーの声には、管制センターを満たす静かに張りつめた空気が反映されていない。CAPCOMの役割は、センターの全員があらゆる可能性を検討して対処法を探るあいだ、宇宙飛行士たちとのやりとりを一手に引き受けることにある。それも、冷静な声で。

「あと一センチのところで、それ以上ハッチが閉まらなくなった。なにかが引っかかっていないか調べたが、それらしきものは見当たらない」

ベンコスキーの息づかいが室内じゅうに響いた。

わたしは眉をひそめた。カプセルにはエアロックがない。側面にハッチがあるだけだ。宇宙遊泳をするさいには、搭乗する宇宙飛行士がふたりとも与圧服を着てハッチを開く。ハッチを閉められなければ、カプセル内をふたたび与圧することはできず、地球の大気圏に再突入することもできない。

「軸がずれていないか？」

「問題ない。ずれの問題ではないな」

ベンコスキーの声の背景には、酸素が絶えずヘルメットに流れこむ音が聞こえている。

ナサニエルが図面を持ってクリーリーのところへやってきた。

「ハッチをいったん全開するように伝えてくれ。全開できないようにするツメがあるが、強く引っぱれば開く仕組みになっている。全開すればハッチ構造の状態がよく見える」

クリーリーはうなずき、いまの指示をベンコスキーに伝えた。

「ドア全開を確認。これより状態を調べる」

スピーカーを通じてベンコスキーとマルーフのやりとりが聞こえた。ふたりで問題解決のための作業をしているのだ。正確には〝マルーフが〟というべきだろう。というのは、カプセルはかなり窮屈で、宇宙服を着ていると、ハッチの付近にいられるのは、いちどにひとりがせいいっぱいだからだ。

宇宙空間で作業がなされるいっぽう、ナサニエルは工学系の技術チームと対策を協議していた。ある時点で、クレマンスがまだコートを着たまま、どすどすと管制センターに現われ、状況報告を求めた。

わたしはひたすらじゃまをしないようにしていた。

「カンザス、問題がわかった」マルーフの声がスピーカーから流れ出た。「ワッシャーがひとつはずれて、蝶番《ヒンジ》付近の気密パッキンにはさまっていたんだ。いま、ほじくりだそうとしている」

「原因がわかって安心したよ」クリーリーの肩からすこし力が抜けた。

それはわたしも同様だった。最悪なのは原因がわからないことだからだ。原因がわかった以上、あとはそれが取り除かれるのを待つだけでいい。

このとき、ナサニエルがCAPCOMのデスクに身をかがめ、クリーリーにたずねた。さりげない口調だったが、すこしさりげなさすぎる感もあった。

「パーカー大佐のその後、なにかきいてるか？」

「予後良好だ。首におもしろい形の固定衿《カラー》をつけちゃいるが」クリーリーはにっと笑った。「もちろん、パーカーはおもしろいなんて思っていないがね。当人はあれをなんと呼んでいたっけな──たしか、首輪……そう、サイズがSとかMとか」

「〝SMの〟首輪でしょ」わたしはじっとクリーリーを見つめた。「ほんとうは」

それで赤面したかどうかはわからないが、クリーリーはまた急に、さっきまで紙に描いていた多数の円に注意をもどした。ナサニエルはわたしの視線をとらえ、声には出さず、口だけを〝SMの首輪〟と動かし、手をしこしこと動かすしぐさをしてみせた。

わたしは咳ばらいをしてごまかした。だが、笑いそうになるのをこらえるには、もっとあたりさわりのないやりかたがあったはずだ。心の中で反省しながら、クリーリーにたずねた。

「パーカーがいつまた発射できるようになるのか、見当はつく？　それがわかれば、本人も励みになるでしょう？」

「だな」ナサニエルはうなずき、自分も苦笑を抑えつつ、「発射は重大事だからな」

ありがたいことに、クリーリーはわたしたちの真意に気づかないようで、こう答えた。

「骨がきちんとくっつくまで、あと一年はかかるんじゃないか。もっとも、職場に復帰するのはずっと早いだろうが」

それは残念。まる一年もパーカーから解放されていられたら、どんなにかすてきだったろう。

「カンザス、ワッシャーを除去できない。宇宙服の手袋《グラヴ》がごつすぎてつまめないんだ。マルーフはドライバーでほじくりだしたいといっているが。ドライバーを使った場合、気密性が失われないか？　助言を求む」

わたしの〝夫〟は即座に引っこみ、代わってナサニエル・ヨーク博士が表に出てきた。

「宇宙服の酸素はどのくらい残ってる？」

クリーリーは眉をひそめてナサニエルを見た。

「酸素？　ベンコスキーが求めているのは――」そこでクリーリーはナサニエルの意図に気づいたのだろう、かぶりをふりふり、マイクで宇宙カプセルに問いかけた。「宇宙服の残酸素量はどのくらいだ？」

「四五分ぶんある。誤差プラス・マイナス五分で」

ベンコスキーの声には、パイロット特有の超然とした冷静さが維持されていた。まるで死の可能性などどこにも潜んでいないかのような口ぶりだった。

口もとをこすりながら、ナサニエルがいった。

「ここが腹のくくりどころだな。気密シールが破れれば、カプセル内にはもう与圧できなくなる」

「ハッチを閉じられなくても、やはりカプセルには与圧できないぞ」

ナサニエルは計算者のデスクに顔を向けた。

「バシーラ――〈ルネッタ〉プラットフォームだが、現在の軌道状態ベクトルは？」

バシーラはただちに紙をつかみ、カツカツと音を立てて状態ベクトルの七つの要素をすべて書きだした。三つは位置、三つは速度、ひとつは時間の要素だ。宇宙ステーションは宇宙カプセルより高い軌道にあるから、軌道力学のおかげでカプセルよりも軌道速度は遅い。なんとかカプセルが追いつけるかもしれない。

ナサニエルの問いかけによって、クレマンスがその意図に気づき、うなずいた。

「空気が尽きる前に宇宙ステーションへたどりつけそうか？」

「理論上は。たぶん」ナサニエルはふたたび、部屋のほぼ反対端にいる計算者チームに呼びかけた。「バシーラ、ステーションのMCのために、ランデブーに必要な軌道と燃料消費量を出してやってくれ。カプセルを迎える必要上、低い軌道へ遷移《せんい》してもらわねばならないかもしれない」

脚がむずむずした。即刻、バシーラとマートルのデスクへ赴き、数字を見つめ、答えを算出したい。だが、あのふたりは優秀な計算者だし、わたしにはここですべき仕事がある。その仕事とは、正CAPCOMの補佐役を務めることだ。ここにすわって状況を把握し、なにか依頼されるまで、なにもしないことだ。

クレマンスがいった。

「ひとつ思ったのだが……マルーフがハッチと格闘しているあいだ、ベンコスキーがステーションに向けてカプセルを操縦することはできないか？　ハッチの異物除去がうまくいけば、それはそれでけっこう。うまくいかなくとも、カプセルはそれだけステーションに近づけるだろう」

ナサニエルはかぶりをふった。

「開いたままの状態でロケットをふかせば、噴射の衝撃でハッチに大きなトルクがかかる。ヒンジが歪んでしまう可能性はかなり高い。開いたままでいくなら、もうハッチは閉められないだろう。逆に、ハッチを閉めるのなら、強引にでもワッシャーを取り除くことだ」

ナサニエルはクリーリーをちらと見た。「なにか役にたちそうな考えがあれば、なんでもいい、いってくれ。きみはじっさいにカプセルで宇宙に出た経験を持つ男だ」

クリーリーは目を細め、妙案を絞りだそうとするような動きで両手を動かした。

「あのごついグラヴをはめたままでワッシャーを取りだすとなると……それなりに時間がかかる」

時間──。ドッキング・コースに乗るまで、早くて一〇分としよう。そうなると、酸素残量を考慮すれば、そこからランデブーまで三〇分程度しかない。わたしはいった。

「いますぐ噴射しないと間にあわないわ」

全員がわたしを見た。まるで植木鉢の観葉植物が急にしゃべりだしたとでも思っているかのような眼差しだった。ただし、ナサニエルだけはちがった。鮮やかなブルーの目を、追跡レーダーが標的をロックオンするときのように、ぴたりとわたしにすえたのだ。そして、その目をわたしからそらすことなく、大きな声を張りあげた。

「バシーラ！　ステーションとカプセル双方の状態ベクトルがいる。すぐに出してくれ」

バシーラは驚いた反応など見せなかった。参照すべき資料の適切なページを即座に開き、計算に取りかかったのだ。バシーラの向かいでは、マートルがテレタイプの吐きだした数字のあちこちに丸をつけては、バシーラに差しだしている。

バシーラは優秀な数学者で、計算の要領もいい。だが、計算自体はわたしのほうが速い。どこからシャープペンシルを出したのかわからないが、気がつくとわたしは計算をすませ、結果を紙に書きつけており、バシーラが数値を叫ぶとともに、クリーリーが円を描いていた紙に自分の計算結果を書きつけ、補強データとして差しだしていた。

いっぽう、わたしたちが計算をしているあいだに、ナサニエルはクリーリーにこう指示していた。

「クルーに伝えてくれ、至急、ワッシャーをほじくりだせと」

「気密が破れてもいいんだな？」

「たとえカプセルから空気が漏れても、ハッチを大きく開いたままでいくよりしっかりと閉じていくほうが、ドッキングには有利になる。現時点をもって、カプセルの再突入はなくなったと想定して動く」

クレマンスがうなずいた。

「追って噴射角と目標座標を送ると伝えてくれ。それを受信ししだい、ただちに目標座標を組みこみ、軌道の変更にかかるようにとも」

ときどき、わたしの頭の中には、数字をもとにした絵が描かれることがある。その絵とわたしのパイロットの脳とが相交錯《あいこうさく》することで、心の目の中にカプセルのとるべき軌道がはっきりと見えた。カプセルの操作を手でシミュレートすることさえできた。それでも、念のために検算してみた。マルーフとベンコスキーには、かろうじてステーションに到達できるチャンスがある。

「カンザス、ワッシャーを除去したが、気密パッキンが破損した。二センチほどだ。カプセル内を再与圧すべきか？」

自分のデスクにもどっていたナサニエルが、クリーリーにいった。

「させてはだめだ。酸素はふたりの宇宙服に充填する必要が生じるかもしれない」

ミッション管制センター内では、緊張で火花が散らんばかりに空気が張りつめていた。サポートを受け持つ別室のどこかでは、エンジニアリング・チームがカプセル用の酸素をどうやって宇宙服に充填するか、必死に検討しているところだろう。それでいて、わたしたちは全員、天気の話でもするみたいに、泰然としたやりとりをしている。

クリーリーが宇宙飛行士たちにいった。レモネードでも出すような口調だった。

「気密パッキン破損を確認。カプセル内の再与圧をしてはならない。くりかえす、再与圧をしてはならない。まもなく噴射角と目標座標のデータを送る」

「確認した、カンザス。われわれは宇宙服にとどまる」

なおも紙に計算結果を書きつけながら、わたしは壁の時計を見やり、背筋が凍るのをおぼえた。

12：32。

もうほんとうにぎりぎりだ。わたしはいった。

「噴射時間四三秒、噴射開始時刻、12：35——」

猶予はもうわずかしかない。それに気づき、だれかが毒づいた。

「〈ルネッタ〉ステーションへの最終アプローチ開始は……噴射をおえて一〇分後に——ひと・まる・分のちに——開始することになるわ」わたしはシャープペンシルをかかげた。

「ステーションに連絡して。カプセルの高度まで降下後、ドッキング態勢をとらせないと。アレイも折りたたませないといけない」

太陽電池パネルのアレイを展開したままでは、ドッキングの妨げになってしまう。

ナサニエルは自分のデスクの前に残ったまま、一歩、わたしに歩みよった。それから、わたしの計算が正しいかどうかを問おうとするかのように息を吸いこみ——無言でうなずいた。壁の時計を見る。

12・33。

「それでいこう」

クリーリーがクレマンスに目を向けた。クレマンスはほんの一瞬だけためらったものの、やはりこくりとうなずき、指示を出した。

「GC。時計にカウントダウンをセット。一〇分だ」

地上管制担当《グラウンド・コントローラー》は、ミッション・クロックの一台に一〇分間のカウントダウンをセットした。GCが設定しているあいだ、クリーリーがきわめて冷静に、わたしの算出した数値をカプセルに伝えていた。

クリーリーの声の冷静さたるや、過去に解決したできごとの記録を図書館から借りだし、淡々と読んでいるような錯覚をおぼえさせるものだった。それにしても……わたしたちは、月面着陸までの過程で発生しうるさまざまなエラーにそなえ、ありとあらゆる局面に対処できるよう、膨大な量の計算を行なってきたが、ハッチから酸素が漏れているカプセルを、たった四〇分でランデブーさせる？　いくらなんでも、そんな事態は想定したことがない。

ベンコスキーが、やはりクリーリーと同じほど冷静な声で答えた。

「了解、カンザス。噴射を開始する」

それからの三〇分は、長々と引き延ばされると同時に、またたく間に過ぎた。カプセル、

〈ルネッタ〉ステーション、地上、この三者のやりとりを聞くばかりで、わたしたちにはなにもできない。できるのはただ、カプセルと〈ルネッタ〉が近づくのに合わせ、数値の調整を行なうことだけだ。やがて三〇分が過ぎるころ、時間が爆発的に進みだした。残存酸素量がみるみる減少していく。

わたしはある時点で計算者のデスクに移り、マートルとバシーラに加わって、カプセルと宇宙ステーションの追跡にあたった。

エンジニアリング部門はベンコスキーを誘導し、燃料電池の一台から与圧服へと酸素を移させることでもう一五分の猶予を確保していた。しかしそれは、利用可能な電力が減ることを意味する。このうえさらに燃料電池から酸素を抜けば、カプセル内部の電気系統が機能しなくなってしまう。

ステーションから通信が入った。

「カプセルを視認した」

とはいえ、カプセルはまだステーションから何キロも離れている。ひとつアプローチをまちがえれば、〈ルネッタ〉はカプセルの横をかすめて通過しかねない。そうなったら、軌道修正のため、貴重な時間が失われることになる。

数分後、ふたたびステーションがいった。

「距離一・一二キロ。秒速九・四メートルで接近中」

ここから先はベンコスキーの腕しだいだ。いまはいっさい通信をしていない。酸素節約のために口を閉じているよう、航空医官から申しわたされているからである。

「八三〇メートル。秒速六メートル」

かなり近づいた。どうかうまくいきますように……。

「四一七メートル、秒速三メートル」

「カンザス。〈ルネッタ〉。当カプセルは制動を開始した」

ベンコスキーの声にはあえぐような音が交じっていた。わたしはクリーリーと顔を見交わした。この時点ではもう、わたしは本来の部署にもどっている。

「一五メートル。着実に接近中」

管制センターでは、だれもが息を殺している。まるで全員が、ベンコスキーとマルーフのために空気を残そうとしているかのようだ。

「カンザス。ドッキングに成功」

わたしの周囲で爆発的に大歓声があがった。神に感謝する声も聞こえる。わたし自身はがっくりと力が抜け、前のめりになり、デスクにつっぷした。あぶなかった。あとほんのすこし遅ければ、手遅れになるところだった。

そして、もしもこの事故が起きたのが近くには退避先の宇宙ステーションなどない月面だったなら――いまごろわたしたちが聞いているのは、死にゆくふたりの声だったはずだ。

アパートメントのドアをくぐったとたん、ナサニエルはブリーフケースを床に放りだし、足で蹴ってドアを閉めた。ついで、うしろからわたしの腰に両手をからめてきたと思うと、ぐいぐい自分に押しつけた。押しつけられたのは……ひときわ元気な部分だった。

熱い吐息をかけながら、わたしのうなじにキスをする。

「奇跡だよ、きみは」

「計算者よ、わたしは」

「しかもパイロットだ」わたしの首の、もっと上の部分にキスをした。「おまけに宇宙飛行士でもある」

「訓練中のね」

首を甘嚙みされた。

「ちょっと！」わたしは笑い声をあげ、抱かれたまままくるりと向きを変えて、ナサニエルに向きあった。アパートメントの中は暗く、室内を照らすものは窓から射しこんでくるナトリウム灯の光しかない。「わたしじゃなくたって、噴射すべきタイミングには気がついたわよ」

「しかし、あんなに早く気づきはしなかった」片手が上にあがってきて、わたしの額をなでた。肌にあたるナサニエルの指が冷たくて硬い。「まったく運がよかったというほかはない。そして、きょうの幸運の一部はきみが呼びよせたものだ。積み重ねてきた経験と、魅力に富んだ鋭敏な精神とでだ。これを奇跡といわずして、なんといおう」

「さあ……ただ、奇跡っていうと、聖女すぎる感じ」

わたしの手がベルトのバックルを探りあてた。

ナサニエルはわたしを抱いたまま半回転し、わたしの背中を壁に押しつけた。ついで、わたしの両脇に手を這わせながら、床にひざをついた。

「聖女さまということなら、崇拝させてもらおうかな」

ナサニエルの両手がわたしのひざから腿へと這い登り、スカートの中に侵入してきた。

とうとうわたしはあえぎ声をあげた。

「敬虔さを確認、崇拝される準備よし」

パーカーの手術の話を聞いて一カ月後、月曜朝のミーティングで部屋に入っていくと、本人が本部長側のテーブルについていた。首には固定カラーをつけている。もともと引き締まって痩せ型だったのに、前よりもいっそう痩せており、目の下には隈があった。脚に問題をかかえていた最悪の時期にも、こんなパーカーは見たことがない。

しかし、その物腰を見るかぎり、とくに不調なところはなさそうだった。笑いながら椅子の背にもたれかかり、斜めの角度から周囲の男たちを見あげている。「……だからな、こういってやったんだ、宇宙飛行女士《アストロネット》という人種に打ち上げ時の重量を軽くさせたいなら、ハンドバッグ《パース》を家に置いてこさせないといけませんよって」

男たちは笑った。ニコールがコーヒーカップを持ちあげ、茶々を入れた。

「だけど、殿方の場合、嚢《パース》を置いてきたら、玉《い》はどこにしまっておくの？」

さすがニコール、愛してる。

「ようし、諸君、仕事の話をはじめよう」クレマンスが大股に歩いて部屋に入ってきた。うしろには例によって、整備不良のエンジンのように煙をたなびかせている。「パーカー。もどってきてくれてうれしい」

わたしは部屋のうしろ側のテーブルからコーヒーをとり、ニコールのとなりの定席にすわると、顔を近づけて耳もとにささやきかけた。

「よくいってくれたわ」

「まわりのあつかいを見ているかぎり、戦傷が原因のように思えるかもしれないけれど」

ニコールはバインダーを開き、クレマンスの話を聞いているそぶりを装った。「わたしが聞いた話だとね、パーカーが手術を受けたのは、〝融通がきかなすぎてまわらない首〟をまわるようにするためだそうよ」

「でも、失敗した」

「そういうこと」

ミーティングはいつもどおりのリズムで進み、今週の予定が説明されていった。各人がそれぞれに報告する分野をかかえている。パーカーが留守をしていたあいだに、女性陣はいっそう深く宇宙飛行士チームに浸透した感があった。しかし、パーカーが復帰したいま、それは逆行するにちがいない。

「パス＝ヴィヴェイロスとクリーリー、きみたちに朗報だ、シミュレーターの修理がおわった。ミッションの準備を再開できる」クレマンスは予定表に目をやった。「マルーフ、ハッチの気密パッキンの件では、じつにいい仕事をしてくれた。しかしあの件で、ミッションにはいくつか問題含みの要素があることが判明した。ついては、役割の変更を行ない、きみには第一回月面ミッションのCM担当ではなく、第二回ミッションの船長に異動してもらう」

マルーフの心情を思うと胸が痛んだ。これはつらい指示にちがいない。だが、こうしてパーカーが復帰した以上、ＩＡＣは打ち上げに耐える状態になったと想定しているはずだ。

ところが、ここでパーカーが眉を吊りあげ、もたれかかっていた椅子の背を押しやり、背筋がまっすぐになるようすわりなおして、こういった。

「本部長、わたしはまだ宇宙飛行に耐えられる状態になっていない。あと一年はむりだ」

「知っている」クレマンスはパーカーに葉巻を振った。「新しいＣＭ担当はヨークだ」

ゴウッ。突如として、突風が音高く耳もとを吹きぬけていった気がした。唐突に、時速一六七〇キロで自転する地球の動きが感じられるようになった錯覚もおぼえた。わたしは頭を左右にふり、はっきりさせようとした。ＣＭ――コマンド・モジュール。すなわち、司令船。その担当者は、一介の計算者ではない。月着陸船が月面に降りているあいだに、月周回軌道をめぐる宇宙船を操縦するパイロットだ。

だれかがわたしの名を呼んだ。ひとりではない。からだが締めつけられる圧力と、自分の名を呼ぶ声とで、ようやくわたしはわれに返った。ニコールがわたしに抱きついていた。マルーフがうしろの席からやってきて、長い腕でわたしを抱きしめた。そのとき、なにかいってくれたらしい。だが、なんといわれたのかわからない。

いちばん前のテーブルでは、パーカーが納得のいかない顔をしていた。片手をテーブルにつき、パーカーはクレマンスにいった。

「ひとつ、質問をしてもいいか」

ちがう。ちがうの。だれにも口外などしていない——。手の平に爪が食いこむほど強く両手を握りしめ、懸命に深呼吸をした。胃がぎゅっと縮みあがり、痛くてしかたがない。

3・1415……

「かまわんよ」

「なぜヨークを？」

「ひとつ明々白々になったからさ。月着陸ミッションは計算者《コンピューター》を乗せていかないと成功がおぼつかない。月の裏側にまわるたびに、CMは地球と連絡がとれなくなる」クレマンスは一枚の紙をわたしにすべらせてよこした。「これはIACで働く計算者リストだ。きみにはそれを精査して、司令船のパイロットとして訓練できそうな人材を選んでほしい」

こんなリストなど見なくても、真っ先に選ぶべき人材はわかっている。

「まずヘレン・リウを。すでにパイロットだし、ジェット機の飛行経験も積んでいるし」それでも、いちおうリストには目を向けた。「残りは検討するわ」

「それについては、おれもヨークに協力したい」パーカーが熱意あふれる笑みを浮かべた。

パーカーがわたしに協力を？　このわたしに？

「どういう風の吹きまわし？　鎮痛剤の影響かしら？」

「使えばきみも気にいるさ、きっと」

　さりげない笑み――同僚同士の他愛のないジョークに見せかけてはいるが、その下には威嚇の意図が感じられた。いわれたことには粛々としたがえ、と前にパーカーはいった。しかし、当人に先立ってわたしが最初の月着陸船に乗り組むことになったいま、パーカーは指をくわえて見ていられなくなったらしい。

「重要なのは、候補の内面的資質にまで目配りすることだ。ヨークはたしかに計算能力でぬきんでている。パイロットとしての腕前もたしかだ。しかし宇宙は、地球上とは勝手のちがう場所であり、ヨークはまだその宇宙に出たことがない。それに、わたしにもまだ、使い道はあると思うのだがね」

　道理のわかったような口ぶりだった。わたしへの讃辞さえすべりこませている。しかし、パーカーがこの熱意あふれる笑顔を武器として使うところは前にも見たことがある。手にした計算者のリストが小さく震えた。

　クレマンスはこくこくとうなずいた。

「もっともだ。うん、もっともだ。二回のミッションにおいては、きみをCAPCOM《キャプコム》にあてるつもりだが、わだかまりがあるのはよろしくない」

「じっさいの話、このさい、候補に求められる資質を、ここにいるほかの女性候補たちで話しあってもらったほうがいいんじゃないか？　なにしろ、計算者は全員が女性なんだ」

パーカーは片手で相手の反応を制した。「ただし――自分の復帰初日に、本部長の予定を狂わせるつもりはない。喜んでいわれたとおりの仕事をしよう」

わたしは自分の恐怖を呑みこみ、会話の主導権を握ろうとした。

「それはいい考えね、パーカー。だったら、あなたとわたしで、それぞれ候補者リストを作って、あとでグループ全体で評価してもらうというのはいかが？　そうすれば、本部長はすみやかに、本日の予定をこなせるでしょう？」

「いい考えだ」いつもどおりの、胸がむかつく笑顔だった。「ただし、きっちりと要件を絞りこむ前に、ふるいわけの簡単なポイントがいくつかある。たとえば、候補は情緒的に安定している必要があるだろう？　したがって、薬物に頼っていたりする候補がいれば、明らかな減点対象となる。薬物とは、たとえば、そう、ミルタウンとかだな」

1、3、5、7、9、11――

ニコールが社交界で鍛えた笑い声をあげた。

「ばかなことをいわないで。そんなことをいったら、合衆国人口の半分が失格だわ」

だめよ、ニコール。口を出してはだめ。自分が宇宙に出る機会を閉ざさないで……。

……13、17、23……

わたしはどうにか、ニコールの笑い声に歩調を合わせることができた。

「そうね、まったくだわ。かくいうわたしも、ミルタウンを服用しているもの」

パーカーの両眉が大きく吊りあがった。不意をつけたと見てよさそうだ。

「それは――ああ、そうか。訓練での反応速度が鈍いのはそういうことか」

マルーフが鼻を鳴らした。

「あれでヨークの思考速度が鈍いというなら、フルスピードを出したときには、どれだけ速くなるものやら。ぞっとするね」

マルーフのとなりで、クリーリーもうなずいた。

「あのときヨークは、軌道計算を暗算だけでこなした。一〇分とかからずに。そのあと、安全のため、紙を使って検算もしてみせた」両手をふりあげ、かぶりをふって、「あんな芸当は見たことがない」

パーカーはうなずこうとしたようだったが、固定カラーがじゃまでうなずけなかった。かわりに、椅子にすわったまま、前に身を乗りだした。

「その点は幸いだった」例のごとく、熱意のこもったようすで肩をすくめる。「わたしが案じているのは、宇宙に出て大きなプレッシャーがかかったとき、ミルタウンを服めない状況で、ヨークがどうするかということなんだ」

心の中でパーカーの口舌《くぜつ》をとめられそうなことばを探したが、自分の舌は凍りついたようになっていて動かなかった——まるでパーカーが正しいことを証明したがっているかのように。

そのとき、ベンコスキーが咳ばらいをした。

そして、両手の指先を触れあわせ、尖り屋根の形を作り、真摯《しんし》な目でパーカーを見た。

「なあ、パーカー。おれたちはみんな、あんたが彼女をきらっていることを知っている。その理由も知っている。しかし、あの晩、ヨークが当直でなかったら、マルーフとおれの身になにが起こったかも知っているんだ」両手を離し、指を一本、パーカーに突きつけた。わたしは歯を食いしばり、涙がこぼれそうになるのを必死にこらえた。「あんたがおれにいっているのは、あの晩、ヨークがおれたちの命を救ったとき、大きなプレッシャーがかかる状況にはなかった——と、そういうことかい?」

「わたしがいっているのは、ミッション管制センターの中は、宇宙とはまったく勝手がちがうということだ」

テラサスが口を開いた。彼がすわっているのは、部屋のうしろのほうの席だ。

「データの観点から付言するが、おれが地球に帰ってきたとき、航空医官はミルタウンを処方したぞ。そのときは断わった。処方箋を受け入れれば地上勤務にまわされるのが心配だったのでね。だから、宇宙飛行士として適切な資質、あんたのいう〝内面的資質〟とはなんなのか、それを見きわめる研究過程に志願しようと思う。しかし、これだけはいっておく――ヨークにはたしかに、宇宙に出る資質がある」

反論しようとするかのように、パーカーが息を吸った。が、クレマンスがすばやく片手を突きだし、パーカーを制した。

「きみはあの場にいなかったからな、パーカー。ヨークの適性について、わたしは微塵《みじん》も疑念を持っていないし、そもそも議論の焦点はそこにない。全員がいま気にしているのは、どの計算者を司令官パイロットの候補者リストに加えるかということなんだ」

「わかっているとも」パーカーは小さく肩をすくめ、ほんの一瞬、ベティに視線を向けた。

「その点については、喜んでヨークの意見を尊重しよう」

予定表のどこかに線を引いて、クレマンスはいった。

「テラサス、きみはヨークが候補者リストを作成するのを手伝ってくれ。いずれにせよ、月着陸の準備では、きみたちふたりで共同してことにあたってもらうことになるのだからな」

ありとあらゆる聖なるものにかけて……わたしはほんとうに月へいけるのだ。

パーカーはわたしに地上勤務を強制しようと働きかけ、失敗した。わたしはとうとう、念願の月にいける。

ナサニエルとわたしは、まさに天にも昇る思いでロケットの打ち上げを経験することになるだろう。

38

エンジニア、火星への旅を計画

［一九五八年一月八日］　ドイツで出版された『火星計画《ダス・マルスプロイェクト》』という著書の中で、ヴェルナー・フォン・ブラウン博士は、火星にいく旅の計画を披露していた。これについて、氏は頻繁に講演でも取りあげていたし、この国でも発行部数の多い一般向けの雑誌に寄稿してもいる。七十人規模の探険隊を組織して火星へと送りだすことは、技術的に可能である――フォン・ブラウンはそう確信していたのである。

月曜朝のミーティングが終了してすぐ、ニコールに腕をつかまれ、化粧室に引っぱっていかれた。入ってまもなく、ジャシーラとサビハもやってきた。サビハはドアの横の壁にもたれかかっている。まるで化粧室に近づく男性宇宙飛行士に目を光らせるかのようだ。

いや、その目的は、男性を寄せつけないことではないかもしれない。ベティとヴィオレットはここにいない。ふたりがきたら閉めだすつもりなのだろう。ニコールがわたしをそっとシンクにもたれかからせた。支えを必要としている繊細な花のようなあつかいだった。

そこでニコールは、サビハとジャシーラにちらりと目をやり、わたしに問いかけた。

「パーカーがベティを見る目つき、気づいた？」

落ちつきかけていたわたしの心臓は、ふたたび激しく動悸を打ちだした。

「ええ」

ジャシーラもうなずいた。

「ベティはＬｉｆｅ《ライフ》にミルタウンの件を売りこむ気よ」

あらかじめシンクにもたれかからせてくれたニコールに感謝だ。いまのひとことを聞いたとたん、ひざがくがく笑いだしたからである。キャリアを積んでのしあがる気満々のベティは、かつてわたしをレポーターの群れに放りこんだ過去を持つ。あのときにくらべて、こんどのほうがネタとしてはずっと美味しい。レディ・アストロノートのひとりが精神安定剤を必要としていたという事実は、きっとマスコミをにぎわせるだろう。それはわたしたち女性候補者全員にとって、いろいろとやっかいな結果を招く。したがって、わたしとしては、クレマンスに申し出なくてはならない——自分が宇宙には出ないこと、別のだれかを選んでくれることを。つぎの候補はヘレンがいいだろう。ヘレンなら計算能力はわたしと同等だし、それに——。

脳のごく小さな合理的部分が、心の奥底から叫んだ。

(エルマ、パニックを起こしてるわよ!)

シンクの縁をつかんだ。そうやって、合成樹脂《フォーマイカ》が指に食いこむまでつかみつづける。

1、2、3、5、7……

ニコールの声、サビハの声、ジャシーラの声が、防音材を通しているかのように、くぐもって聞こえた。

11、13、17、19……

なにかあるはずだ。わたしが——わたしたちが——打てる手が。これはわたしひとりの力で対処しきれることではない。しかも、だれかがわたしたちの医療記録を本格的にほじくりはじめたら、ニコールも無傷ではすまない。わたしは三人に顔を向け、むりやり自分の口をこじあけた。

「ベティと——」

「はい?」なにかをいっていたニコールがことばを切り、わたしに顔を向けた。

「ベティと話をしなくては。パーカーは自分でこの話をマスコミに漏らしたりはしないわ。そんなことをすれば名声に傷がつくことになるから」現時点で、ステットスン・パーカーについて確実にわかっているのは、あの男が自身の打ち立てた業績をだいじにしているということだ。おそらく、宇宙計画を最優先で考えているというのもほんとうだろう。あのときの吐露のしかたは気に食わなかったが、あれは本心だと思う。「ベティを説得して、Ｌｉｆｅに記事を書かないように――」

ドアの横の壁にもたれかかっていたサビハが、背中を壁から離し、ドアをあけた。

「すぐにもどってくるわ」

「バックアップがいるわね」

ジャシーラもポニーテールで弧を描き、サビハのあとを追って化粧室を出ていった。

ニコールはわたしのそばに残り、壁のディスペンサーから何枚かペーパータオルを抜きとると、水道水で濡らした。

「だいじょうぶ？」

頭がひとりでにうなだれて、胸にあごがついた。

「え？」

「顔を拭きなさい」ニコールが濡らしたペーパータオルの束を差しだした。「気分がましになるから」

「まるで母みたいなことをいうのね」そういいながらも、ペーパータオルを受けとった。こういうことにかけては、母はつねに正しかったからだ。ひんやりしたペーパータオルは、頬と額のほてりをいくぶんか取り除いてくれた。「……どうしてかしら」

「どうして？　わたしたちが宇宙飛行士候補になれた理由？　それは優秀だからよ」

「そうじゃなくて──つまりね、わたし、前はベティと友人だったのよ。それがいまでは、どうしてこんなことに……」わたしは肩をすくめた。「ガールスカウトのときのことを、あんなに怒らなければよかった」

　ニコールは鼻を鳴らした。

「おやめなさい。あれはベティの自業自得なんだから」

「わたしにも一因はあるもの」

「そうかもしれない。けどね──」

　おりしも、化粧室のドアが開き、ジャシーラがベティを引きずりこんできた。そのすぐうしろにサビハもつづいている。ジャシーラはベティの手を放し、サビハとともに腕組みをしてドアのそばに立った。ベティは肩ごしにふたりを見てから、わたしに向きなおった。

「どうやら……ハイスクール時代に逆もどりしたようね」ベティは唇を歪め、皮肉な笑みを浮かべてみせた。「この牝ギツネめ――と吊るしあげるつもり？」

気がつくと、まだ手に濡れたペーパータオルを持っていた。わたしはそれをシンクの上の細い棚に置き、ベティにいった。

「ちがうわ。あなたに謝罪しようと思ったの」

「〝思った〟？　過去形？」

「思ってる。ガールスカウトの件であんなに怒ったのは悪かったわ。ずいぶんつらくあたったわよね」深呼吸をし、両手をズボンでぬぐった。「そのうえで、あなたに頼みごとをしたいの」

「値札がついていたら、それは謝罪とはいえないんじゃないの」

「そうね。そのとおりね」

「ま、代償なしになにかをもらえるとは思っちゃいないけどさ、ユダヤ人からはね」

さすがにこれには、むかっとした。そのとき、怒りでくらみそうになる視界を通して、ニコールがシンクを離れるのが見えた。ニコールはいった。

「ずいぶんと挑発的な物言いをするのね」

「おやまあ、いつからあなたもユダヤ人に？」

「そんな挑発に乗る気はないわ」ニコールは化粧室の中を横切っていき、ベティをにらみすえた。「あなたは婦人操縦士隊《WASP》だったでしょう。なぜ出征したか忘れてしまったの？」

「いいのよ、ニコール」わたしはいった。よくはない。しかし、ここはかまわないというふりをする必要がある。わたしはシンクを離れ、一歩前に進み出た。こういう交渉をすることは、プラスにならないどころか、事態を悪化させる可能性もある。「ベティ、こんな呼びだしかたをしたのは悪かったと思ってる。それでも話ができれば……わたしはただ、話をしたいだけなの。つきあってもらえるかしら」

　つかのま、ベティは唇を噛んだ。それから、ぞんざいにうなずいた。

「つづけて」

「Ｌｉｆｅには――Ｌｉｆｅには黙っていてほしいのよ。わたしがミルタウンを服用していることを」緊張であばらがきりきり痛んだ。「おねがい」

　ベティはゆっくりとかぶりをふった。

「それは……ごめん、できない。仕事だから」

「わたしたちも仕事なのよ」わたしは自分も含む五人の女性全員を指し示した。五人も入れば、ここの化粧室はもう満杯だ。「宇宙計画の女性陣は、ただでさえ足もとがぐらついているわ。そのうちのひとりが精神安定剤を服用していると報道されたら、どんなことになると思う？」

「宇宙に出られないのなら、計算室にもどればいいじゃない。夫が宇宙計画の技術部門を統括してるんだからさ。これはコロニー建設プロジェクトなのよ。だったら、宇宙へ送りだされるのは時間の問題。たとえわたしが、あしたミルタウンの記事を書いたとしてもね。わたしは……わたしが宇宙に出してもらえるとは思っていない。といって、ほかに仕事があるじゃなし。わたしにあるのは、Lｉｆｅ誌との仕事だけだもの」ベティは両手を腰にあて、床に視線を落とした。「すまないと思ってるわ。心から」

ジャシーラが小首をかしげた。

「宇宙に出たいの？　あなたでさえも？」

「あたりまえでしょう！」ベティの声は震えていた。両手を握りしめている。「決まってるじゃないの。どうしてみんな、わたしが宇宙に出ることに興味がないなんて思うのよ？パーカーにもしょっちゅういわれるわ、おまえなんかパイロットじゃないって。でもね、わたしだってパイロットなの。それに――いえ、もういいわ、忘れて」

「数学なら、わたしが教えてあげられるわ」脳が把握する前に、口が先に動いていた。

「え？」

「大学で個人指導をしていたことがあるのよ。一般的な計算だけじゃなく、高度な数学についてもね」まるでパーカーのいいぐさだった。左脚の問題を黙っているなら、Ｔ－38の訓練を合格にしよう——そう申し出たときの、パーカーの意図とどこがちがうのだろう。わたしにあの話を切りだしたとき、パーカーもこれほどせっぱつまっていたのだろうか。わたしはためいきをつき、交渉をつづけるために、そんな思いを封印した。「IAC は、もっと計算者を起用したがっているわ。わたしなら、あなたを計算者にしてあげられる」

「ノーといったら?」

わたしの背後で、ニコールが姿勢を変える音がした。吐息をついて、ニコールはいった。「その場合、〝ハイスクール時代に逆もどり〟することになるわね。パーカーのことはよく知っているのよ。それに、奥さんのことも」

ベティの顔が真っ青になった。たぶん、ベティはパーカーと寝たことがあるのだろう。しかし、パーカーと夫人の関係がどうなろうと、わたしの関知することではない。それに、そもそもそんなことはどうでもよかった。わたしはパーカーではないのだから。

「だめよ」わたしはニコールにふりかえった。「その手のゲームはやめておきましょう。ベティがわたしたちに協力したくないというのなら、それはベティの自由。そこは意志を尊重して、別の手立てを考えないといけないわ」

ニコールは歯を噛みしめ、いまにも反論しそうな顔になった。シンク上の鏡にはベティが映っている。眉根を寄せており、逃げられるものならいますぐ逃げだしそうな表情だ。

しかしそのうしろでは、ジャシーラとサビハがドアの左右を固めている。四人ともじっとわたしを見ていた。

鏡に映ったわたし自身には危うさがにじみでていた。このままではパーカーになりかねない。なにを差しおいても宇宙に出たいパーカーと同じになりかねない。

わたしは大きくためいきをつき、心の中にフィボナッチ数列をならべた。

「悪かったわ、ベティ。あなたにつらくあたったことは、心から悪かったと思う。それに、むりやり記事を書かせまいとしたこともね」ベティにふりかえり、自分の額をさすった。「ただ、あなたに数学を教えるという話――あれはまだ有効よ」

ベティは目をしばたたき、まじまじとわたしを見つめた。ついで、全員が驚愕したことに――おそらく、当人もだろう――ぽろぽろと大粒の涙を流しだした。つかのま、ほかの四人は呆然とその場に立ちつくしていた。最初に動いたのがだれかわからない。たぶん、ニコールだろう。いや、ジャシーラだったかもしれない。または、わたしかも。とにかく、つぎの瞬間、わたしたちは全員でベティに寄りそい、ベティを抱きしめていた。

そして、それは――そしてそれは、わたしたちがほんとうになにかを得たことを知った瞬間でもあった。わたしたちはレディ・アストロノートだ。わたしたち全員がだ。だから、ここで高らかに宣言しよう。わたしたちはみんなで宇宙にいく。

わたしは宇宙に出る最初の女には選ばれなかった。そして、月面に降りる最初の女にも。わたしの役割は、男性の同僚たちが月面に降りるあいだ、司令船を飛ばして月を周回することなのだ。

宇宙船の搭乗者は全員、打ち上げ前にしばらく隔離される。これは健康管理のためだ。宇宙滞在中の八日間は、病気になるわけにいかないからである。その隔離生活に入る前夜、ナサニエルとわたしはパーティーを催した。わたしたちのアパートメントではせますぎるので、会場にはニコールが自宅を提供してくれることになった。

あと一週間強で、わたしは四メガトンの爆弾の上に固定され、空気のない宇宙空間へ打ち上げられる。そう思うと、なんだか妙な感じで、会う人ごとに、こう思わずにはいられなかった――〝これがこの人の顔の見納めかもしれない〟。

しかし、以前にもう会うことがないと思ったエスターおばさんとは、こうして再会できている。大叔母はいま、ニコールのリビングルームのソファでわたしのとなりに腰かけ、ひざの上にラム＆コークのグラスを載せているところだ。このパーティーはわたしの壮行会かもしれないが、ほんとうの主役は大叔母のほうだった。

「最悪だったのは、ローラーコースターの下で、ママの組合員証をなくしてしまったことなのよ！　あのときはもう、どうしていいかわからなくってねえ……」

ユージーン・リンドホルムは、ソファの前で片ひざをつき、エスターおばさんの話を拝聴していた。マートルのほうは、ソファの肘掛けにすわっている。ユージーンは大叔母のことをこのうえなく魅力的な女性だと思っているらしい。

「それで、どうしたんです、ママ？」

大叔母にリンドホルム夫妻を紹介したときは、すこし不安だった。はたして南部の老婦人には、わたしたちの黒人の友人夫婦がどう見えるだろう？　しかし、そんな懸念は杞憂《きゆう》におわった。

大叔母はユージーンの腕に手をかけ、こう答えた。

「まあまあ、よくぞきいてくれました。それでね、見つけなかったら、カーニバルにくるために、わたしがこっそり組合員証を持ちだしたことがママにばれてしまうでしょう？それどころか、ママはもう仕事ができなくなってしまうわ。だからローズといっしょに、ローラーコースターのうしろに忍びこんだの。わたしがこう、スカートを太腿までたくしあげて、その下に這いずりこんでね。わたしがどれだけ脚を露出させたかママが知ったら、組合員証をなくしたといわれるよりずっと動転したでしょうねえ。でも、なんとかそれで見つけだしたの。ええ、見つけだしましたとも」

ハーシェルはわたしの右横の椅子にすわっている。松葉杖は椅子の側面にもたせかけてあった。おもむろに、兄がわたしに顔を近づけてきて、エスターおばさんを指さした。

「家でもあんな調子なんだぜ。子供のころの話をしてくれと水を向けると、まあ、際限がないのなんの。ところが朝食になにを食べたかとなると——憶えてないんだな、これが」

「でも、うまくなじんではいるのね？」

ハーシェルはほほえんだ。

「完璧さ。いや、さすがに完璧とまではいかないか。しかし、子供たちには愛されてるし、ドリスが料理を作るのを手伝ってもくれてるから、おおむね良好だな。子供たちといえば……おーい、トミー！」

ここで、エスターおばさんがいった。

「ずうっとおしゃべりしどおしなのに、まだ一滴も飲みものを口にしてないから、すこしのどをうるおしたいわね。そのあいだ、あなたのことを話してくださる、お若い方？」

エスターおばさんはそういって、ラム＆コークをすすり、目をきらめかせてユージーンを見た。

わたしは感心して大叔母を見つめた。エスターおばさんはユージーンの名前を憶えられない。しかしいま、その事実をいとも軽々と回避してのけた。こんどマスコミのさらしものにされるときは、この手を使うよう、心にメモしておこう。

トミーが父親のそばにやってきた。

「呼んだ？」

「エルマおばさんに持ってきたプレゼントな、あれを持ってきてくれ」

トミーはうなずき、長い脚を動かして走り去った。わたしはかぶりをふった。

「去年より三〇センチは背が伸びたわね」

「服がたちまち小さくなって困るよ」

「――宇宙飛行士の採用試験を受けにいくんです」

おりしも、ユージーンの声がそういうのが聞こえた。わたしはくるりとユージーンに向きなおった。

「え、なに？　どうして早く教えてくれなかったの？　おめでとう！」

「書類選考に通ったという通知が届いたばかりなんだ」ユージーンは驚くほどしおらしく答えた。「それに、ほら、このところ、きみもちょっと忙しかったろう」

「まあねえ、むりもないのよ、おおっぴらにしたがらないのは」マートルはユージーンの肩に手をかけた。夫を誇りに思っていることがありありとわかる顔だった。「書類選考は前にも通ってるんだもの。このひとの実力だから、今回はＩＡＣも神の与えたもうた摂理を尊重して、ちゃんと合格させてくれるように願いたいわね」

「あなたはパーカーに好かれているから、それがものをいうはずよ」パーカーとの反目はまだつづいていたが、いまは棚上げだ。ときどき、反目が消えたように思えることもある。とはいえパーカーは、けっしてミルタウンのことを忘れさせてはくれない。「ところで、いま、通知が届いたばかりだといったけど――ということは、もしかして……？　すこし失礼するわね」

わたしは立ちあがり、ヘレンを探しにいった。ヘレン、アイダ、イモジーンは、パンチ・ボウルのそばに立ち、ベティとくすくす笑っていた。

「……まだ信じられ……しっ！」

「しっ？」わたしは四人の目の前で足をとめ、片方の眉を吊りあげた。「ということは、パンチに一服盛ったか、でなければ、わ、わたしに話してない通知を受けとった、ということね？」

ヘレンが爪先でからだをはずませながら、満面の笑みを浮かべてみせた。顔がぱっくり上下に割れるのではないかと心配になるほどの、大きな笑みだった。

「試験、受けさせてもらえるの！」

「あたしたちもだよ！」

アイダがグラスをかかげ、イモジーンとヘレンのグラスに触れあわせた。三人とも、夏休みがはじまる子供みたいに笑み崩れている。

ベティがほほえみかけてきた。

「身体試験は合格するようにコーチするわ」

「あなたが宇宙に出ているあいだに、わたしもがんばって数学を教えるからね」ヘレンがわたしの肩に軽くパンチした。「絶対にあきらめないわよ」

ナサニエルがうしろからやってきて、わたしの肩に腕をまわした。

「やっぱり、きみの友だちだけあるな、試験を受けられるとわかっただけで、こんなにも興奮するとはね」わたしの頬にキスをして、手にしたグラスをかかげた。「おめでとう、淑女諸君。星々に乾杯だ」

わたしは笑いながら、友人たちとグラスを触れあわせた。

「乾杯の音頭なら、もっといいのがあるわ。

乾杯――〈レディ・アストロノート・クラブ〉に」

39

アストロノート二名とアストロネット一名月到着間近

［カンザスシティ（カンザス州）発 一九五八年七月二十日］ 月曜日の早朝、はじめて月面に足跡を印す人間になるであろうふたりの男性は、月面を移動するベストの方法が歩行ではないことを実感するかもしれない。では、ベストの方法とは？ それは〝カンガルー跳び〟だ。ふたりが月面を踏査するあいだ、女性宇宙飛行士エルマ・ヨーク博士は、月周回軌道をめぐる司令カプセルという家の中で、燃える火を絶やすことなく、ふたりの帰りを待ちつづける。

きょう、わたしは宇宙に飛びたつ。

見るもの経験するもの、そのひとつひとつが、きょうは鮮烈に目に焼きついている。その鮮烈さは、これまでの人生で比肩するものがない。そもそも、ナサニエルとの結婚式でさえ、何年もの時を経て、当時の喜びを詰めこんだ何枚ものスナップショットの中に色褪せてしまっているくらいだ。

しかしきょうは、照明に照らされた朝食の卵の黄身までもが、このうえなく色鮮やかな黄色がかったオレンジ色に輝き、鮮烈きわまりない。この朝食は、宇宙に出る前に地球でとる最後の食事となる。ルブルジョワとテラサスは、テーブルをはさんでわたしの向かいにすわり、いまは三人でフライト前の最後の打ちあわせを行なっているところだ。室内にはひとり、写真家がいるが――IACの厳重な検査を受けて、入室を許可されている――いまはその存在も気にならなかった。

なにしろ、わたしたちはきょう、宇宙へ飛びたつのだから。

テラサスは今回で五回めの、ルブルジョワは七回めのフライトになる。ルーキーはわたししかいない。しかも、女はわたしひとりだけだ。

そのとき――長身で肩幅が広く、半白の髪を持ち、下あごの肉がたれた男性が隔離室に入ってきた。一瞬、それがクレマンスとはわからなかった。葉巻を持っていなかったせいである。もっとも、濃厚な麝香《ムスク》の香りの中に、まだ葉巻のにおいをただよわせてはいたが。

「三人とも、準備はいいか？」

わたしはうなずき、テーブルから椅子を引いた。

「わたしの個室にフライト後の私物があるの。そのなかに……そのなかに、書きつけもあるので」

「ちゃんと確保しておく」

クレマンスはうなずき、両手をポケットにつっこんだ。まるで葉巻がないと、手をどうしていいかわからないかのようだった。

わたしたちはそろって廊下を歩いていき——この廊下もこれが見納めかもしれない——更衣室へ向かった。写真家もついてきたが、途中で別れて、男性ふたりについていった。このフライトで唯一の女であることが、はじめてありがたいと思った瞬間だった。

だが、それもつかのま、更衣室に入ってしまうと、ありがたみは薄れた。男性ふたりは、与圧服に着替えるあいだも、たがいの存在を確認しあえる。しかし、自分はひとりだけなので、それができない。もちろん、更衣室の装着担当者たちとはもう顔なじみだ。受けた訓練の中には、装着のリハーサルも含まれている。しかし——いまのわたしは、心の中でこのフレーズをくりかえすことしかできなかった。

(わたしはきょう、宇宙に飛びたつ)

ほとんど会話のない更衣室の中で、わたしはそれまでの衣類を脱ぎ、これからのフライトにおいて、第二の肌となる長い下着を身につけた。わたしはきょう、これを着て宇宙に飛びたつのだ。

下着の上には与圧服を着る。装着担当の女性ふたりは、与圧服を着せるのに慣れていたので、わたしがとくに指示をしなくとも、装着はとどこおりなく進んだ。プロフェッショナルとはありがたいものだ。与圧服にからだを押しこむさいには、わたしも含めて、三人がかりの作業となった。この与圧服は、着用者を物理的に保護し、有毒の気体から——またば空気がない状態から——守ってくれる。宇宙ではどんな事態が起こるかわからない。そう、わたしがこれから飛びたつ宇宙では。

準備がすむと椅子にすわり、目の前にあるコンクリートの壁を見つめた。そのあいだに、装着担当の女性ふたりが、わたしの頭にヘルメットをかぶせてくれた。ヘルメットをかぶせられる寸前、これから八日間は地球の空気が吸えなくなるんだわ、と思った。ふと、〈ホワイト・ショルダーズ〉のバスパウダーの香りが鼻をくすぐった。ふたりのうちのどちらかがあれを使ったらしい。そうとわかったのは、祖母がいつも風呂上がりに同じものをはたいていたからである。

ヘルメットがカチリと音を立てて固定され、室内の音の質が変わった。ジェット機のフライトヘルメットで音が変わるのとはまたちがう。このヘルメットは、わたし自身のからだの音を受けとめて伝導してくるのだ。金属ユニットからシューッという音とともに純酸素が放出され、頭の周囲を満たしだす。この酸素は金属臭をともなっていた。わたしはゆっくりと、用心深く、酸素を吸いこんだ。ついで、与圧服の曲げにくい腕を両方ともあげ、ふたりに親指を立ててみせた。すべて良好。ふたりはうなずき、わたしにオーケーのサインを出した。

与圧服と外の世界は、こうして大きく隔絶された。宇宙船のシステムに接続するまでは、外の音を聞くこともできない。当面、じっとしているのは、窒素が血流から出ていくのを待つためだ。ここで窒素を排出しておかないと、あとで減圧したとき、体内に溶けこんだ窒素が気泡化して、毛細血管に詰まってしまい、潜函病《ケーソン》を引き起こすからである。これは地球の大気圧が一四・七重量ポンド毎平方インチ《psi》――約一〇一三ミリバールなのに対し、カプセル内の気圧が五・五psi――三八〇ミリバールしかないことに起因する。

目の前の壁は軽量コンクリート・ブロック製で、仕上げの粗い部分があり、それがドラゴンの頭のように見える。初期の試験で遭遇した心理学者たちなら、これをどう評価するだろう？　身動きしづらい与圧服を着たまま、わたしは横を向いて装着担当者のひとりに合図を送り、気がついた担当者に本を開くしぐさをしてみせた。

　女性の担当者はほほえみを浮かべ、キャビネットに手を入れて、この待機時間のためにわたしが選んでおいた本を取りだした。隔離前夜の壮行パーティーで兄が渡してくれた、あのプレゼントだ。

『スーパーマン』11号。兄のコミック・ブック・コレクションでも格別の逸品である。泣きそうになるのを必死にこらえた。わたしは宇宙飛行士。いまは宇宙服の中だから、泣いてはならない。そしてきょう、わたしは宇宙に飛びたつ。


　宇宙飛行士の隔離区画は三階にある。そこから地上へ降りるだけなのに、エレベーターはずいぶん遅く感じられた。手に提《さ》げたポータブルの酸素ユニットはけっこうな重さだが、だれかに運んであげますといわれたとき、わたしは断わった。男性にこれが持てるなら、わたしも持てるはずだからだ。もっとも、エレベーターがとうとう地上に着いたときには、断わったことを後悔しはじめていた。

　エレベーター・ボックスの中には、万一の事故にそなえ、エレベーター修理員がふたり同乗していた。月に向かう途中でエレベーターに閉じこめられるというのも、幸先の悪い話ではある。ルブルジョワはしきりに、左右の脚の重心をかけかえている。この人物がこれほどそわそわしているところははじめて見た。

ドアが開くと、レポーターの一団が待ちかまえていた。心の準備をするよう言い渡されていたので、わたしたち三人は外に出たあと、しばし足をとめ、写真を撮られるがままになった。わたしは金属ユニットの酸素を深々と吸い、ほほえみを浮かべてみせた。

心搏数《しんぱく》はいつもより多めになったが、宇宙服のおかげで、レポーターたちの質問は聞こえない。〝アルミ箔〟の宇宙服を着た三人の宇宙飛行士の写真は、さあ、人さまにどんな目で見られるのだろう？

ミッション管制センターでは、兄、兄の家族、エスターおばさんが打ち上げの時を待っているはずだ。いまは観覧室の中から管制センターを見おろしているだろう。ナサニエルはセンターにいて、とてもすわってなどいられず、デスクの前でそわそわと立っているにちがいない。

わたしたちはレポーターの群れの前を離れ、三人をロケットへ運ぶバンに乗りこんだ。ロケットは巨大な尖塔《モノリス》のようにそびえている。人類が存続することのあかしとしてそそりたっている。わたしはあれに乗りこもうとしているのだ。

もちろん、きょうのうちに、わたしたちが飛びたてない可能性はある。打ち上げ中止はめずらしくない。ケーブル不良。天候不良。爆弾男……。原因はさまざまだ。中止となれば、あしたもまた、最初から同じことをくりかえさねばならないかもしれない。いままで、ミッション管制センターにいて、打ち上げを中止せざるをえない局面には何度も遭遇している。

バンを降りると、技術者たちが待っていた。すぐそばには、発射整備塔の上部に通じるエレベーターの入口がある。ここで、テラサスがわたしの腕をとって足をとめさせ、上を指し示した。

わたしは上体をのけぞらせた。宇宙服を着て上方を見ようと思えば、そうするしかないからだ。思わず驚きの声が漏れた。そしてその声は、ヘルメットの中の側面にこだました。アルテミス《アーテミス》9号が、朝の光のもとで白く息を吐いている——まるで生きているけもののように。知識としては、それが極低温の液体酸素で空気が冷やされて生じた霧であることはわかっている。しかし……ああ、神よ、これはなんと神々しい。

からだをもどした。テラサスはまだ上を見あげている。ルブルジョワもだ。ふたりとも恍惚《こうこつ》とした表情を浮かべていた。やがてようやく、名所に見ほれる観光客状態がおわると、わたしたち三人はエレベーターに乗りこんだ。ボックスががたがたと揺れながら上へ昇っていく。昇るにつれて、カンザスの広大な平原が周囲に広がっていった。

発射整備塔の最上部に到達すると、だれにうながされるでもなく、カプセルに入る前に足をとめた。三人ともだ。中に入ってしまえば、窓は真上向きのものしかない。宇宙に出るまでは、これが最後に見る地球の光景となる。

地表の上の高みには明るい銀色の空が広がって、毛布のように地球をくるみこんでいた。はるか遠く、IACの敷地の境界付近を、二機のT-38が旋回している。ロケットの飛行経路を確保するためだ。以前、打ち上げを空から眺めるため、旅行者が飛行機で接近してきて、打ち上げが延期になったことがあり、以来、この予防措置がとられるようになっているのである。

ほとんど雪が降らないまま、あまりにも短かった今年の冬が終わり、草原は緑に萌《も》えはじめていた。一カ所に広がって風にそよぐピンクの一帯は、夜明けを迎える野草の花々だ。

深々と息を吸いこんだ。そうすれば、出発前に最後の地球の空気が吸えるかのように。もちろん、肺に入ってきたのは、金属ユニットに詰められた酸素でしかない。おもむろに、カプセルに向きなおり、宇宙服のグラヴをはめた手でその側面に触れた。テラサスがひざを曲げ、内部に入りこんでいく。

彼がシートに落ちつくまで、すこし待った。つぎはわたしが入る番だ。上昇のあいだは、わたしが中央の席につくことになっている。ルブルジョワはわたしの左側の席についた。ミッションの船長役はここにすわるのが伝統だからだ。シートはすっぽりとわたしを包みこんだ。両脚を高くあげて、背中は下側にある。各人、しっかりとストラップを締めた。打ち上げの最中は、このストラップがからだを保持することになる。それがすむと、酸素の供給元を金属ユニットから船内タンクに切り替えた。

こちらも金属臭がする。しかし、小型のポータブル・ユニットほどではない。もっとも、それはわたしの錯覚かもしれないが。

ルブルジョワがシートに収まった。ほどなく、音がわたしの世界にもどってきた。通信機器が接続されたのだ。

ルブルジョワがマイクにいった。

「カンザス、こちらアーテミス9号。全員、座席に固定を完了した」

パーカーのノイズまじりの声が無線から聞こえた。パーカーはいま、宇宙船通信担当《CAPCOM》として席についている。

「固定を確認。カプセルへようこそ」

ハッチが閉じ、わずかに見えていた地球の光景が完全に断ち切られた。いま見えているのは頭上に広がる銀色の空だけだ。三人は打ち上げ前の点検に着手した。わたしも自分の点検を行ない、自分が受け持つ計器とスイッチがすべて正常な位置にあることを確認した。

軌道への旅では、わたしがすることはほとんどない。わたしは乗客であり、パイロットはルブルジョワなのだ。もっとも、パイロットといっても名ばかりで、宇宙に出る前に彼が操縦する必要に迫られるのは、なにか異常が起きた場合にかぎられるのだが。

もしも異常が起きた場合、生き延びられる可能性のある異常例のリストは短い。軌道にあがったら、TLI、つまり月遷移軌道投入《トランスルナー・インジェクション》までの準備時間は二時間のみ。理論上、いまのわたしたちがTLIのためにできることは、準備時間をすこしでも長く確保するため、点検時間を短縮することしかない。打ち上げ前点検を完全に暗記し、目をつむってでもできるようになるまで訓練を重ねるのはそのためだ。

シート上であおむけになり、頭よりも高く両脚をあげた格好でいると、まいるのは用を足すときである。プレス・リリースではいっさい触れられることがないが、どの宇宙飛行士もかならず困惑を口にするのは、この部分だ。

男性の場合は複雑な形状の〝コンドーム〟と、排泄《はいせつ》ポーチを使う。女性の場合は特殊なオムツを使う。

三時間の待機時間のうち、二時間が経過したころ、わたしはオムツを使用した。小水がオムツからあふれだし、与圧服の背中側に広がりそうな不安があったが……もちろん、そうはならない。わたしはふたたび、宇宙飛行士であることの魅力のとりこになった。

そうこうするうちに、発射まであと六分にせまった。打ち上げ前の点検は四、五回くりかえし、見落としがないことをたしかめてある。わたしたちの乗った小さなカプセルの外の世界では、打ち上げを見学するために、わたしの家族たちがＩＡＣの屋上へ案内されているころだろう。

ミッションにこうして自分が加わるまでは、それは壮観を特等席から見てもらうための家族向けサービスだと思っていた。じっさい、家族を案内する係を宇宙飛行士の中から選ぶようにといわれるまでは、ずっとそう思っていたものである。しかしそこには、かつてベンコスキー夫人が案内されるさいに、冗談めかして〝寡婦《かふ》への案内〟と形容した側面も含まれていた。わたしたちの家族はいま、マスコミから引き離された状態で屋上にいる。したがって、もしも万一の事態が起こったら……。

とりわけ、わたしたちが打ち上げで死んでしまったら……ＩＡＣは家族を保護できる。メディアには嘆き悲しむ家族の写真を撮れない。わたしたちが提供するのは、打ち上げ成功の喜びに沸く家族の姿だけなのである。

パーカーのノイズまじりの声が耳に響いた。

「ヨーク。エンジニアリングのデスクから伝言だ。〝素数を思いだせ〟」

エンジニアリングのデスク。公の通信では、たんに〝きみの夫〟といったり、ナサニエルの名前を出したりすることができないのだろうか。しかしナサニエルのほうは、この時点ではもう、わたしの声が聞こえているはずだ。

「エンジニアリングに感謝を。帰還後は、〝しっかり割り切れてハンパな端数が出ない〟ことの定理について、なお研究をつづけるとも。ただし、ロケット打ち上げの成功まではペンディングで」

「メッセージを確認」あいだをあけることなく、パーカーは技術的な専門用語にもどった。「エンジン・テスト準備よし《イズ・ゴー》」

宇宙船に振動が走り、支持装置に支えられた機体が揺れた。わたしたちの下で、二基の巨大なシリアス《シリアス》・エンジンの噴射ノズルが回転しだす。可動範囲をテストしているのだ。この振動にそなえて心がまえをしておくようにいわれてはいたが、エンジンが最初に噴射するまぎわの状況を再現するシミュレーターはまだ完成していない。

「発射まで《T・マイナス》六〇秒、カウントダウン継続中。T‐マイナス六〇秒を切った。あと五五秒、カウントダウン継続中」

ルブルジョワがいった。

「感謝する、ミッション・コントロール、スムーズなカウントダウンに謝意を」

「謝意を確認。五〇秒を切った。電源の切り替え完了」

いままで無反応だった計器類がいっせいによみがえった。いくつもの指示針の跳ねあがりようたるや、わたしの心臓のようだ。

動きだした計器を見て、ルブルジョワがうなずいた。

「内部電源への切り替えを確認」

「アーテミス9号離昇まで四〇秒。第一段ロケット・タンク、すべて加圧完了」

「加圧を確認」

ルブルジョワは、この小さな礼拝堂におけるフランス人司祭となって、宇宙に飛びたつための連禱を行なっている。

「あと三五秒、カウントダウン継続中。アーテミス9号、なお打ち上げ準備よし。三〇秒、カウントダウン継続中」

「こちらはきわめて順調」

「二〇秒、カウントダウン継続中。T-マイナス一五秒、航法装置を内部に切り替え《ガイダンス・イズ・インターナル》」

「航法装置の内部切り替えを確認」

ルブルジョワが片手を上にあげ、船内クロックにあてがい、待った。

わたしはシートの上で両手を握りしめ、心の中でカウントダウンを行なった。

「12、11、10、9、点火シークェンス・スタート……」

エンジンがわたしたちの真下で咆哮《ほうこう》を放ち、ロケット全体が地震で揺れる小屋のようにがくがくと揺れた。ミッション管制センターで見まもるこの瞬間は静かなものだが、いまこのとき、ロケットの上では、点火と轟音のあいだにいっさいのタイムラグがない。

「……5、4、3、2、1――0。全エンジン噴射。離昇した」

ロケットがわたしたちの下で雷鳴のような轟きを発し、わたしはシートの背にがくんと押しつけられた。加速圧でからだがうしろへ引っぱられる――まるで地球がわたしたちを引きとめようとしているかのように。

ルブルジョワが船内クロックを押しこみ、始動させた。

「了解。クロック始動」

「発射台をクリア」

「了解。これより回転プログラムを実施する」

窓の外を銀色の雲が回転していく。今回の軌道に乗るためにしかるべき姿勢をとるよう、ロケットが向きを変えているのだ。

「回転プログラム実施を確認」

ロケットはあっという間に雲の堤を突きぬけ、めくるめく青空に飛びだした。だしぬけに、飛行がなめらかになった。音速の壁を突き破ったのだ。ロケットの轟音はもう聞こえない。こちらのほうが速いので、音はうしろに取り残されていく。ここからはすべて、自力でやらざるをえない。こちらが軌道に乗るまで、ミッション管制センターができることはなにもないのだから。

「アーテミス9号。こちらカンザス。第一段エンジン燃料停止《カットオフ》に備えよ」

今回、ルブルジョワの声は緊張ぎみに聞こえた。加速によるGでシートに押しつけられているためだ。

「第一段、燃料停止」

「第一段、燃料停止を確認」

空の青さはぐんぐん深まっていき、濃い藍《あい》色になり、さらに暗さを増して黒になった。あまりにも黒いので、黒い色というよりも、色がないようにさえ見える。ブルーブラック。濃い藍。黒——。このどれひとつをとっても、宇宙の深みとは整合しない。

「第二段、点火準備」

ルブルジョワの両手がコントロール装置に躍り、つぎつぎにスイッチを入れていった。

それまでの圧倒的なGが消えて、ストラップで固定しているにもかかわらず、からだがふわりと浮きあがった。窓の外の暗い空に赤と金の炎が閃《ひらめ》いている。と、分離した第一段のハウジング・ケースがすさまじい勢いでよぎり、あとに火花の群れを引いていった。

「第二段、点火」

そして、静寂。

わたしたちの下で、第一段より小型のエンジンが噴射し、わたしたちをますます高みへ、地球重力圏の外へと押しあげはじめた。だが、大気がないので音は聞こえない。第二段が噴射していることは、カプセルの振動を通じてかろうじてわかるのみだ。定義の上では、わたしたちはもう宇宙にいる。だが、ルブルジョワとミッション管制センターが宇宙船を正しい軌道に投入できなければ、わたしたちは地球に落ちてしまう。

気がつくと、ハーネスの固定されていない端が目の前に浮かんでいた。上へ、だ。

注意をハーネスから計器に向け、これからの八日間、わたしが受け持つ航法業務での、最初の仕事を行なった。

「ＳＥＣＯ。軌道高度、近地点一六三キロ、遠地点一六六キロ」

ＳＥＣＯ——第二段燃料停止《セカンド・ステージ・エンジン・カットオフ》の略である。

パーカーはわたしに対しても、ほかの宇宙飛行士に対するのと同じ冷静さで応えた。

「了解、燃料停止を確認。復唱する。軌道高度、近地点一六三キロ、遠地点一六六キロ」

カプセルは静寂に包まれている。自分の呼吸の音と酸素供給のファンの音以外、なにも聞こえない。一六三キロ下方の地表では、各追跡ステーションがわたしたちの飛行経路を追跡し、カンザスシティのとあるデスクへテレタイプを通じて数値を送っているはずだ。

そのデスクについているふたりの計算者、バシーラとヘレンは、いま、送られてくる数値をエレガントな数式に組みこんでいるだろう。

「アーテミス9号、こちらカンザス。軌道投入の準備完了を確認した」

ルブルジョワが顔をわたしに向け、ヘルメットごしにほほえみかけてきた。

「おめでとう。これできみは公式に宇宙飛行士となった」

顔が痛い。喜びのあまり、頬がぱんぱんに張るほど笑み崩れている。

「でも、することはまだまだあるわ。そうでしょう?」

「ありすぎるほどにな。だが、ちょっと待った――」テラサスがわたしの腕を取り、窓を指さした。「あれを――」

広大な暗黒以外、窓の外にはなにも見えない。知識のうえでは、地球の夜の側に入ったことがわかっている。わたしたちはいま、地球の影の側を飛んでいるのだ。と、そのとき、魔法が夜空を埋めつくした。

星々が顔を出したのである。

何百万もの星々が、鮮明に、鮮烈に、荘厳に。

これは〈巨大隕石〉以前に地表から見た星々ではない。くっきりとして安定している。大気を通して見ていないので、またたいていない。

〈巨大隕石〉以降、はじめて星々を見たときのことを、あなたは憶えているだろうか。
わたしはそのとき、宇宙カプセルの中にいて、月に向かう途中だった。

謝　辞

本書は多くをほかの方々の英知に負うている。ここにその一端をご披露しよう。かなり初期の段階で、ブランドン・サンダースンにプロット上の難点をあげられたとき、覚悟したことがある。本書が一冊には収まらず、二冊構成になってしまうということだ。その責めは一《いっ》にかかって、彼の助言で出番の増えたステットスン・パーカーにある。

この問題をかかえて、「えーとね……二冊になっちゃうんだけど？」と相談しにいったとき、すんなり受けいれてくれたのは、わたしの編集者、リズ・ゴリンスキーと、わたしのエージェント、ジェニファー・ジャクスンだ。

ダイアナ・ローランドには深甚の謝意を。おたがい締切に追われるなか、彼女はわたしにとって最高のチアリーダーでありつづけてくれた。

義父のグレン・コワルは、ベトナム戦争時の戦闘機パイロットで、アポロ宇宙船時代はテスト・パイロットを務めていた。迫真に満ちたバードストライクの細部や雪上着陸をリアルに描けたのは、義父のおかげといえる。

デリク・〝ウィザード〟・ベンコスキーは——そう、作中のあのベンコスキーだ——現実の世界では本物の空軍パイロットで、航空史にも造詣《ぞうけい》が深く、パイロットの専門用語《ジャーゴン》ではずいぶん助けてもらった。この〝助けてもらった〟というのは、文字どおり、一部を記述してもらったことを意味する。譬《たと》えるなら、それはワードゲームの〈マッド・リブス〉をするのにちかい。わたしが文章の一部分を「　」でくくって、〝「ここにパイロット・ジャーゴンをたくさん」〟と指定する。するとベンコスキーが、〝ライト＝パターソン管制塔、こちらはセスナ４１６《フォー・ワン・シックス》ベイカー、高度八五〇〇フィートで貴飛行場へ進行中〟と書き換えてくれるわけである。

〈マッド・リブス〉といえば、以下にお名前をあげる本物の宇宙飛行士のおふたりにも、ベンコスキーと同じように空白を埋めてもらった。なにしろ、正直にいって、ＮＡＳＡのジャーゴンは……まさにジャーゴン以外のなにものでもないといわざるをえない。

そのうちのひとり——宇宙飛行士で航空医官で、宇宙船通信担当《ＣＡＰＣＯＭ》も務めたチェル・リンドグレンは、進んで草稿の読者となり、いろいろと協力してくれた。たとえば、このような一文を付加してくれたのは彼である。〝きょうは最終ドッキング操作のシムを行なって、過度に敏感な中立帯における、ＲＨＣ入力の微調整を行ないました〟。また、全体に目を通し、アポロ時代の物語にスペースシャトル時代の頭字語を使うミスを防いでくれたのも彼である。そのうえ、わたしをエリスン飛行場に連れていき、T-38を見学させてくれたばかりか、みずからのフライト装備を一部着用させてもくれた。T-38の訓練飛行の描写を書きなおし、体感的なディテールを大量に書き加えることができたのは、まさにこの訪問のおかげといっていい。

もうひとりの宇宙飛行士キャサリン・コールマンも、たくさんの空白箇所を埋めるうえで驚くほど貢献してくれた。宇宙遊泳中、ハッチが閉まらなくなる事故のシーンで、とてつもない数のエラーを指摘してくれたのは彼女である。あのシーンをまるまる書きなおすことになったのは、彼女のおかげにほかならない。ふうやれやれ、危ないところだった。

スティーヴン・グラネイドはロケット科学者で、彼の貢献もまた驚異的だった。なんと、小説全体を読んだうえで、エルマの行なった計算をすべて数式の形で表わしてくれたのだ。わたしにはどれひとつとして理解できなかったけれど。

ジェシカ・マルケスは、人類の宇宙飛行について膨大な量の資料を提供し、きわめてすぐれた草稿読者となってくれた。

ステイシー・バーグは、作家であると同時に、医学研究者でもある。彼女がチームに加わってくれたのは、ほんとうにありがたいことだった。

シェイナ・ギフォードは航空医官にして、仮想的な火星居住者だ。本書では、医学的な側面でなにかと助言をしてくれたが、彼女の本領が存分に活かされるのは次巻においてである。いまは悪役ふうに、こういうにとどめておこう。せいぜい楽しみにしておくんだな、ムワーッハッハハハ。

アンドルー・チェイキンは——かの『人類、月に立つ』の著者だ——土壇場でピンチヒッターとして登場し、シャトル時代の表現を改めるのに腕をふるってくれた。

エルマの生活におけるユダヤ人的側面をなにかと手ほどきしてくれたのはチェイニー・ベックマンである。この点に関しては、チャールストン出身のデイヴィッド・ウォールライクも手伝ってくれたうえ、歴史的要素に関する側面も補完してくれている。

ルーシアン・ウォーコウィッチはアドラー・プラネタリウムの天文学者で、隕石の落下地点を、地上ではなく、水上に変更したのは、そのほうがずっと深刻な被害をもたらすという彼女の助言に基づく。彼女とコーヒーを飲むあの機会がなかったら、この小説には、〝未来において極度に悪化する温室効果〟は登場しなかっただろう。ヴィッキー・シューとユン・チウ・ワンには、台湾語の表現でいろいろと教えてもらった。本書で用いた台湾語の中に、ふたりが卑猥《ひわい》なジョークをすべりこませていないことを祈るばかりだ。ユン・チウとはNASAの懇親会で知りあった。ケネディ宇宙センターでのある打ち上げのさい、同席したのである。彼女はとても辛抱づよく、わたしがしゃべりまくる敏感なことがらに耳をかたむけてくれた。

わたしの正気をたもたせ、スケジュールを管理し、本書を書くことに専念させてくれたのは、わたしのふたりのアシスタント、ベス・プラットとアリションドラ・ミーチャムである。

また、草稿を読み、本書の完成までつきあってくれた以下の方々にも深謝を捧げたい。チェイニー・ベックマン、ヒラリー・ブレナム、ニコラス・コンテ、ピーター・ヘンジェス、エイミー・パジェット、ジュリア・リオス、ブランスン・ロスケリー、イーヴァ・フォンアルメン。

もちろん、わたしの家族全員にも感謝を。そのなかでもふたりには、どれだけ感謝してもしたりない。夫のロブは、この物語に関し、折にふれてのとりとめない話につきあってくれた。また、弟のスティーヴン・K・ハリスンは、歴史家として、〈巨大隕石〉後の世界がどのように変わっていくかについて助言してくれた。

最後に、本書に用いた題材の、すべての正しい要素《ライトスタッフ》を教えてくれたみなさんに謝意を。わたしのポカでどこか正しくない要素《ロングスタッフ》があれば、左記のアドレスまでEメールをいただきたい。

anachronisms@maryrobinettekowal.com

ただし、メールを出すのは……次ページからの「歴史ノート」を読んでからにしていただければと思う。現実の歴史を改変した箇所について説明してあるからだ。

歴史ノート

ここでは本書の時間線について、現実とはすこしく異なる点をお話ししたい。この物語世界の歴史改変は、本書の冒頭時点よりも前から始まっている。トルーマンが大統領選に敗れ、デューイが大統領になっているのだ。なぜこのような変更を加えたのか？　それは物語上、宇宙計画をすこしでも速く進ませる素地を持った大統領が必要だったからである。

じつは、わたしの中篇「火星のレディ・アストロノート」"The Lady Astronaut of Mars" では（設定はすこしちがうが、本書はその前日談）、すでに歴史改変に踏みきっている。わたしなりの〝パンチカード・パンク〟ユニバースには、ほかに三つの短篇がある。時系列面でその最初の作品「臨時ニュースをお伝えします」"We Interrupt This Broadcast" は、小惑星の落下を描いたもの。しかし、短篇のこととて、あまり立ちいったリサーチはせず、物語の舞台に設定した一九五二年には、人類がなんらかの物体を宇宙に打ち上げるまで、まだ五年の歳月を必要とすることに気づいていなかった。

その後、この長篇のリサーチをはじめたところ、当時のテクノロジーでも、歴史年表にほんのすこし手を加えるだけで、もうすこし早く衛星を打ち上げられることに気がついた。どこに手を加えるかというと……。たとえば、ヴェルナー・フォン・ブラウンとそのチームは、合衆国に亡命し、テキサス州に連れてこられたあと、ロケット工学の研究を許可されるまで、二年間、待機させられていた。フォン・ブラウンはその間《かん》に、『火星計画・技術的物語』*Project Mars: A Technical Tale* という英語の小説を執筆し、有人火星ミッションを描いた。

小説とはいっても……これは多分に技術色の強い作品である。付録には図表がいくつも載っているし、数式もたくさん載っている。つまりこの本は、フォン・ブラウンが聡明な科学者であることを示すと同時に、詳細な資料としても、とてつもなく役だつものだったのだ。わたしは本人直筆の大量の図についても言及したろうか？

要するに、フォン・ブラウンは一九四五年の時点で、人間を火星へと送りこむプランをあたためていた。当局が充分な資金を提供してさえいれば、それは早期に実現していたかもしれない。そこでわたしは、彼に進んで資金を投じる人物に大統領をすげかえ、D.C.に小惑星を落としたというわけだ。

ロケット工学の黎明期について、より多くを知りたい方は、エイミー・シラ・タイトル著の、『重力の軛《くびき》を断ち切って』*Breaking the Chains of Gravity* を強くお奨めする。これはNASAが成立する前の宇宙飛行についてまとめた本である。

本書の各章冒頭に載せたメディアの見出しや記事は、かなりの部分が本物で、基本的にニューヨーク・タイムズからの引用が多い。本書固有の歴史に合わせ、若干の変更を加えてあるが、内容はおおむねオリジナルのままとなっている。

とくに強調しておきたいのは、女性の宇宙飛行士試験に関する見出しである。これは現実に起きたことなのだ。女性の宇宙飛行士候補は、カウントのしかたによって、一二人、または一三人。彼女たちはデータ収集の目的で試験に招かれたものの、政治的謀略により、試験は中止となった。しかし、中止された時点で、女性は男性よりも高いGに耐えるうえ、ストレス・テストでもよりすぐれた成績をあげることが判明していた。受験者のひとりは八人もの子供を育てていたので、ストレス・テストなどへっちゃらだったのではないかと推察する。

この点については、ステファニー・ノーレン著のノンフィクション、『約束された月』*Promised the Moon* をお読みいただきたい。同書で試験の場面に登場する女性の一部は、本職のパイロットだった。なかでもとりわけ、ジャッキー・コクランとジェリー・コブにご注目。注目したらどうなるのかって？　きっとあなたは、ふたりがニコールとエルマのモデルだと思うはずだ。じっさいには、それはちがう。本書のキャラクターたちを創ったとき、とくに参考にしてはいない。しかし、ひとたび双方の共通点に気がついてからは、おおいに参考にさせてもらっている。

ジャッキー・コクランといえば……彼女は陸軍航空軍婦人操縦士隊（WASP）の創設者であり、〈99s〉の創立メンバーのひとりでもある。彼女がいなかったなら、職業パイロットになろうと思った後続の女性は、はるかに困難な道のりを歩かされていただろう。彼女はそれほどに非凡で複雑な人物だったのだ。

WASPのメンバーはみんなすぐれたパイロットであり、彼女たちについて本書に引用したデータは、すべてが純然たる真実である。願書を受けつけられた唯一の黒人女性が、入隊を辞退するように求められたことも含めてだ。

当時、黒人の航空クラブと航空《エア》ショーは非常に人気があった。差別的な法律によって、ベッシー・コールマンが合衆国内でパイロット・ライセンスを取得できず、操縦を独習し、パリで取得せざるをえなかったことには、憤りを禁じえない。ミス・コールマンをはじめ、他のアフリカ系アメリカ人飛行士と宇宙飛行士については、フォン・ハーデスティのノンフィクション『黒い翼』*Black Wings* をお読みいただきたい。

では、計算者についてはは？　彼らに関しては三冊のノンフィクションを推奨しておこう。

ナタリア・ホルト著『ロケットガールの誕生――コンピューターになった女性たち』と、マーゴット・リー・シェタリー著『ドリーム――NASAを支えた名もなき計算手たち』(映画版の邦題も『ドリーム』)、デイヴァ・ソーベル著の『ガラスの宇宙』*The Glass Universe*、この三冊だ。この三冊はすべて、女性数学者たち――〝計算者《コンピューター》〟に焦点を当てたものである。天文学とロケット工学の分野でおおいに貢献した彼女たちは、これらに関する計算を、鉛筆と計算尺を用い、手計算で行なっていた。計算機《メカニカル・コンピューター》がものになるずっと前からだ。計算機なくして、人類は月にいくことができただろうか？　現実世界で計算機が実用になる以前、これらの計算はもっぱら女性たちが行なっていた。計算機のほうが、たしかに計算速度は速かった――使いものになるようになってからは。しかし、計算機には数式を組むことができなかった。宇宙時代の黎明期において、数式は人の手で書かれていたのである。『ドリーム』をすでに見た人も、この映画の原作はぜひ買って読んでほしい。女性の計算者たちがじっさいに行なっていたことが、気が遠くなるほど詳細に書いてあるから。同様に、『ロケットガールの誕生』では、黎明期からこちらのジェット推進研究所において、女性がどのようにかかわっていたかが描かれている。計算部門に男性を採用しないという方針はほんとうにあったのだ。

本書を書いたのは二〇一六年で、『ドリーム』が刊行される前のこと。その映画版の予告篇を見たときは、喜びのあまり部屋じゅうを飛びまわったものだった。そこにはまさに、わたしが描いた女性たちがいたのである。同時に、ほっと胸をなでおろしもした。草稿を読んでくれた友人たちが〝不審の中断《もっともらしさ》〟の点でなによりも気にしていたポイントは、計算部門に白人以外の女性がいたのかということだったからだ。しかし、彼女たちはたしかに、計算部門に実在していた。じっさい、ヘレンの名は、計算者も務めたヘレン・リン（旧名ヘレン・イー・チョウ）にヒントを得ている。アイダ・ピークスのキャリアにしても、同じく計算者であったジャネズ・ローソンからインスピレーションを得た。『ドリーム』が世に出たとき、わたしがおおいに安堵したのは、そういうわけだ。歴史から消されていた女性たちにスポットライトをあてるうえで、これは大きな一歩だったといえる。

一九五〇年代には、数学の高級学位を持つ男性はエンジニアになった。いっぽう女性は、計算者になった。このふたつの職種の賃金格差は著しいものだった――宇宙産業の大半を牽引するアルゴリズムを設計していたのが、女性であったにもかかわらず。同じ理屈で、同一の仕事をしていても、白人のほうが給与は高かった。この歴史的な戦いがもう継続されてはいないことを願いたいところだが……右のふたつの格差はいまだに変わっていない。

計算機なくして、人類は月にいけたろうか？　おそらくは。この点で、わたしは創作者としての自由を謳歌させてもらった。現実世界では、初期のＬＥＯ（地球周回低軌道《ロウ・アース・オービット》）は、おおむね手で計算されていた。大がかりな計算者のチームがいくつもあり、宇宙計画のあらゆる局面に必要な計算を人海戦術で行なっていたのである。

計算機が信頼のおけるしろものになると、計算速度は速くなり――いっそう重要なことに――人間の計算者部門が行なっていた膨大な熟練労働は必要なくなった。さらに、計算機は画像もデジタルデータで送ることを可能にした。アポロ宇宙船の時代、宇宙カプセルの追跡、および地球へ送られてくる信号の復号に使われていたのはUNIVAC《ユニヴァック》だ。

〈レディ・アストロノート〉の時間線にも計算機は登場するが、正直いって、現実世界のそれよりも性能に大きな制約を設けてある。わたしたちは人間の計算者だけで月へいけるのか？　うーん、いける……かもしれない。しかし、計算者だけでは、宇宙船を追跡することはできないだろうし、月に向かう宇宙船との交信すら不可能だろう。

ただし本書では、計算機以外の点では、現実世界と同等の科学レベルにしたつもりだ。なお、現実世界から〝借用〟したできごとのなかには、本書の世界に合わせて改変したものもある。たとえば――。

ミスター・ウィザードはほんとうに第二次世界大戦でパイロットをしていた。番組にレディ・アストロノートを出演させたことはないが、いくつかの回を見ているうちに、気がついたことがある。番組に出ている小さな女の子たちが、男の子たちといっしょになって同じ科学実験をしていたということだ。ミスター・ウィザードは男女の分け隔てをせず、子供たちに知的な敬意をもって接していたのである。わたしはその点をエクストラポレートし、レディ・アストロノートの出演回を創作させてもらうことにした。

空中で爆発し、ウィリアムズ農場に落下したロケットは、マリナー1号の爆発を下敷きにしている。じっさいには、同探査機の打ち上げに使われたロケットは、領域安全担当がきちんと仕事をしたため、コースをはずれた時点で爆発させられている。ただし、爆発させざるをえなかった原因が〝失われたハイフン〟として誤伝される〝記号の転記ミス〟にあったことは、まぎれもない事実だ。ちなみに、現実の世界では、その転記ミスをやらかした人物は、のちに昇進している。

アポロ11号の司令船パイロットを務めたマイケル・コリンズは、本来はアポロ8号にも乗っていくはずだったが、首に骨棘《こつきょく》が生じたため、同宇宙船には乗らず、地上の管制センターで宇宙船通信担当《CAPCOM》を務めた。このあたりの事情は、治療と療養過程も含めて、彼のすぐれた自伝『炎を運ぶ』*Carrying the Fire* にくわしい。ステットスン・パーカーのエピソードは、ここからまるパクりしたものである。

コリンズはさらに、ある宇宙遊泳のあと、宇宙カプセルにもどったさい、ハッチを閉じるのに手こずったエピソードを披露している。本書ではもっと事態を悪化させているが、ここからインスピレーションを得たことは告白しておこう。

宇宙はほんとうに驚きに満ちている。わたしたちは宇宙飛行士に注目しがちだが、宇宙開発に情熱を捧げる人はほかに何千人もいる。NASAを訪れるたびに、わたしはいつも感銘を受ける。出会う職員の全員が、自分たちが最高の仕事をしており、重要なことをしていると（事実、そのとおりだ）自負しているからである。現実世界での時間線は、宇宙計画を加速させる大災厄を経験していないが、宇宙開発事業はやはり重要だ。みなさんの日々の暮らしは、かなりの部分を、宇宙産業の研究開発からの直接的な産物に負っている。電子計算機、人工衛星、GPS、コードレスのハンドドリル、携帯電話……これらはみな、NASAをはじめ、世界じゅうの宇宙計画にかかわる人々の発想から生まれたものである。わたしたちは宇宙飛行士にばかり注目しがちだが、ロケットにたとえるなら、彼らは先端部分にすぎない。

参考文献

・Chaikin, Andrew. *A Man on the Moon: The Voyages of the Apollo Astronauts.* Penguin Books, 2007.［アンドルー・チェイキン『人類、月に立つ』（上・下）亀井よし子訳、日本放送出版協会、一九九九年］

・Collins, Michael. *Carrying the Fire: An Astronaut's Journeys.* Farrar, Straus and Giroux, 2009.

・Hadfield, Chris. *An Astronaut's Guide to Life on Earth: What Going to Space Taught Me About Ingenuity, Determination, and Being Prepared for Anything.* Back Bay Books, 2015.［クリス・ハドフィールド『宇宙飛行士が教える地球の歩き方』千葉敏生訳、早川書房、二〇一五年］

・Hardesty, Von. *Black Wings: Courageous Stories of African Americans in Aviation and Space History.* Smithsonian, 2008.

- Holt, Nathalia. *Rise of the Rocket Girls: The Women Who Propelled Us, from Missiles to the Moon to Mars*. Back Bay Books, 2017. ［ナタリア・ホルト『ロケットガールの誕生――コンピューターになった女性たち』秋山文野訳、地人書館、二〇一八年］
- Nolen, Stephanie. *Promised the Moon: The Untold Story of the First Women in the Space Race*. Basic Books, 2004.
- Roach, Mary. *Packing for Mars: The Curious Science of Life in the Void*. W. W. Norton & Company, 2010. ［メアリー・ローチ『わたしを宇宙に連れてって――無重力生活への挑戦』池田真紀子訳、ＮＨＫ出版、二〇一一年］
- Scott, David Meerman and Jurek, Richard. *Marketing the Moon: The Selling of the Apollo Lunar Program*. The MIT Press, 2014. ［デイヴィッド・ミーアマン・スコット&リチャード・ジュレック『月をマーケティングする――アポロ計画と史上最大の広報作戦』関根光宏・波多野理彩子訳、日経ＢＰ社、二〇一四年］
- Shetterly, Margot Lee. *Hidden Figures: The American Dream and the Untold Story of the Black Women Mathematicians Who Helped Win the Space Race*. William Morrow Paperbacks, 2016. ［マーゴット・リー・シェタリー『ドリーム――ＮＡＳＡを支えた名もなき計算手たち』山北めぐみ訳、ハーパーコリンズ・ジャパン、二〇一七年］

・Sobel, Dava. *The Glass Universe: How the Ladies of the Harvard Observatory Took the Measure of the Stars.* Penguin Books, 2017.
・Teitel, Amy Shira. *Breaking the Chains of Gravity: The Story of Spaceflight before NASA.* Bloomsbury Sigma, 2015.
・von Braun, Dr. Wernher. *Project MARS: A Technical Tale.* Collector's Guide Publishing, Inc., 2006.

訳者付記

本書の用語には、看護婦やミリバールなど、物語の時代設定に合ったものを使いました。固有名詞の多くは原音に近い表記を用いています。頻出するカクテルの表記も同様ですが、これは伏線かもしれないとの判断からです。

翻訳にあたっては以下の方々のお知恵を拝借しました。ヘブライ語を教えてくださったマイクル・アシュケナージさん、台湾語を教えてくださった伊能康祐さん、フランス語を教えてくださった上池利文さん、米民間機のコールサインやマスタングの操縦法を教えてくださった村上和久さん、英語の不明な点を教えてくださり、（あの）リック・スターンバックや米空軍の関係者に問い合わせをしてくださったエドワード・リプセットさんに、この場を借りて心よりお礼を申しあげます。ただし、疑問点は部分的にピックアップしてご教示を仰いだもので、内容にあやまちがあった場合、責任はすべて訳者にあります。

解説

評論家
堺　三保

時は一九五二年。突如アメリカ東岸沖に落下した巨大隕石は、東海岸部の各都市に大打撃を与え、多数の死傷者を出す大惨事となった。だが、真に恐るべき事態はそのあとに待っていた。隕石落下によって大量の海水が水蒸気となって大気中へと舞い上がり、強烈な温室効果を起こしつつあったのだ。その結果、地球環境が激変、遠からず地球は人類の生存に適さなくなる。事態を重く見たアメリカ政府は、その宇宙開発計画を今まで以上に加速、大至急、地球外に人類を送り出そうと奮闘を始めた。そしてその中心に、後に「火星の女性宇宙飛行士」と呼ばれることとなる女性科学者にしてパイロットのエルマ・ヨークがいた……。

本書『宇宙《そら》へ』は、いまだ人種差別も性差別も露骨に存在していた時代に、宇宙へ進出するか、しからずんば絶滅かという過酷すぎる二択を迫られた人類の奮闘を、その中でひたすら最善を尽くして前へと進んでいく女性を主人公に描いて、ヒューゴー、ネビュラ、ローカス、サイドワイズの各賞を受賞し、メアリ・ロビネット・コワルの代表作となった*The Calculating Stars*（2018）の全訳である。

本書がユニークなのは、（つい最近まで停滞したままだった）宇宙開発が「順調にすすんでいたら」という夢と、性差別や人種差別に対する異議申し立てという二つのテーマを、「歴史改変ＳＦ」という形で、まさにそれが大きな問題として人々の目の前にあらわとなった一九五〇～六〇年代を舞台に、史実を随所にちりばめて描いているところだ。次から次へと立ち塞がる難題を一つずつ解決し、宇宙への道を切り拓いていく登場人物たちの姿には胸躍るものがある。特に、物語が史実を離れ、女性たちが宇宙飛行士として採用されていくくだりは、痛快そのものだ。

だが、本書最大の魅力は何と言っても主人公であるエルマの造形にある。科学者としてもパイロットとしても有能であるにもかかわらず、過去に男性社会で受けた抑圧によって、人前で意見を言おうとするとパニック障害を起こしてしまうという、強さと弱さを兼ね備えた人物像に、我々読者は応援せざるを得なくなるのだ。

もともと、あり得たかも知れない「もう一つの宇宙開発史」を描いた歴史改変SFは、現実の世界での有人宇宙開発が頭打ちとなった九〇年代にいくつか書かれていた。たとえば、アレン・スティールの未来史シリーズ（短篇のいくつかが邦訳されている）やスティーヴン・バクスターのNASA三部作（未訳）などが有名なものだろう。

それが二一世紀になって二十年近くも経過して、本書やAppleTV＋のオリジナルドラマ「フォー・オール・マンカインド」(2019～）といった形で再び注目を集めているのは大変興味深い。

その理由の一つは、今や現実の世界においても、有人宇宙開発は民間企業や中国といった新興勢力の進出によって、再び活性化してきているからだろう。世はまさに再び一九五〇～六〇年代のような「ロケットの夏」を迎えようとしているのだ。

だが何よりも、これらの物語の持つ、今の我々の社会が抱えているある種の閉塞感を吹き飛ばしてくれるような、前向きで希望に満ちた物語展開と、女性や非白人の登場人物たちが活躍するという、これもまた現代において強く意識されている差別問題への言及という二つの要素が、広くアメリカの人々の心をつかんだのではないだろうか。

女性の宇宙開発参加という点では、二〇一六年に発表されたマーゴット・リー・シェタリーのノンフィクション『ドリーム　NASAを支えた名もなき計算手たち』と、それを元に作られ同年公開された映画「ドリーム」の影響も見逃せない。

これは、現実の一九五〇〜六〇年代のアメリカの宇宙開発において、黒人を含む女性たちが計算手（当時は彼ら人間の計算手たちがコンピューターと呼ばれていた）として計画の根幹を支えていたことを描いたもので、現実とフィクションの違いこそあれ、本書ときわめて近い感動を味わわせてくれる傑作となっている（本書においてエルマたち女性がまずは宇宙飛行士ではなく計算手として活躍するという展開は、『ドリーム』で描かれている史実をベースにしていると考えられる）。

ちなみにこれは余談だが、本書でも映画「ドリーム」でも、当時まだ黎明期にあった大型電子計算機《コンピューター》は、まるで使えない不器用な機械として、人間の計算手《コンピューター》たちにバカにされる描写があるのだが、おもしろいことに最近アメリカのＳＦ界では、本書のように五〇〜六〇年代を舞台にした歴史改変ＳＦを、当時の電子計算機はプログラムを入力するためにパンチカードと呼ばれる一枚に一文ずつプログラムを書いていくカードも用いていたことから「パンチカードパンク」と呼んでいるらしい。サイバーパンクやスチームパンクと比べると、かなり微妙なネーミングのような気もするのだが、どうやらＳＦ用語として定着するのかも。

本書の作者、メアリ・ロビネット・コワルは、一九六九年、アメリカのノースカロライナ州出身。大学卒業後はなんと人形遣いや声優として働いていて、さまざまな賞に輝いているという、小説家とは別の一面も持つ多才な人物だ。

小説を書き始めたのは二〇〇四年で、いくつか短篇を発表した結果、二〇〇八年にジョン・W・キャンベル（現アスタウンディング）新人賞を受賞した。

そして、二〇一〇年には初長篇 *Shades of Milk and Honey* を発表、ネビュラ賞長篇部門とローカス賞第一長篇部門の候補に選ばれた。この作品は、魔法が日常的に使われている「もう一つの」一九世紀初頭の英国を舞台にしたファンタジーで、コワルは続けて続篇を発表、最終的には全五作の人気シリーズとなった（一作目は『ミス・エルズワースと不機嫌な隣人』としてハヤカワ文庫FTから翻訳が出ている）。

コワルは、このシリーズに続いて、第一次世界大戦時に霊媒たちが活躍するという歴史ファンタジー *Ghost Talkers*（2016）を書いた後、本書『宇宙《そら》へ』で〈レディ・アストロノート〉シリーズの長篇を発表し始める。

ただし、このシリーズの第一作は本書ではなく二〇一三年に発表された中篇「火星のレディ・アストロノート」"The Lady Astronaut of Mars"（SFマガジン二〇二〇年十月号訳載）だ。この作品には、初の有人火星探査から三十年後、初老となって現場からほとんど退いているエルマが主人公として登場する。SF的な状況設定の中で女性の自己実現を描いたこの作品は、SFファンの支持を集め、見事にヒューゴー賞を受賞している。

コワルはその後、ずっとエルマの前半生がどんなだったかが気になって、いくつか短篇を書いていたのだが、やはり構想中だった巨大隕石落下による環境激変下での人類のサバイバルものが、エルマの物語としても成立することに気づき、本書を書き始めたのだという。

そして彼女は、そこから物語の世界をどんどんと広げ続け、〈レディ・アストロノート〉シリーズという巨大な改変歴史世界を作りつつある。以下にこれまでの作品をリスト化してみた。

〈レディ・アストロノート〉シリーズ作品リスト

1. The Lady Astronaut of Mars「火星のレディ・アストロノート」（2013）中篇
2. We Interrupt This Broadcast（2013）短篇
3. Rockets Red（2015）短篇
4. The Phobos Experience（2018）短篇
5. The Calculating Stars『宇宙《そら》へ』（2018）本書

6. The Fated Sky（2018）5の続篇
7. Articulated Restraint（2019）短篇
8. The Relentless Moon（2020）6の姉妹篇
9. The Derivative Base（2022刊行予定）6の続篇

6、8、9は本書の直接的な続篇で、物語は有人月面探査から月面基地建設、そしていよいよ有人火星旅行へと時系列順に進んでいっているところだ。一方、短篇のほうは、長篇よりもずっと先の時代を舞台にしていて、コワルは今後も時系列にとらわれず、エルマを始めとする女性宇宙飛行士たちの活躍を描くつもりだとか。その中には、1の物語の後のエルマの活躍や、宇宙旅行をすることになったガールスカウトたちの冒険譚なども構想しているという。

このシリーズがよくできているなあと思うのは、どの作品も単体で読んでまったく問題ないように物語が個々にまとめられているところ。最初に時系列を過去に遡る形でシリーズを始めたせいでもあるのだろうが、続き物でありながらも、基本的にはどこから読んでもかまわないようにできているところに、コワルの巧さを感じる。

だが何よりも、これらの作品群は一昔前までは「男の子のモノ」だったロケットや宇宙船といったものを、女性たちの手にもきちんと表立って取り戻させたという点において、SF史における大きな里程標とすら呼べると筆者は感じている。

読書の皆さんにも、ぜひとも本書における女性たちの活躍を御堪能していただき、宇宙へと思いをはせていただきたい。

二〇二〇年七月

書架の探偵

A Borrowed Man

ジーン・ウルフ

酒井昭伸訳

図書館書架に住むE・A・スミスは、推理作家E・A・スミスの複生体《リクローン》である。生前のスミスの記憶や感情を備えて、図書館に収蔵されているのだ。そのスミスのもとを謎を携えた令嬢コレットが訪れた。彼女はスミスの著作が兄の死の鍵を握っていると考えていた。巨匠ウルフによるSFミステリ。解説／若島正

ハヤカワ文庫

火星の人〈新版〉（上・下）

The Martian

アンディ・ウィアー
小野田和子訳

有人火星探査隊のクルー、マーク・ワトニーはひとり不毛の赤い惑星に取り残された。探査隊が惑星を離脱する寸前、思わぬ事故に見舞われたのだ。奇跡的に生き残った彼は限られた物資、自らの知識と技術を駆使して生き延びていく。宇宙開発新時代の究極のサバイバルＳＦ。映画「オデッセイ」原作。　解説／中村融

ハヤカワ文庫

アルテミス（上・下）

ARTEMIS

アンディ・ウィアー
小野田和子訳

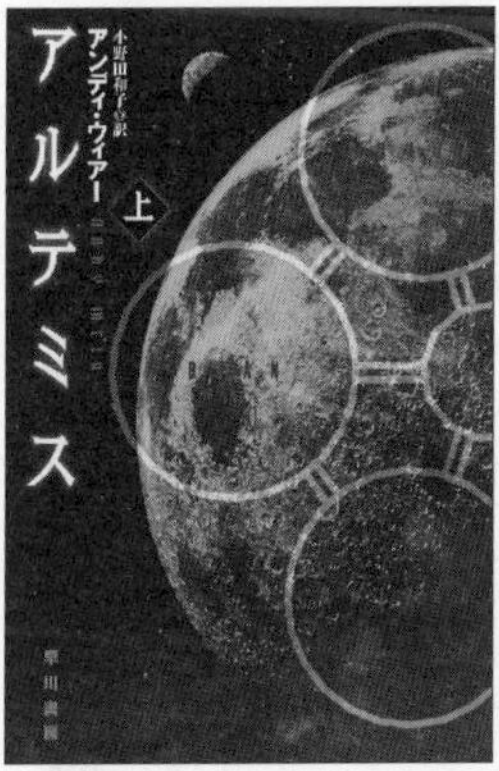

月に建設された人類初のドーム都市アルテミスでは、六分の一の重力下で人口二千人の人々が生活していた。運び屋として暮らす女性ジャズは、ある日、都市有数の実力者トロンドから謎の仕事のオファーを受ける。それは月の運命を左右する巨大な陰謀に繋がっていた……。『火星の人』に続く第二長篇。解説／大森望

メカ・サムライ・エンパイア（上・下）

Mecha Samurai Empire

ピーター・トライアス
中原尚哉訳

大日本帝国統治下のアメリカ西海岸の「日本合衆国」。軍人の両親を失ったゲーマー不二本誠は、皇国機甲軍のメカパイロットをめざすも、士官学校入試に失敗してしまう。絶望する彼だが、思わぬことから民間の警備用パイロット訓練生への推薦を受けることに……。衝撃の改変歴史ＳＦシリーズ第二作。解説／堺三保

ケン・リュウ短篇傑作集1

紙の動物園

The Paper Menagerie and Other Stories

ケン・リュウ
古沢嘉通編・訳

泣き虫だったぼくに母さんが作ってくれた折り紙の動物は、みな命を吹きこまれて生き生きと動きだした。魔法のような母さんの折り紙だけがぼくの友達だった……。ヒューゴー賞／ネビュラ賞／世界幻想文学大賞という史上初の3冠に輝いた表題作など、第一短篇集である単行本『紙の動物園』から7篇を収録した、胸を震わせる短篇集

ハヤカワ文庫

ケン・リュウ短篇傑作集2

もののあはれ

The Paper Menagerie and Other Stories

ケン・リュウ
古沢嘉通編・訳

巨大小惑星の地球への衝突が迫るなか、人類は世代宇宙船に選抜された人々を乗せてはるか宇宙へ送り出した。宇宙船が危機的状況に陥ったとき、日本人乗組員の清水大翔は「万物は流転する」という父の教えを回想し、ある決断をする。ヒューゴー賞受賞の表題作など、第一短篇集である単行本版『紙の動物園』から8篇を収録した傑作集

ハヤカワ文庫

訳者略歴　1956年生，1980年早稲田大学政治経済学部卒，英米文学翻訳家　訳書『アンドロメダ病原体―変異―』クライトン＆ウィルソン，『書架の探偵』ウルフ，『ナイトフライヤー』『七王国の騎士』マーティン，『デューン　砂の惑星〔新訳版〕』ハーバート（以上早川書房刊）他多数

HM=Hayakawa Mystery
SF=Science Fiction
JA=Japanese Author
NV=Novel
NF=Nonfiction
FT=Fantasy

宇《そ》宙《ら》へ
〔下〕

〈SF2295〉

二〇二〇年八月二十五日　発行
二〇二一年八月二十五日　二刷
（定価はカバーに表示してあります）

著者　メアリ・ロビネット・コワル
訳者　酒《さか》井《い》昭《あき》伸《のぶ》
発行者　早川　浩
発行所　株式会社　早川書房

郵便番号　一〇一‐〇〇四六
東京都千代田区神田多町二ノ二
電話　〇三‐三二五二‐三一一一
振替　〇〇一六〇‐三‐四七七九九
https://www.hayakawa-online.co.jp

乱丁・落丁本は小社制作部宛お送り下さい。
送料小社負担にてお取りかえいたします。

印刷・星野精版印刷株式会社　製本・株式会社フォーネット社
Printed and bound in Japan
ISBN978-4-15-012295-9 C0197

本書は活字が大きく読みやすい〈トールサイズ〉です。